P9-BAU-923

우리들의 행복한 시간

국립중앙도서관 출판시도서목록(CIP)

우리들의 행복한 시간 : 공지영 장편소설 /
공지영 지음. -- 파주 :푸른숲, 2005
p. ; cm

ISBN 89-7184-429-9 03810 : ₩9500

813.6-KDC4
895.735-DDC21 CIP2005000714

우리들의 행복한 시간

공지영

— 장편소설 —

푸른숲

•

아버지 저 사람들을 용서하여주십시오.

왜냐하면 저들은 자신들이 무슨 일을 하는지

모르고 있기 때문입니다.

•

처형당하던 서른세 살의 사형수 예수

•

할렘은 이를테면 뉴욕시와 그리고 도심지에서 돈을 벌며 사는 부자들에 대한 하느님의 고발이다. 할렘의 유곽과 윤락녀들과 마약중독자들과 기타 모든 것들은 파크 애비뉴의 의젓하고 세련된 가식 속에서 무수히 행해지는 이혼과 음행의 거울이요 우리 사회 전반에 대한 하느님의 평가이다.

•

토마스 머튼

블루노트

01

이제 이야기를 시작하려고 합니다. 살인에 대한 이야기입니다. 고함과 비명과 채찍과 혼돈 그리고 저주를 일상의 양식으로 삼아, 파멸하는 것 외에는 아무것도 할 수 없었던 한 가족의 이야기이기도 합니다. 그리고 자신이 비참할 리가 없다고 믿었던 한 비참한 인간의 이야기, 바로 저 자신의 이야기입니다. 그날 두 여자와 한 아이가 죽었습니다. 저는 그녀가 죽어 마땅하며 살 가치가 없다고 굳게 믿었습니다. 저런 여자에게 돈이 많다는 것은 벌레에게 비단을 감아놓은 것과도 같다고 생각했습니다. 이 불공평하고 정의롭지 못한 세상에서 내가 그 돈을 좋은 일에 사용한다면 그것이 옳은 일이라고 생각했습니다. 또 다른 한 여자가 있었습니다. 평생을 자기 것이라고는 가져본 일이 없던 여자였습니다. 평생을 남에게 빼앗기고만 살던 여자, 그 여자가 죽어가고 있었습니다. 삼백만 원만 있으면 그녀를 살릴 수 있었습니다. 그런데 그때 내게는 삼백만 원을 구할 길이 없었습니다. 그녀는 날마다 죽어가는데, 하늘이 있다 해도, 하늘이 있는지 하늘을 바라본 지가 얼마나 되었는지도 모르고 살았지만, 나를 이해할 거라고 생각했으며 이것이 정의라고도 생각했습니다. 정의 말입니다.

1

오후가 돼서 시작된 가는 눈발이 비로 변해가고 있었다. 채도가 낮은 푸르스름한 빛이 거리를 휘감고 있었고 습기를 밴 하늘이 무겁게 땅과 하늘의 경계를 흐리고 있었다. 시간은 다섯 시가 넘어가고 있었다. 나는 코트를 걸쳐입고 집을 나섰다. 주차장에는 자동차들이 무덤처럼 침묵하고 있었고, 건너편 창에 하나 둘씩 켜지기 시작한 노란 불빛들이 도달할 수 없는 별처럼 빛나기 시작했다. 이미 오래 전 이파리들을 다 떨구어버린 가로수들은 건너편의 서민 아파트와 이곳 아파트를 나누고 있는 철책처럼 보였다. 차에 올라타다 말고 나는 무심히 하늘을 올려다보았다. 희뿌연 회색 하늘을 등지고 선 아파트의 둔중한 몸집 때문에 하늘은 가려져 있었다. 어스름한 박명 속에서 흐린 하늘을 가리고 선 아파트들은 상처 입지 않는 직선의 성곽처럼도 보였다. 가는 겨울비만 얼어붙은 거리에 내리고 있었다. 나는 차에 올라탔다. 헤드라이트를 켜자 그 원통형의 빛 속으로 고운 빙수가루처럼 흩날리는 비가 보였다. 가로등 밑과 상점들의 간판이 뿜어내는 색색가지 명랑한 불빛만 환한 어두운 저녁, 비는 저 불빛들 속에서만 내리고 있는지도 몰랐다. 어둠 속에서 우리는 우리를 젖게 하는 것의 정체가 무엇인지 도무지 모를 테니까.

모니카 고모가 쓰러져 다시 병원으로 실려 왔다고, 이번에는 가망이 없을 것 같다고, 준비를 하시는 게 좋을 것 같다고 전화 저쪽에서 닥터 노는 말했다. 아마도 내가 또 한 사람을 떠나보낼 준비를 해야 한다는 말일 것이다. 시동을 거는데 그의 얼굴이 떠올랐다. 검은 뿔테 안경에, 바랜 듯 창백했던 얼굴, 아직 젊어서 붉었던 입술, 수줍게 미소 지을 때 한쪽 뺨에만 패던 얇은 보조개…… 나는 실은 그를 기억하고 싶지 않았다. 잊기 위해서 아주 많은 날들을 잠 못 이루었다. 독주가 아니면 잠들지 못하던 날들, 목이 졸리는 듯한 환영에 깨어나던 푸른 새벽들. 베개에 얼굴을 묻고 눈물이 나오기를 기다렸었지만 그 후로도 오래도록 내 입은 이상스러운 신음을 토해냈을 뿐이었다. 그래 차라리 기억하자, 기억하자, 다 기억하자, 하나도 남김없이, 하고 생각했던 날에는 그러나 나는 술에 취해 소파에 쓰러져버리곤 했다.

그가 떠난 이후 아침마다 눈을 뜨면 제일 처음 떠올랐던 생각은 이제부터의 세상이 이제껏 내가 살아왔던 세상과 같을 수는 없다는 것이었다. 처음처럼 모든 것이 혼돈처럼도 보였다. 하지만 그를 만난 이후 확실해진 것도 있다. 그건 내가 다시는 스스로 이 지상을 떠날 결심을 할 수는 없었다는 것, 그것이 그가 내게 남긴 마지막 선물이었고 형벌이었다.

헤드라이트 빛 속에서만 내리는 이 겨울비처럼 어두워서 보이지 않는 것들이 세상에는 많이도 있었다. 그를 만난 후 나는 그것을 알았다. 그러나 보이지 않는다고 존재하지 않는 것은 아니었다. 그를 만난 후 나는 내 어둠 속을 헤치고 죽음처럼 숨쉬고 있던 그 어둠의 정체를 찾아냈었다. 그가 아니었다면 한 번도 눈여겨보지 않았을 것들, 지독한 어둠인 줄 알았는데 실은 너무 눈부신 빛인 것들이 있다는 것을 모르고 살았을 것이다. 그게 어둠이 아니라 너무도 밝은 빛이어서 멀어버린 것은 오히려 내 눈이었다는 것도 모르고 나는 내가 아는 것이 많다고 생각했으리라. 진정한 사랑을 할 수 있다면 우리는 그 순간 신의 영광을 이미 나누고 있다는 것을 나는 그로 인해 깨달았으니까. 그는 이제 내 곁에 없지만 그런 의미에서 나는 그를 만날 수 있었던 행운을 내게 주신 신께 아직도 감사를 드리고 싶다.

차는 비가 내리는 어두운 거리를 달리기 시작했다. 길은 쏟아져 나온 차들로 가득 차 있었다. 서두를 것은 없었다. 모두들 어디로 가고 있다. 어디로든 가야 하는 것이다. 그런데 그들은 정말 제가 어디로 가는지 알고나 있을까, 하는 생각이 아주 오래된 기억처럼 밀려왔다. 그해, 네온사인조차 숨을 죽였던 그 거리에는 차들이 거의 없었다. 엷은 운무처럼 뿌연 빗속에서 달리던 차들 위로 태양처럼 붉은 신호등이 켜졌다. 달리던 차들이 일제히 멈추어 섰다. 나도 섰다.

•

사람이 얼마나 먼 길을 걸어봐야 비로소 참된 인간이 될 수 있을까
흰 비둘기가 얼마나 많은 바다를 날아야 백사장에 편히 잠들 수 있을까

얼마나 많은 포탄이 휩쓸고 지나가야 더 이상 사용되는 일이 없을까 나의
친구, 그 해답은 불어오는 바람에 실려 있어 바람만이 그 답을 알고 있지

얼마나 오랜 세월이 흘러야 높은 산이 씻겨 바다로 흘러들어갈까 사람이
자유를 얻기까지는 얼마나 많은 세월이 흘러야 하는 걸까

사람들은 언제까지 고개를 돌리고 모른 척할 수 있을까 나의 친구,
그 해답은 불어오는 바람에 실려 있어 바람만이 그 답을 알고 있지

사람이 하늘을 얼마나 올려다봐야 진정 하늘을 볼 수 있을까 얼마나 많은
세월이 흘러야 사람들의 비명을 들을 수 있을까

얼마나 더 많은 죽음이 있어야 너무도 많은 사람들이 희생당했다는 걸
알게 될까 나의 친구, 그 해답은 불어오는 바람에 실려 있어
바람만이 그 답을 알고 있지

•

밥 딜런, <바람만이 아는 대답>

블루노트 02

나의 고향은…… 고향이 어디냐고 당신은 내게 물으셨습니다. 고향이 제게 있었던가요? 만일 태어난 곳을 고향이라고 한다면 경기도 양평이라고 대답하면서 나는 다음 질문을 기다렸습니다. 그러나 당신은 더 아무것도 묻지 않으셨습니다. 가난한 마을이었습니다, 나는 대답했습니다. 작은 동산을 하나 넘으면 저수지가 있고 우리 집은 늘 추웠어요, 라고 더는 말씀드리지 못했습니다. 괜찮아요, 말하고 싶지 않으면 말하지 않아도 돼요…… 당신은 말했습니다. 말하고 싶지 않은 것이 아니라, 말할 수가 없었습니다. 기억을 떠올리면 검은 핏덩어리가 입 안 가득 고이는 것 같았습니다. 동생 은수와 나는 그 저수지 가에서 햇볕을 쬐며 놀았습니다. 동생 은수가 옆집에 가서 밥을 얻어먹다가 밥알을 흘린다고 옆집 아주머니에게 매를 맞은 이후, 우리 두 형제와 놀아주는 아이는 하나도 없었습니다. 제가 지게 작대기를 들고 가서, 그 부모가 일 나간 사이 옆집에 사는 아이들을 코피가 나도록 두들겨 팼기 때문입니다. 그래서 우리는 늘 둘뿐이었습니다. 가끔씩 마음씨 좋은 사람들이 찬밥덩이를 가져다주면 술에 취해 잠든 아버지가 깨어나지 않도록 남의 집 헛간에 가서 얼어붙은 찬밥덩이를 베어먹었습니다. 저수지에는 햇살이 가득했고 운이 좋으면 서울에서 내려온 낚시꾼들에게 라면을 얻어먹기도 했습니다. 더 운이 좋은 날에는 오리쯤 떨어진 가게에 가서 담배를 사다주고 동전을 몇 푼 얻기도 했습니다.

실은 우리 두 형제가 집 나간 어머니를 기다리고 있었다는 것은 아주 많은 시간이 지난 후에 알았습니다. 아버지에게 맞아서 얼굴이 퉁퉁 붓고 온몸에 푸른 멍투성이였던 어머니의 기억뿐이었지만 그 어머니가 멍투성이로라도 돌아와주기를, 그래서 저 불기 없는 방에서 술에 취해 잠들었다가 깨어 일어나면 다시 매를 드는 아버지를 죽여버리고 우리를 구원해주기를 기다렸다는 것도 아주 오랜 시간이 지난 후에야 알았습니다. 내 인생의 첫 기억은 그런 살의로 시작됩니다. 하지만 어느 먼 곳엔가 어머니가 있었으니 기다림이, 그것이 차마 무엇에 대한 기다림인지도 모르지만, 아주 없는 것은 아니었습니다. 제 나이 아마 일곱 살 때의 일이었을 것입니다.

2

모니카 고모와 나는 우리 집안의 이방인들이었다. 이단이라고 하는 게 맞을까. 아니면 사생아라고 해야 옳을까? 우리는 거의 마흔 살쯤 나이 차이가 났지만 쌍둥이처럼 닮은 데가 있었다. 하는 짓이 꼭 네 고모를 닮았구나, 라고 어머니가 어린 시절 내게 이야기했을 때 그건 분명 비아냥이었다. 아무리 어린아이라도 그 이름을 부르는 당사자가 그 이름을 호명당하는 사람을 좋아하는지 싫어하는지 정도는 안다. 어머니는 왜 자신의 친구였던 고모를 미워했을까. 그러니 나도 어머니를 미워한 것이 먼저였을까, 아니면 고모를 닮아버리겠다고 결심한 것이 먼저였을까. 나는 고집이 셌고, 집안 분위기를 어색하게 만들어놓았다. 당연히 나를 거북해하던 사람들의 평화로운 얼굴에 손톱자국을 북북 내듯이 독설을 퍼붓고는 어이없어하는 그들을 가여워하며 깔깔 웃었다. 그러나 그것은 미개지에 들어선 점령군이 부르는 승전가 같은 종류의 감정은 아니었다. 그것은 이를테면 건드리기만 하면 피를 흘릴 준비가 되어 있는 오래되고 내밀한 상처였으며 설사 고통을 느끼지 못한다 해도 언제나 피를 흘리는 그런 종류의 아픔이기도 했다. 말하자면 그것은 반역에 실패한 패잔병들이 부르는 악에 받친 풍자가 같은 것이기도 했을 것이다. 아니다. 다른 점도 물론 많다. 고모는 나보다 우리 집안사람들을 위해 더 많이 기도하고, 그들이 제공하는 어떤 물질적 향응도 자신을 위해 쓴 적이 없었다.

나로 말하자면, 나에 관해 굳이 말하자면, 나는 엉망이었던 사람이다. 나는 나 자신을 위해 살았고, 그들을 위해서가 아니라 나 자신을 위해 누군가를 사랑이라든가 우정이라든가 하는 이름으로 내 생 속으로 끌어들이려 했고 나만을 위해 존재하다가 심지어 나 자신만을 위해 죽고자 했다. 나는 쾌락의 신도였다. 자신을 잃고 감각의 노예가 되어 있다는 것도 모른 채 나는 언제나 내 견고한 가족의 성곽으로 발길을 내지르곤 했다. 술을 마시고 노래를 부르고 밤새 춤을 추었다. 그 사소한 일상이 실은 나 자신을 차근차근 파괴해가고 있다는 것을 몰랐고 설사 알았다 해도 멈추고 싶지는 않았을 것이다. 나는 나 자신을 파괴하는 것을 원하고 있었다. 왜냐하면 나는 온 은하계가 나를 중심으로 돌아야만 성이 차던 존재, 술에 취한 날이면, 닫힌 문들을 발길로 차면서 나는 진실로 내가 누구인지, 무엇을 원하는지도 모르고 있던 사람이었기 때문이다. 실제로 그렇게 발음해본 적은 없지만 그때 누군가 내 심장에 청진기를 가져다 대었다면 아마도 이런 소리가 들렸을 것이다. 왜 태양은 나를 중심으로 돌지 않는 거야? 왜 니들은 내가 외로울 때만 내 곁에 없는 거야? 왜 내가 미워하는 놈들은 승승장구를 하는 거지? 왜 이 세상은 내 약을 바싹바싹 올리면서 나의 행복에 조금도 협조하지 않는 거냐구!……라고.

•

느끼지 못하는 것보다 사악한 것은 한 가지뿐이지.

그건 당신이 아무것도 느끼지 못한다는 사실을 모른다는 거야.

•

찰스 프레드 앨퍼드《인간은 왜 악에 굴복하는가》

내가 학교에 들어간 이후, 동생 은수는 아침마다 나를 따라 학교로 왔습니다. 그 안으로 들어오지 못해서 학교 담 모퉁이에서 쪼그리고 앉아 학교가 파할 때까지 나를 기다렸습니다. 은수는 나와는 다른 아이였습니다. 그 아이는 아이들이 때리면 나처럼 작대기라도 집어들고 덤비지 못했습니다. 힘이 센 아이가 괴롭히면 달려가 끝끝내 그 팔뚝이라도 물어뜯고야 말았던 나와는 달랐던 겁니다. 은수의 운명은 어머니처럼, 내리치는 매를 운명의 채찍처럼 감수하며 그저 우는 것이었습니다. 학교가 끝나고 달려나가 보면 은수는 추위에 입술이 파랗게 질려서 담 밑에 오들거리며 떨고 있었습니다. 내가 학교에서 배급받아, 다른 아이들이 그것을 다 먹을 때도 침을 꿀꺽꿀꺽 삼키고도 먹지 않고 아껴둔 옥수수 빵이 우리 형제의 하루의 양식이었습니다. 은수는 어떤 날은 코피가 터진 채로 앉아 있기도 했고 어떤 날은 아이들에게 옷을 다 빼기고 고추를 드러내놓고 울고 있었습니다.

내가 은수를 진정으로 사랑했던 걸까, 하고 그 후로도 오랫동안 나는 생각하곤 했습니다. 모르겠습니다. 다만, 나는 은수가 행복했으면 했습니다. 내가 먹지 않고 참았던 옥수수 빵을 함께 뜯어 먹으며 집으로 돌아오는 시간은 어쩌면 우리 두 사람의 일생에서 가장 행복한 시간이었다는 생각이 듭니다.

그날은 비가 내렸습니다. 봄이 왔지만 날이 추웠는데 아침에 멀쩡하던 하늘이 어두워지더니 갑자기 장대같은 비가 쏟아졌습니다. 선생님 말씀은 하나도 들어오지 않고 나는 창밖만 바라보았습니다. 학교 밖에는 은수가 비를 피할 수 있는 곳이 없었습니다. 빈 둥지에 남겨진 어린 비둘기처럼, 눈이 부어터지게 울며 비를 맞는 은수의 환영이 어른거려서 나는 첫 시간이 끝나자마자 교문 앞으로 달려나갔습니다. 비를 맞고 서 있던 은수는 예상보다 일찍 나온 나를 보고 뜻밖이라고 생각했는지 활짝 웃었습니다. 빗물이 사정없이 그애의 얼굴로 퍼붓는데 은수는 좋아서 어쩔 줄 모르는 것이었습니다. 화가 머리끝까지 치밀었습니다. 우산이 없기로는 그애도 나도 마찬가지여서 내 옷도 젖어들기 시작했습니다.

"집에 가."

"……싫다."

"집에 가!"

"싫다."

술에 취한 아버지가 깨어나면 눈에 보이는 대로, 그것이 몽둥이든 빗자루든 집어들고 동생을 두들겨 팰 집으로 그애를 보내야 하는 나도 마음은 아팠습니다. 그러나 빗줄기는 너무 거세었고 나는 싫다는 은수의 멱살을 붙들고 그애를 집 쪽으로 끌고 갔습니다. 집으로 가는 길목에 그애를 두고 돌아서는데 동생은 나를 따라오고 있었습니다. 나는 돌아가 그애의 멱살을 잡아 다시 끌고 갔습니다. 그리고 돌아서 뛰어가다 보니 또 따라오고 있었습니다. 나는 달려가 동생을 주먹으로 때렸습니다. 마치 거역이라고는 모르는 순종의 별에서 온 바보처럼, 은수는 맞으면서 내 윗도리 자락을 움켜쥐고 있었습니다. 나는 미친 듯이 그애를 두들겨 팼습니다. 그애의 코에서 터져나온 피가 내 옷자락 위로 빗물과 함께 스며들었습니다.

"너 내 말 잘 들어. 너 지금 집에 가지 않으면 형아도 도망간다. 너 놔두고 도망간다. 가서 다시는 오지 않는다!"

울던 은수가 울음을 뚝 그쳤습니다. 그애가 힘없이 내 옷자락을 놓았습니다. 그건 그 아이에게는 사형선고보다 끔찍한 일이었겠지요. 은수는 원망스러운 듯 나를 한번 바라보더니 집 쪽으로 발길을 돌렸습니다. 그것이 내가 본 그 아이의 마지막 눈동자였습니다. 그리고 그것이 은수가 본 나의 마지막 또렷한 모습이었습니다…….

3

1996년 초겨울의 이야기부터 시작하자. 그해 겨울, 나는 병실에 누워 있었다. 나는 위스키에 치사량의 수면제를 먹고 자살을 시도했다가 발견된, 그들의 말에 따르면, 자살 미수 환자였다. 눈을 뜨니 창밖으로 비가 내리고 있었다. 병원 창밖으로 보이는 플라타너스에서 몇 남지 않은 이파리들이 후득후득 떨어지고 있었다. 하늘이 흐려서 시간이 몇 시나 되었는지도 알 수 없었다. 네가 좀 울었으면 좋겠다, 라고 한 외삼촌의 말이 떠올랐다. 외삼촌은 몹시 늙어 보였다. 상황이 그게 아니었다면 삼촌 왜 머리가 그새 더 벗어지셨어요? 할아버지 같잖아요, 나는 그렇게 말했을 것이다. 이제 살아났으니 담배 피워도 되죠? 하고 말하고 나서 어이없어하는 그의 얼굴에 대고 까르르 웃었을지도 모른다. 묻는 말에 아무런 대답도 하지 않으려는 내게, 엄마도 수술 받아서 아프신데 네가 이러면 되겠니? 하는 말을 덧

붙인 것은 외삼촌이 워낙 모범생 출신이기 때문이었을 것이다. 외삼촌은 정말 우리 엄마가 그렇게 걱정돼요? 그럴 만큼 진짜, 엄마를 좋아하냐구요. 내가 묻자 외삼촌은 그제야 웃으며 그렇게 말했던 것이다. 나는 네가 좀 울었으면 좋겠구나. 그러나 그의 얼굴은 실은 몹시 슬퍼 보였고 나에 대한 연민으로 가득 차 있었다. 나는 그게 싫었다.

누군가 내 병실 문을 두드리는 소리가 들렸다. 나는 대답하지 않았다. 그 며칠 전 암 수술을 받은 지 한 달이 지난 어머니가 찾아왔을 때 내가 링거 병을 부수며 난동을 부린 이후 나를 찾아올 식구는 없었다. 가족들은 언제나처럼 나를 어머니의 유방에서 일 센티미터쯤 자랐었다는 암 덩어리보다 더 골치 아프게 여기는 기색이 역력했다. 엄마가 그토록 살고 싶어하는 이 생이, 내게는 지루했었다. 그러니 엄마가, 그 엄마라는 사람의 생이 얼마나 살 가치가 있는지 그녀도 나도 생각해본 일은 없지만, 엄마가 죽기 싫으니 나라도 죽고 싶었던 거라고 엄마에게 고래고래 소리를 질러댔다. 굳이 변명을 하자면, 엄마가 내가 죽었다 살아난 병실에 와서, 널 왜 낳았는지 모르겠다는, 평생을 내 귀에 웅웅거리는 소리를 하지만 않았더라도 내가 그렇게까지 소동을 피우지는 않았을 거라는 말도 할 수 있겠다. 그러면서 내가 엄마와 닮았다는 생각을 하게 되는 것이 더욱 화가 났었다. 예, 라는 대답밖에 할 줄 모르는 셋째올케가 또 전복죽인지 뭔지 싸가지고 왔나보다 생각하며 나는 눈을 감아버렸다. 문이 열리고 누군가 내 병실로 들어서고 있었다. 셋째올케는 아닌 것 같았다. 셋째올케라면 한때 배우였던 그녀 특유의 콧소리로 아가씨 자요? 하고 불렀을 것이었다. 우리 문씨 집안에 무슨 큰 빚이라도 있어서 그 집안의 모든 궂은일을 하는 것이 자신의 생의 목표라도 되는 듯이 묵묵히 내 병실의 쓰레기통을 비우고, 사가지고 온 꽃을 꽂으러 창가에 놓인 화병을 달그락거릴 것이었는데 뜻밖에도 아무 소리도 들리지 않았다. 그러나 문이 열리는 소리가 들렸을 때 나는 그것이 실은 모니카 고모라는 걸 알 수 있었다. 냄새…… 그것이 무슨 냄새였을까. 아주 어린 시절 모니카 고모가 집에 오면 나는 그녀의 검은 수녀복에 내 얼굴을 묻고 킁킁 냄새를 맡곤 했었다. 왜? 고모한테 소독약 냄새가 나니? 고모는 물었었다. 아니, 이건 소독약 냄새는 아닌데…… 고모한테서는 성당 냄새가 나. 촛불 냄새 같은 거…… 나는 그렇게 대답했었던 것 같다. 고모는 간호대를 졸업하고 대학병원에서 간호사 일을 하다가 어느 날 문득 수녀원으로 가버렸다고 했다.

나는 그제야 잠에서 깨어난 사람처럼 희미하게 눈을 떴다. 모니카 고모는 내 침대 옆 자리에 앉아 나를 가만히 쳐다보고 있었다. 프랑스로 유학을 떠나기 전, 내가 짧은 스커드를 입고 무대 위에서, 엄마의 말에 따르면 부끄러운 줄도 모르고 엉덩이를 흔들거리며 노래할 때, 고모가 공연장 뒤편 분장실로 찾아와 잠깐 만난 것이 마지막이었으니까 거의 십 년 만의 일이었다. 검은 베일 아래로 드러난 귀밑이 하얗게 변해 있었고 어깨는 꼿꼿했으나 전체적으로 흐르는 선이 구부정한 고모는 정말 할머니가 되어 있었다. 나이를 잘 가늠할 수 없는 수녀라는 것을 감안해도 그랬다. 나는 잠시, 살고 늙고 죽어야 한다는 인간의 슬픈 운명에 대해 생각할 뻔했다. 나를 바라보는 고모의 눈빛에는 이상한 피로가 가득 차 있었다. 약간의 한숨인 것 같기도 하고 엄마가 한 번도 내게는 보내지 않았던 어떤 따스한 모성 같은 것이 그녀의 쪼글쪼글하고 작은 눈 속에는 있었다. 그리고 내가 고모를 기억하고 있는 처음부터 지금까지 변하지 않고 있는 것도 있었는데 그것은 장난꾸러기가 갓 태어난 강아지를 보는 호기심 같기도 하고 어찌 보면 한없는 연민 같기도 한, 아이를 낳은 산모가 작은 새 생명들에 대해 보내는 그런 빛이었다.

"……나 많이 늙었지?"

고모가 말이 없어서 나는 그렇게 말하며 방긋 웃었다.

"……죽을 만큼 늙지는 않은 것 같구나……."

"나 죽으려고 했던 거 아니야, 자살하려고 한 게 아니라구. 그냥 술을 아무리 마셔도 잠이 안 와서 그래서 수면제를 먹었던 것뿐인데…… 술이 많이 취해서 수면제를 다 셀 수가 없었거든. 그래서 그냥…… 손에 잡히는 대로 입에 털어넣었는데 이 난리가 났지 뭐야. 지난번에 엄마가 와서 죽으려면 그냥 죽지 왜 이 속을 썩이느냐고 하니까, 갑자기 내가 자살 미수에 그친 불량소녀가 되어버린 거 같았어…… 고모도 알잖아 우리 집에서 엄마가 규정해버리면 그러면 그렇게 되는 거. 지겨워! 엄마한테 난 처음부터 늘 불량품이야. 서른이 넘었는데……."

아무 말 하지 않으려고 했는데 빠른 속도로 말이 흘러나왔다. 오랜만에 고모를 보자 아이처럼 한없이 투정을 부리고 싶어졌던 것이다. 고모는 그런 내 마음을 다 안다는 듯 아기에게 하듯이 내 이불을 여미어주고는 내 손을 잡았다. 아기처럼 취급받는

다는 것은 다 큰 어른들만이 즐기는 은밀한 기쁨이었다. 고모의 작고 까칠한 손이 나의 손을 잡자 비로소 그 체온이 따뜻하게 전해져왔다. 오랜만에 느껴보는 사람의 체온이었다.

"정말이야, 고모, 나 죽을 기운도 없어…… 죽을 의지도 용기도 없는 거, 내가 그런 사람이란 거 고모도 알잖아…… 그러니까 죽을 의지가 있으면 그 의지로 살아야지 라든가, 성당에 나가보지 그러니 라든가, 그런 말 하지 말라구…… 날 위해서 기도도 하지 마. 하느님도 내가 골치 아프실 테니까."

고모는 무슨 말인가 하려다가 입을 다물었다. 엄마가 이야기했을 것이다. 글쎄, 약혼 날까지 받아놓고 이제 와 혼사를 하지 않겠다는 거야, 유정이가 말이야. 지 큰오빠 말로는 사법연수원을 수석으로 졸업한 후배라는데 그만하면 인물 좋고, 학벌 좋고, 사람 점잖고…… 집안이야 좀 빠지긴 하지만, 서른이나 넘은 주제에 지가 어딜 가서 또 그런 신랑감을 찾겠어. 고모가 좀 가봐요. 갠 원래부터 고모 말만 들으니까. 난 이제 걔한테 질렸어. 정말 내 속으로 낳았나 싶어. 지 아버지가 하나밖에 없는 딸이라구 너무 오냐오냐 키운 게 아이를 이 꼴로 만든 기 같아. 지 오라비들 다 일류대학 나왔는데 학교도 그렇게 후진 데를 가더니…… 우리 집안에 공부 못한 사람이 어디 있어, 갠 어쩌다 그렇게 생겨먹어가지고…… 뭐 이런 이야기들을 해댔을 것이다.

"그 사람하고는 아무 상관도 없는 일이야. 결혼하고 싶다는 생각, 첨부터 없었어. 그쪽도 마찬가지였을 거구. 내가 아니면 그 사람, 아마도 또 어떤…… 다른 배경과 재산을 가진 집의 여자를 찾겠지, 더 어리고 더 조건이 좋은 신부감들이 줄 설 거야.

중매쟁이들이 가만 놔두지 않는다고 그 사람도 말했다구."

고모는 아무 말도 하지 않았다. 창밖으로 불어가는 바람 소리가 휘익 하고 들리더니 창문이 덜컹거렸다. 바람이 거세지는 모양이었다. 창밖의 플라타너스 이파리들이 떨어져내리고 있었다. 사람도 나무처럼 일 년에 한 번씩 죽음 같은 긴 잠을 자다가 깨어나면 좋겠다는 생각이 들었다. 그렇게 깨어나 연둣빛 새 이파리와 분홍빛 꽃들을 피우며 처음부터 다시 시작하면 좋을 것 같았다.

"있잖아…… 그 사람하고 삼 년 동안 동거했다는 여자가 날 찾아왔었어. 아이를 두 번이나 지웠다고…… 있잖아 그 뻔한 스토리, 용돈 주고 책 사주고, 밥해주고…… 그리고 사법시험 된 날 여자는 큰맘 먹고 돼지갈비라도 먹으며 건배했겠지. 그리고 그 자식, 그러고 나니까 맘이 바뀌어서 부장검사 막내동생인 내가 탐났던 거야. 내 몫의 유산도 고려했겠지. 의사 검사 박사 등등 모두 '사' 자가 붙은 잘난 사람 일색인 우리 집안도 구미가 당겼을 거고. 고모 내가 젤 싫어하는 게 뭔지 알지? 그건 진부한 거야…… 그 자식이 조금 더 진부하지 않게 여잘 버렸다면, 진부하지 않은 의도로 나랑 결혼하려고 했다면 내가 그래도 눈 딱 감고 봐주려고 했는데…… 정말이라구. 난 그 자식이 진부하게 구는 게 견딜 수가 없었어…… 그게 다야! 고모는 내 말을 믿어야 돼. 이 이야긴 첨 하는 거니까. 엄마도 오빠들도 식구들…… 이 이야긴 아무도 몰라. 그 사람들은 그저 내 변덕이라고 생각하고 있고, 나도 그게 편해. 그래야 조금이라도 서로 덜 마주 보잖아."

아무에게도 하지 않았던 이야기를 왜 그 자리에서 고모에게 하고 있는지 나도 그때는 알 수 없었다. 그리고 결혼을 하지 않을 그 이유를 왜 식구들에게 이야기하지 않았는지도 잘 알 수 없었다. 문유정씨 되세요? 좀 뵙고 싶은데요. 전화기 너머에서 가늘게 떨리던 여자의 목소리, 뜻밖에도 마주 앉아 커피잔을 잡는 손이 아주 거칠었다. 고운 얼굴이었는데 그 얼굴하고 손이 마치 두 주인을 섬기는 지체처럼 너무 달랐다. 갸름한 얼굴의 윤곽과 솔밋한 눈은 부드러웠지만 전체적으로 창백한 빛을 띠고 있었다. 그 사람은 제 모든 것이었어요…… 여자가 입을 열자마자 그렇게 말했을 때 내 가슴이 쿵, 하고 내려앉았다. 어떻게 인간이 인간에게, 더구나 여자가 남자를 두고 내 모든 것이었다고 말할 수 있는지, 그리고 그 말을 처음 보는 사람에게 저토록 단호하게 뱉을 수 있는지. 나는, 이게 옳아요, 라는 확신과 신념과 이런 것들을 가지고 있는 모든 인간에게 언제나 그랬듯이 아마도 막연하게 그녀에게 질투를 느꼈을지도 모르겠다. 그건 남자에 대한 이야기가 아니라, 생을 두고, 설사 그것이 유치하고 어리석으며 심지어 우스꽝스러운 결말로 끝난다고 해도, 그렇게 모든 것을 걸 수 있는 대상을 나는 한 번도 가져보지 못했기 때문이었다. 그 여자는 힘겨워 보였지만 눈물을 보이지는 않았는데, 아직은 이 사태를 다는 인정 못 하겠다는 어리석은 희망이 남아 있어서 그런 것 같았다. 그 희망이 실은 정말로 어리석은 것이어서 낙담하는 것보다 더 형편없는 짓이었다는 것을 깨닫게 된다면 저 여자는 아마 죽을지도 모른다고 나는 느꼈다. 그렇게 비장하고 위태로운 빛이 그녀에게는 있었다는 이야기이다. 그런데 나는 고모에게 마지막 말을 덧붙이면서 내가 왜 식구들에게 이 말을 비밀로 했을까, 하고 생각하기 시작했던 것이다. 그는 잘생긴 편은 아니었다. 키도 별로 크지 않았고 사각턱에 거무스름한 얼굴이 그의 어린 시절이 그다지 무사태평한 것은 아니었다는 것을 말해주고 있었다. 감상은 없었다. 설레임 같은 것도 기대하지 않았었다. 연애하는 게 아니라 결혼을 하려고 마음먹었다면 그건 거래라는 것을 알고 있을 만큼 나도 나이를 먹었다. 연애 많이 해봤어요? 오빠의 소개로 그를 처음 만난 날, 내가 그렇게 물었을 때, 고개를 얼핏 숙이고 지어내던 그 수줍은 미소를 두고, 혼자서 아무도 밟아보지 않은 처녀지를 정복한 것 같은 희미한 쾌감을 느꼈던 것도 떠올랐다. 남자들이 처녀를 찾는 이유를 이해 못 할 바도 아니었던 것이다. 그러니 못이기는 척하고 이런 공부만 아는 유능한 쑥맥하고 결혼한다면, 식구들은 나의 과거를 다시는 묻지 않은 채 내게 그들이 구축한 왕국의 금딱지 박힌 시민권을 줄 것이라는 계산이 내게 없는 것도 아니었다. 그러고 보니 쾌락과 방종과 유흥 혹은 모든 주색잡기 또한 내게서 진부해지고 있었던 것 같기도 하다.

한 번, 멀리서 사랑해본 적 있어요. 딱 두 번 데이트를 했는데, 그쪽은 제가 꽤도 지루했던가봐요. 그리곤 시험 땜에 정신이 없었어요…… 저는 책임이라는 것이 정말 중요하다고 생각해요. 사내라면 우선 식구들을 먹여 살릴 위치에 자신을 가져다 놓는 것이 중요하다고 생각했죠. 결혼이라는 것도, 사랑이라는 것도 우선은 자신의 위치가 정립된 다음에 하는 것이 순서라고 생각했죠…… 그는 나에게 잘 보이고 싶다는 표정을 감추지도 않은 채 말했다. 실은 그게 조금 귀엽기도 했었다. 그럼 지금 저랑, 서른이 넘어서 겨우 첨으로 데이트하고 뽀뽀하고 호텔 가고 그럴 거라고 말씀하시는 건가요? 거짓말 참 잘하시네요, 라고 깔깔 웃으며 내가 되물었었다. 그는 나 같은 여자를 한 번도 본 일이 없는 사람처럼 약간 어이없어하는 표정이었다. 그러나 그 눈빛 속에 그런 부류의 당돌한 여자들에 대한 흥미와 호감이 아주 없어 보이는 것도 아니었다. 말하자면 전혀 다른 종족에 대한 호기심 같은 것이 반짝였다. 그 눈빛에는 난닝구(이럴 때는 러닝셔츠가 아니라 꼭 난닝구여야 한다) 입은 머리 짧은 시커먼 촌 녀석이 검은 리본이 달린 구두를 신고 하얀 레이스 양말을 신은, 한 번도 주눅 들어보지 않은 서울 계집애를 만났다면 틀림없이 보내고야 말았을 일말의 동경 같은 것도 어렸다. 아마 그건 사실이었을 것이다. 그때 나는 내 인생의 한 발을 그에게 올려놓아볼까 생각했던 것도 같다. 그 디딤돌은 아마도 나를 더 이상 방황하게 하지 않는 초석 같은 것이 될 수 있을지도 모른다는 유혹의 냄새를 띠고 있었다. 진창인 마당에서 더러운 신발을 벗고 그 디딤돌을 디디면 윤이 나고 건조한 마루로 훌쩍 올라서게 되는 것…… 단단하고 중심이 잡히고 그래서 쏘아진 화살처럼 목표가 분명한 것, 실은 나는 그런 것들을 동경하고 있었을 것이다. 그런데 문득 나를 향했던 그 사람의 미소가 너무 수줍어서 좀 뻥은 섞였겠지, 짐작은 했지만 희미하게 그의 말을 믿고 있었던 것이다. 아니, 아마 그렇게, 마지막이다, 나 자신에게 타일러가면서, 안간힘을 쓰면서 한 번만, 마지막으로 한 번만 믿어보자고, 믿고 싶었던 걸까? 사실로 따지자면 내가 그의 동거 전력을 문제 삼을 만큼 고지식하거나 혹은 내가 순결한 처녀여서 내 쪽에서 손해를 보거나 그럴 일은 아니었다. 프랑스 유학시절 나도 몇 남자와 동거를 한 적이 있었다. 각각 한 달 남짓쯤 그랬다. 그러니 그가 그녀를 버렸다고 해도, 얼굴하고는 아주 어울리지 않게 손마디가 거칠고 굵은 그녀를 버리고, 소위 미술이란 걸 공부하고 돌아와 엄마의 성화로 개인전을 열고 그리고 집안에서 경영하는 수도권 소재의 대학에 전임이라는 자리를 얻은 나와 결혼한다고 해서 내가 새삼 그를 비난할 일은 없었다. 그리고 내가 아는 한 그건 그리 이상하거나 특별히 비도덕적일 이유도 없었다. 내 주변에서는 다들 그렇게 결혼이라는 것을 하고 있었다. 그런데 나는 그와 결혼할 수가 없었다. 죽도록 사랑해, 널 죽도록 사랑한다구, 차마 그렇게는 끝내 말하지 못하고, 가버려! 가버리고 다시는 나타나지 말라구! 사람들 오가는 길 네거리에 서서 울며 소리치던 나를 마지막으로 기억할 첫 남자와도 할 수 없었던 결혼을 그와 할 수 없다는 생각이 분명해졌을 뿐이었다.

우리 가족들이 이룩한 왕국의 시민권을 다시는 얻을 수가 없을 것 같다는 실망감으로 나는 다시 꼭지가 돌게 술을 마시기 시작했다. 그 여자 때문은 아니었다. 불쌍한 사람은, 가련한 희생자들은 거리마다 차고 넘쳤다. 사연 없는 불행이 있을까, 억울하지 않았던 슬픔이 있을까, 가련하다는 것은 이미 정의로부터 배반당했던 경험을 말하는 것이다. 그러니, 그 여자가 그에게 버림받고 죽는다 해도 그건 그녀의 문제일 뿐이었다. 생각해보면 나나 그 여자나 진부했다. 우리에게 동질감이 있었다면 우리 자신이 아니라 남자를 통해 생의 디딤돌을 얻고자 했던 것이리라.

"그래 우리 유정이가 그 정도 가지고 죽을 사람은 아니지."

고모는 내 머리칼을 쓸며 말했다.

"고모……."

"응?"

"왜 이제야 나한테 왔어? 귀국하고 내가 몇 번 수녀원으로 전활 했는데 늘 안 계시더라구."

"그래…… 고모가 많이 바빴어. 그래서 미안해. 변명하자면 난 네가 이제 그만 서른이 넘었으니…… 다 큰 줄 알았던 거지."

미안하다는 말을 듣자, 마음이 서늘해왔다. 고모가 내게 미안할 이유는 전혀 없었다. 내가 미안했다. 서른이 넘도록 아직 다 크지도 못해서, 나는 미안했다. 하지만 나는 언제나처럼 그런 표현들을 할 수가 없었다. 미안해, 고마워, 사랑해 같은 말들을, 그냥 건성으로 하는 거 말고 진정 그 말이 필요할 때, 그 말이 아니면 안 되는 바로 그때에는 해본 적이 없었던 것이다.

"고모 많이 늙었다. 고몬 원래 예쁜 얼굴은 아니었지만 그래도 전에 봤을 땐 탱탱했는데…… 많이 늙었다."

고모가 잠시 웃었다.

"그래 시간이 지나면 늙어. 우리가 가진 것 중에 영원한 것은 아무것도 없어…… 그리고 죽지…… 서두르지 않아도 언젠가 우린 모두…… 죽어……."

모니카 고모는 자리에서 일어서며 말했다. 죽어, 라는 마지막 단어는 잠시 쉬었다가 힘겨운 듯 뱉어냈다. 그리고 냉장고로 다가가 주스를 꺼내 마셨다. 목이 몹시 탔던 모양인지 작은 캔 하나를 다 마시고 고모는 짧게 한숨을 쉬었다. 그리고는 잠시 창밖을 바라보았다. 침대 건너편 창으로 바람에 나부끼는 플라타너스 가지들이 보였다. 나도 고모를 따라 창밖을 바라보았다. 떨어뜨려버려라, 떨어뜨려버려라, 바람 따라 가게 해라…… 나는 그런 생각들을 하고 있었다.

"고모…… 죽고 싶지는 않았는데…… 지루하고 진부했어. 지겹고 짜증났어…… 이렇게 더 살면 지루한 세상에 진부한 일상이 하루 더 보태질 뿐이라고 생각했던 거야. 그렇게 의미 없는 하루하루를 이어서 고모 말대로 언젠가는 죽는 거니까. 나는 내 삶 전체를 쓰레기통에 처박아버리고 싶었어. 그리곤 세상을 향해 외치는 거야. 그래, 난 쓰레기다! 난 실패했다…… 그리고 결정적으로 나는 도저히 구제불능이다……."

모니카 고모는 나를 물끄러미 바라보았다. 그 눈빛에는 뜻밖에도 아무 감정이 없었다. 그런데 실은 그 무연한 그 눈길이 나는 언제나 두려웠었고 진정한 두려움이라는 것이 언제나 그렇듯 거기에는 그녀를 향한 내 존경심이 분명히 있었다.

"유정아, 너…… 그 강검사인가 하는 사람을 사랑했었니?"

고모가 조심스레 물었다. 내가 웃음을 터뜨렸다.

"그 촌뜨기를?"

"너…… 상처받았잖아."

나는 가만히 있었다.

"다시 생각해볼 테냐?"

"……용서할 수 없었지. ……근데 고모, 내가 생각해봤는데 사랑은 아닌 거 같았어. 사랑하면 마음이 아프잖아. 그런데 아프지는 않았어. 사랑하면 나랑 헤어져도 그 사람 잘 살았으면 좋겠다, 생각해야잖아? 그런데 그런 생각 안 들었어…… 그 사람이 아니라, 그렇게 배경만 보고 쉽게 그 사람 믿어버린 나를, 실은 십오 년 동안 반항이란 걸 죽도록 한 내가 겨우 다시 오빠나 새언니나 그런 사람들처럼 되고 싶어한다는 걸 알았을 때 그게 싫었고, 그리고 결정적으로 그 싫은 감정에마저 배반당했다는 게 싫었어……."

고모는 고개만 끄덕였다.

"그래, 그러면 됐어. 유정아 잘 들어라, 네 외삼촌 뵙고 오는 길이다. 너, 자살 시도 벌써 이게 세 번째라고…… 한 달 동안 입원 치료를 받으라고 하시길래 내가 널 좀 데려가마 했다. 네 외삼촌은 망설이다가 정 그러고 싶으면 그러라 하셨다. 원칙적으로는 안 되는 일이지만 날 믿고 그러라셨어…… 어떻게 할래? 여기서 한 달 동안 입원해서 또 정신과 치료를 받을래, 아님 날 좀 도와줄래?"

고모는 이건 장난으로 하는 말이 아니야, 하는 어투였다. 일흔이 넘은 수녀 고모가 조카가 자살을 기도했다 깨어난 병실에 와서 농담을 할 리는 없었지만 나는 피식 웃었다. 그건 내가 어려운 일을 당할 때 언제나 거기서 빠져나가기 위해 오래도록 써왔던 수법이었다. 그런데 내 자살 기도가 세 번째라고 하는 고모의 단호한 어투를 듣고 나자 나도 어쩔 수 없이 진부한 사람이라는 생각이 들었다. 담배 생각이 났다.

"나 같은 여자가 뭘 도울 수 있겠어? ……난 술 먹고 담배 피고 독설을 퍼붓는 거, 그래서 분위기 어색하게 만드는 거 말고는 아무것도 할 줄 몰라."

내가 말하자 고모는 알긴 아는구나, 하더니 말했다.

"널 보고 싶어하는 사람이 있어. 네 노래를 듣고 싶어하는 사람이 있다구."

"고모! 아니 모니카 수녀님, 설마 지금 나보고 밤무대로 가자고 하는 건 아니시겠죠? 수녀원 재정이 부족해서 퇴물가수 불러다가 카페 차리려는 것도 아니겠구…… 설마아."

나는 웃었다. 과장된 포즈를 취하고 있다는 것을 알고 있었지만 그래도 오래된 습관은 몸에 배어버린 신파연기처럼 보기에 따라서는 어수룩한 상대를 속아 넘어가게 할 만큼은 자연스럽게 들리기도 했을 것이다. 대개 고모는 그런 나의 제스처를 어이없어하면서도 모른 척 넘어가주었다. 그런데 모니카 고모는 웃지 않았다.

"네가 불렀던 애국가를 듣고 싶어하는 사람이 있어."

고모는 천천히 말했다.

"무슨 소리야! 애국가라구?"

"그래 애국가……."

나는 웃었다. 그건 재미있을 거 같았다.

•

사람을 괴물처럼 대하면 그 사람은 괴물이 된다.

•

범죄 심리학

블루노트 04

학교가 끝나고 집으로 돌아가보니 아버지가 잠든 은수 옆에서 라면을 먹고 있었습니다. 소주병이 뒹구는 방 한구석에서 잠든 은수를 살펴보니까 온몸이 뜨거웠습니다. 깨워 흔들었지만 대답 대신 신음 소리가 들렸습니다.

"아부지 은수가 아파요. 열이 펄펄 끓어요."

아버지는 대답 대신 스테인 그릇에 소주를 따라 마시고는 충혈된 눈으로 나를 바라보았습니다. 지금 생각해보면 그가 그때 살아 있었다고 말할 수 있을까요? 헤아려보면 그때 그의 나이 서른 몇 살…… 생이 시작되던 순간부터 이미 공포와 전율 없이 그를 바라보지 못한 나는 그러나 그 지옥 속에서 악마와도 같은 꾀를 배운 지 오래였습니다.

"아부지 소주 사다 드릴게요. 소주 떨어졌잖아요…… 저기 가겟집에서……."

트림을 뱉던 짐승 같던 작자가 땀과 오줌에 절은 바지 주머니 속에서 오백 원짜리 지폐를 내게 꺼냈습니다. 나는 달려갔습니다. 엄마가 먹던 약, 병 안에 든 작은 감기약을 사야 한다는 생각뿐이었습니다. 비는 그치고 세상은 봄빛으로 물들고 있었습니다. 그 환한 연둣빛이 약국으로 달려가던 내 눈에 왜 그렇게 사무치던지 사실 지금도 잘 알 수 없습니다. 그 후로도 오랫동안 봄이면 온 산을 물들이는 그 수많은 종류의 연둣빛을 보면 저는 까닭 모를 설움에 복받쳤습니다. 멀리 논에서 모를 내던 동네 사람들이 달려가는 나를 무심히 바라보았습니다. 나는 그 돈으로 은수의 감기약을 사가지고 집으로 돌아왔습니다.

내 손에 들린 약병을 보는 순간, 아버지의 눈이 번득였습니다. 아버지는 내 손에서 감기약을 빼앗고는 나를 때리기 시작했습니다. 라면 그릇이 뒤집어지고 나는 그의 억센 손에 잡혀 툇마루 위로 내동댕이 쳐졌습니다. 은수만 아니었다면 나도 도망쳤을 것입니다. 그게 어딘지 모르지만, 내가 도망칠 곳이 이 세상 어딘가에 있는지 모르지만, 아마도 그랬을 것입니다. 아버지의 주먹이 나를 내리칠 때마다 내 눈에서 불꽃이 확확 타오르는 것 같았습니다. 그리고 나는 정신을 잃었습니다. 깨어보니 이웃집 아주머니가 나와 은수에게 된장국물을 먹이고 있었습니다. 이웃 마을의 할아버지가 만들어둔 환약이 하나 있는데 그걸 은수에게 먹였다고 했습니다. 아버지는 술에 취해 쓰러져 있고, 이웃 어른들 몇이 걱정스레 두런거리는 소리가 툇마루에서 들려왔습니다.

은수는 깨끗이 치워진 방 안에서 이불을 덮고 자고 있었습니다. 그 애의 붉은 뺨과 입술 사이로 무슨 소린가가 비어져나오고 있었습니다. 나는 그 말을 듣고 싶지 않았습니다. 나도 엄마를 부르고 싶었기 때문이었습니다. 왜 우리만 여기 버려두고 갔느냐고 따지고 싶었기 때문입니다. 몇 번의 밤이 가고 아침이 왔습니다. 사흘째 되는 날인가 학교에 가려고 하다가 은수에게 다가가보니 열이 내리고 있었습니다. 그 아이의 검은 고수머리가 땀에 젖어 흰 이마에 달라붙어 있었습니다. 그리고 잠시 후 눈을 뜬 은수가 말했습니다.

"형아, 집 안에 연기가 가득하다…… 집 안에 연기가 가득해."

은수의 눈은 그 이후로 희미한 빛 외에는 아무것도 볼 수 없게 되어 버렸습니다. 동생은 눈이 멀어버린 것이었습니다.

4

멀리 모니카 고모의 모습이 보였다. 고모는 좀 화가 난 듯했다. 내가 거의 삼십 분이나 늦어버렸던 것이다. 내가 과천 정부종합청사 전철역 입구에 멈추어 서자 고모는 손에 들고 있던 커다란 꾸러미를 들고 차에 올라탔다. 날이 추워서 그랬는지 고모의 검은 베일에서 몰려오는 찬 기운이 냉장고의 문을 열고 서 있는 듯 섬뜩했다. 고모의 입술은 파랗게 질려 있었다.

"옷을 말이야…… 뭘 입고 와야 할지 모르겠더라구. 내가 구치소라는 데를 갈 줄 알았더라면 수녀복 같은 걸 좀 장만했을 텐데…… 그래서 뭐 입나 고민하다가 늦었어요. 그러니까 휴대폰 같은 거 하나 장만하시지…… 요새는 중이고 신부고 다 차 하나씩 있던데…… 자동차도 하나 사면 좋잖아."

늦은 것을 변명하기 위해 내가 말했다. 고모는 아무 말도 하지 않았다.

"그러길래 내가 수녀원으로 가서 모시고 오겠다고 했는데 고모가 고집 피운 거잖아."

나는 내가 잘못했다는 느낌이 들 때 언제나 그랬던 대로 책임을 미뤘다.

"그 사람들은 일주일 내내 나를 기다리는 사람들이야. 일주일 동안 사람을 직접 만나지 못하는 아이들이라구. 너 땜에 그들의 귀중한 삼십 분이 날아갔다. 너한테는!"

고모는 아주 화가 난 듯 말을 잠시 멈추었다. 그리곤 침을 꿀꺽 삼키더니, 천천히 입을 열었다.

"너한테는 아무렇게나 쓰레기통에 버려도 되는 그 삼십 분이 그들에게는 이 지상에서 마지막 삼십 분이야. 그들은 오늘이 지나고 나면 다시는 오지 않을지도 모르는 그런 오늘을, 그런 오늘을 사는 사람들이라구! ……네가 그걸 알겠니?"

말소리는 나지막했지만 단호했고 약간 울음기가 배어 있었다. 나한테는 쓰레기통에 버려도 되는 삼십 분이라는 말이 잠깐 목에 걸렸다. 내가 아무리 스스로 내 생을 탕진하며 사노라고 내 입으로 떠들고 다니긴 했지만 그걸 남이 그렇다고 말할 때는 그다지 기분 좋은 일은 아닌 것이다. 내가 약속시간에 늦은 것이 사실이니까 그냥 내가 참는 게 나을 것 같았다. 어쨌든 오늘은 내가 고모를 따라온 첫날인 것이다. 하지만 기분이 좋은 첫날은 분명 아니었다. 쓰레기통이라는 그건 내가 쓴 표현이었지만, 아무리 그렇다 해도 내 말투를 그대로 옮겨서 고모가 내게 그렇게 심한 표현을 쓴 것은 처음이었다. 고모도 늙으시니까 약해지시나보다, 하고 나는 생각해버리기로 했다.

수녀가 된 고모가 교도소에 드나든다는 것을 나는 프랑스로 떠나기 전 신문에서 본 적이 있었다. 새벽녘에 머리가 아파 죽겠다고 전화를 한 엄마를 보러 의사인 작은오빠가 집에 다니러 온 날이었다. 작은오빠는 고모 나왔던데, 하고 들고 온 신문을 폈다. 그 신문은 소위 진보적이라는 신문이어서 작은오빠가 아니었다면 우리 집에서는 고모가 신문에 날 정도로 유명한 사람이 되었다는 것도 몰랐을 것이다. 아침에 일어나면 아침인사처럼 일하는 아이에게 소리를 지르는 어머니가 그날도 일하는 아이에게 기어이 그 아침인사를 하고 있다가 다가와 식탁에 앉았다. 고모가 아마 사형수들을 찾아다니는 모양이야, 작은오빠가 말하자, 어머니가 대답했었다. 훌륭하시구나, 수도자가 됐으면 그 정도 희생은 해야지…… 훌륭하셔…… 너희 병원 신경외과에 예약 좀 해놓겠니? 검사를 받아야겠어. 머리 속에서 뭐가 고장이 났는지 머리가 아파, 미치도록 머리가 아파서 어제도 한숨을 못 잤다. 전에 네가 준 약도 안 들어. 그 약만 먹으면 화장이 안 받아…… 몸에 나쁜 약을 몇 개씩이나 더 먹을 수도 없고 잠을 못 자니까 늙는 거 같애, 피부가 엉망이야…… 언제나 말이 없던 작은오빠는 입을 다물었고 나는 건강염려 중증인 엄마 옆에서 유기농 호밀빵 속에 햄과 야채를 끼워넣은 샌드위치를 먹고 있었다. 작은오빠와 내 눈이 마주쳤다. 좀 마음을 편하게 가지세요, 어머니. 몇 번이나 검사했는데도 아무 이상도 없었잖아요. 작은오빠가 지치지도 않고 어머니에게 연민의 목소리로 말했고 나도 거들었다. 엄마, 작은오빠 말이 맞아. 그래 현대의학이 어떻게 감히 엄마의 예민하고 섬세한 신경구조를 독해

하겠어? 그러니 교양 있는 엄마가 참으시는 수밖에. 그리곤 아마 그날 아침도 우리들의 식사는 결국 엄마의 고함 소리로 막을 내렸던 게 기억났다. 늘 벌어지는 아침 풍경이었다. 그 끔찍한 딴따라 짓 집어치우고 어디 유학이라도 가버리라고 엄마가 말했을 때 내가 흔쾌히 그러마고 했던 것은, 그때 일 년쯤의 가수 생활에서 느끼던 재미도 시들해지고 있었고, 아마도 집을 떠나면 조용한 아침을 찾을 수 있다는 기대도 한몫 했을 것이었다. 나도 더 이상 엄마의 옥타브에 맞춰 고함치기에도 지쳐 있었던 것이다.

"미안해요. 내가 잘못했다구…… 미안하다구요……."

더 버티는 것보다 순순히 항복하는 편이 나을 것 같았다. 왜 그런 생각이 들었는지 모르지만 나는 고모가 울까봐 겁이 났다.

"그런데 고모 설마 날 데리고 지금 그 사형수들……인지……한테 가는 건 아니겠지? 날보고 거기서 설마 애국가를 부르라는 건 아니겠지?"

"그 사람들한테 가는 거야. ……애국가를 부를 수 있으면 부르지, 못 할 이유는 또 뭐냐? 그 목소리 쓰레기통에 처박느니 좋은 데 쓰면 좋은 거지. 저기 삼거리에서 좌회전하거라."

모니카 고모는 그렇게 말했다. 또 쓰레기통이었다. 내가 그날 병실에서 좀 감상적으로 한 말을 가지고 자꾸 약을 올리는 고모가 좀 비열하게 느껴졌고 나는 약간 화가 나려고 했다. 고모의 말대로 좌회전을 하고 나자 서울구치소라고 쓴 간판이 보였다. 지겨운 병원에서 외삼촌이 데리고 있는 젊은 정신과 의사와 마주 앉아 그래서 화가 난 게 대체 뭐였죠, 라든가, 그럴 때 왜 화가 났지요? 어린 시절에 그거랑 비슷한 생각이 난 적 있었나요? 뭐 이런 질문에 대답하고 있는 것보단 애국가를 부르는 게 나을까…… 언제나처럼 나는 모르겠다, 길게 생각하지 말자, 하며 나를 달랬다. 구치소는 적어도 병원처럼 진부하지는 않을 테니까.

신분증을 맡기고 우리는 철창 안으로 들어섰다. 철창 하나를 지나자 뒤에서 문이 닫혔다. 쇠와 쇠가 부딪히는 소리가 싸늘하고 어둡고 텅 빈 복도에 울려 퍼지는 순간 묘한 생각이 들었다. 나중에까지 오래도록 느낀 거였지만 그곳은 늘 온도가 바깥보다 이삼 도쯤 낮았다. 겨울에는 물론이고 한여름 복 지경에도 그랬다. 누군가가 말한 대로 그곳은 어둠이 서식하는 공간이었다. 우리는 다시 문 하나를 지났다. 뒤에서 다시 문이 닫혔다. 커다란 안뜰, 사람들의 자취는 하나도 없는데, 저쪽 구석에서 푸른 죄수복을 입은 사람들 몇 명이 손수레를 끌고 있었다. 멀리 흰 석고로 된 성모상 아래에 작은 나무가 서 있고 거기에 크리스마스 전구가 촌스러운 색깔로 겨울 햇빛에 반짝이고 있는 것이 보였다. 크리스마스가 가까워온다는 것을 나는 그제야 처음으로 의식했다. 파리의 대림절이 생각났다. 샹젤리제 거리를 가득 메운 크리스마스 불빛들, 거리에서 꽃을 팔던 소녀들, 붉은 포도주와 혀 위에서 부드럽고 고소하게 녹아 끝내 허무의 매혹을 주던 프와그라 요리, 소음과 토악질로 끝났던 술자리…… 우리는 모퉁이를 여러 번 돌아 작은 방으로 안내되었다. 한 두 평 남짓한 방에는 십자가가 걸려 있고 그 옆에는 렘브란트의 그림 〈돌아온 탕자〉가 자리하고 있었다. 작은 탁자가 하나, 의자가 대여섯 개 놓여 있는 방 안은 소박했다. 고모는 가지고 온 꾸러미를 내려놓고 커피포트의 스위치를 올렸다. 잠시 후 노크 소리가 들렸다. 창살이 쳐진 문의 작은 유리창 너머로 옥색빛 수의가 언뜻 보였다.

"어서 와라, 어서 와…… 네가 윤수구나."

모니카 고모는 교도관의 안내로 방으로 들어선 그에게 다가가 그를 얼싸안았다.

사형수…… 그는 사형수였다. 그의 왼쪽 가슴에는 붉은 명찰이 달려 있었다. 아니다. 명찰이 아니다. 이름이 없으니까. 거기에는 서울 3987이라는 검은 글씨가 씌어 있었다. 그는 고모의 그런 포옹이 몹시 거북한 듯했다. 키는 한 일 미터 칠십오 센티미터쯤 될까, 흰 얼굴 검은 고수머리, 그리고 그 위에 걸쳐진 뿔테 안경 속의 눈은 길고 날카로웠다. 그러나 넓고 흰 이마 위로 흘러내린 보통 사람보다 아주 검고 부드러운 고수머리는 전체적으로 그의 날카로움을 많이 완화시켜주고 있었다. 그러나 얼굴 곳곳에 드리워진 어두운 그림자는 뜻밖에도 내가 대학 강단에서 만나는 젊은 교수들의 얼굴을 연상시키기도 했다. 재단이 이래도 됩니까, 젠장, 할 때거나, 교수회의 중에 말도 안 되는 이사장의 말, 예를 들어 올해 우리 대학의 한 해 목표는 우선 공부하는 대학을 만드는 겁니다, 인재를 길러야 돼요, 우리 재단은 오직 그 목적을 가지고 학교를 설립했으며…… 같은 누가 들어도 웃고 말 그런 말을 듣고 있을 때의 젊은 교수들 얼굴과 비슷했던 것이다. 나는 순간적으로 저 사람의 가슴에 달린 빨간 명찰이 혹시 국가보안법이라는 것을 의미하는 것은 아닐까 하는 착각을 잠시 했다. 아마도 얼핏 비추었던 이지적인 인상이 그런 상상을 불러일으켰을지도 모르겠다. 그는 파리에서 젊은 사람들이 입고 다니던 티셔츠 위에 새겨진 체 게바라의 한국판 얼굴이라고 말할 수도 있는 느낌을 주는 사내였다. 뭐랄까, 죽음을 넘어가버린 존재, 어린 시절에 이미 거친 황야에서 쓸쓸하게 죽기로 맹세한 사람들이 가지는 그런 수성(獸性) 같은 것이 아른거리고 있었던 것이다. 그리고 그게 그에게 더 어울릴 것 같았다. 더 솔직히 말하자면 어쨌든 그는 내가 상상했던 소위 죄수의 얼굴을 하고 있지는 않았다. 하지만 나는 이런 진부한 기대를 무참히 깨버리는 신선한 파격을 좋아하는 사람이었다. 나는 그에게 호기심이 좀 생겨나기 시작했다.

"앉자, 자 앉아라…… 내가 여러 번 네게 편지 했던 모니카 수녀다."

그는 서투른 동작으로 자리에 앉았다. 앞으로 모여 있는 그의 두 손목에 채워진 혁수정이 그제야 내 눈에 띄었다. 허리에 굵은 가죽 벨트 같은 것을 치고 거기에 달린 고리에 수갑이 매어져 있는 혁수정, 그 이름조차 나중에 안 것이었지만 왜였을까, 가슴이 철렁했다.

"이주임, 저기…… 내가 빵을 좀 사왔거든…… 빵 먹게. 저…… 수갑 좀 풀어주면 안 될까?"

고모가 조심스레 물었다. 이주임이라는 교도관이 곤란하다는 듯이 그냥 웃었다. 그의 얼굴에는 나는 바른 생활 사나이입니다, 같은 표정이 어려 있었다. 모니카 고모는 더 이상 고집을 피우지 않고 꾸러미에 든 빵을 꺼내놓았다. 크림빵과 버터빵, 단팥빵…… 고모가 커피포트에서 끓은 물을 따라 커피를 만들어 그의 앞에 내놓았다. 그리고는 수갑이 차인 그의 손에 빵 하나를 쥐어주었다. 그는 대답 없이 빵 하나를 들어 잠시 그것을 물끄러미 바라보았다. 정말 이것이 먹어도 되는 음식일까 하는 표정이었고, 한편으로는 오래도록 그리웠던 음식을 바라보는 자의 비감 같은 것이 어리고 있었다. 그는 결심을 한 듯 어렵게 그것을 입에 밀어넣었다. 혁수정을 차고 있었으므로 빵을 입에 밀어넣는 동작을 하려면 허리까지 고개가 내려가야 하기 때문에 그의 몸이 달팽이처럼 둥글게 말렸다. 그는 그렇게 빵을 베어먹고 그것을 우적우적 씹었다. 시선은 줄곧 의미 없이 탁자에 붙박인 채였다.

"그래 편하게 먹어…… 목이 메겠다, 커피 좀 마시고…… 앞으로도 먹고 싶은 거 있으면 내게 이야기해. 날 어머니같이 생각해라. 내가 자식이 없거든. 여기 드나든 지 삼십 년…… 난 그냥 너희들 식구야."

빵을 씹던 그가 자식이 없다는 고모의 말에 억지로 약간 미소를 지었다. 나 혼자 본 것이었겠지만 거기에는 조소하는 빛이 어렸다. 내가 깔깔거리며 갈등을 무마시켜버리듯 그는 그렇게 조소하는 빛으로 무기를 삼는 것 같았다. 어찌됐든 그건 순전히 내 느낌이었는데, 나는 그를 처음 본 순간 그가 왠지 내 과(科)라는 생각을 했다. 나의 직감은 거의 틀린 적이 없었지만, 그냥 사람이 아니라 사형수를 두고 그런 생각을 하는 게 스스로도 좀 이상한 기분은 있었다. 늦잠을 자느라고 아침을 거르고 온 바람에 빵이라도 좀 먹고 싶었지만 그가 다람쥐처럼 두 손을 모으고 온몸을 둥글게 말아 그것을 먹고 있는 걸 보노라니까 입맛이 없어졌다. 순간 좀 딱하다는 생각이 들었다. 저 인생은 어쩌다가 여기로 왔을까, 뭐 이런 생각이 스쳐갔던 것 같다. 모니카 고모는 빵을 들어 이주임이라는 교도관과 나에게도 하나씩 권하고 자신은 커피를 마셨다.

"그래 사는 게 어떠니? 이제 좀 적응이 돼?"

빵을 꾸역거리며 씹던 그가 순간 씹던 동작을 멈추었다. 겨울 햇살이 비스듬히 비치는 사무실에 앉은 네 사람 사이로 긴장감 같은 침묵이 어렸다. 그가 먹던 빵을 마저 천천히 씹었다.

"보내주신 답장 잘 받았습니다. ……오늘 여기 오지 않으려고 했는데…… 와서 말씀드려야 한다고 생각했습니다. 이주임님이 수녀님께서 삼십 년 동안, 비가 오나 눈이 오나 늘 전철 타고 버스 타고 오신다고…… 그 말이 아니면 나오지 않았을 텐데…… 그래서 나왔습니다."

그가 고개를 들었다. 얼핏 아주 평온한 얼굴이었다. 그러나 좀더 자세히 보니까 그 평온은 가면처럼 딱딱해 보이는 종류의 것이었다.

"그래……."

"……오지 말아주십시오. 편지도 받지 않겠습니다. 저는 그럴 만한 자격이 없는 사람입니다. 저를 이대로…… 죽게…… 내버려둬주십시오."

죽게, 라는 마지막 말을 하면서 그는 이를 악물었다. 턱 주위가 씰룩거리는 것이 어금니를 꽝 앙다물고 속으로 이를 가는 것 같았다. 뜻밖의 반응이었다. 날카로운 그의 눈매로 푸른 기운이 어리는 것을 나는 보았다. 저 사람이 갑자기 여기서 내 목을 휘어잡고 인질극이라도 벌일까봐 나는 순간 두려웠다. 그러고 보니 그의 이름을 신문에서 본 게 떠올랐다. 그는 살인을 하고 도망치다가 가정집에 들어가 엄마와 아이를 잡고 난동을 부린…… 희미한 윤곽이 떠올랐다. 나는 교도관과 고모를 바라보았다. 그가 튼튼해 보이는 수갑을 차고 있다는 것이 좀 마음을 안심시켰다.

"윤수야…… 내가 벌써 나이가 칠십이니까, 이렇게 불러도 되겠지?"

모니카 고모는 조금도 당황하지 않고 차근차근 말을 시작했다.

"죄인이 아닌 사람이 어디 있니? 샅샅이 헤아린다면 자격이란 게 있는 사람이 어디 있니? 나는 그냥 너와 함께 있었으면 한다. 가끔 보고 같이 빵도 먹고, 그냥 오늘 있었던 일 이야기도 하고…… 내가 원하는 것은 그거지만……."

"저는,"

모니카 고모의 말을 자르며 그가 다시 입을 열었다. 오래 생각하고 말을 꺼내는 자 특유의 가라앉은 목소리였다.

"저는 살아갈 희망도 의지도 없습니다. 그런 데 쓰실 힘이 있으면 가엾은 다른 사람들에게 베풀어주십시오. 저는 사람을 죽였습니다. 그러니 그냥 이대로 죽는 것이 맞습니다…… 이 말씀을 드리러 왔습니다."

더 볼일이 없다는 듯 그가 일어섰다. 교도관이 크게 놀랄 일은 아니라는 듯이 그를 따라 일어섰다. 빵을 먹을 때 마치 짐승이 땅에 떨어진 먹이를 먹는 것처럼 둥글게 몸을 말아야 하지만 나도 인간이라는 듯한 열띤 호소 같은 것이 그에게서 느껴졌다. 사형수에게도 자존심이라는 것이 있나보다, 라는 바보 같은 생각이 처음 들었다.

"잠깐만, 윤수 잠깐만!"

고모가 그를 애타게 불렀다. 그가 고모 쪽으로 돌아섰다. 그를 바라보는 고모의 눈에 눈물이 고여 있었다. 그도 고모의 눈물을 본 거 같았다. 나는 그때 그의 얼굴 한 귀퉁이가 일그러지고 있는 것을 보았다. 그건 찡그림이 아니라 무너짐 같은 거였다. 딱딱한 가면 한 귀퉁이가 찢어지는 듯한 그런 표정이었던 것이다. 그러나 그 무너짐도 곧 사라지고 다시 조소하는 듯한 빛이 어렸다. 고모는 들고 온 꾸러미 속에서 무언가를 주섬주섬 꺼냈다.

"곧 크리스마슨데, 선물 가지고 왔어. 춥지? 내복 좀 샀다…… 그래도 네가 이렇게 어렵게 날 만나러 와주었는데 어떻게 그냥 널 보내겠니…… 그래 잠깐이면 되니까 좀 앉지 않겠니? 늙은이가 되어서, 내가 말이야, 다리가 좀 아프거든."

그는 고모가 내민 꾸러미를 바라보고 있었다. 턱의 근육이 욱신거리며 움직이고 있었다. 짜증이 난다는 듯 미간 한구석이 찌푸려졌다. 크리스마스 선물이라니 웬 개뼉다귀? 아마도 그렇게 말하고 싶은 표정으로, 그러나 노인네고 여자니까 봐준다는 표정으로 그는 자리에 앉았다.

"내가 크리스마스 선물을 주는 건, 너보고 부담 가지라고 그러는 게 아니야. 성당에 다니라고 그러는 것도 아니구. 종교 이야기가 아니라구…… 종교를 뭘 믿으면 어떠니? 또 안 믿으면 어떠니? 하루를 살아도 사람이 사람답게 산다는 거…… 그게 중요한 거지. 그럴 리 없겠지만 혹여 네가 너 자신을 미워하는 사람이라면 그런 너를 위해 예수님이 오신 거야. 너 자신을 사랑하라고, 네가 얼마나 귀중한 사람인지 알려주시려고. 혹여 네가 앞으로 누군가에게 따뜻함을 느낀다면, 혹시 네가 이런 게 사랑받는 거로구나, 하고 느낀다면 그건 하느님이 보내주신 천사라고 생각했으면 하는 거야…… 오늘 널 처음 보지만 나는 안다. 넌 마음이 따듯한 녀석이야. 네 죄가 무엇이든 간에 그게 전부 다 너는 아닌 거야!"

고모가 마지막 말을 했을 때, 그가 얼핏 웃었다. 비웃음이었다. 사람을 죽였고 이제 그 죄과로 인해 내일이라도 형장에 매달려 죽을 사람에게, 귀중한 사람 어쩌구 하니까 어이가 없다는 듯했다. 그러나 감정의 동요가 심한 자 특유의 불안한 기운이 그의 얼굴 위로 파도치듯 지나가고 있었다. 나는 이상하게도 그를 이해할 수 있는 기분이었다. 식구들과 지긋지긋하게 싸움을 하고 난 후, 고모의 전화를 받을 때, 그때 고모가 마치 지금 그에게 하듯 저런 목소리로 내게 말하면 나는 갑자기 화가 치밀어 올랐다. 말하자면 그건 내 감정 속으로 수혈되는 다른 피에 대한 거부 반응 같은 것이었다. 삶이든 감정이든 한 가지 혈액형일 때 우리는 편안함을 느낀다. 그게 옳든 그르든 악당은 악하고 반항아는 반항적인 것이 편안한 상태인 것이다.

"저한테 이러지 마십시오. 이렇게 하시면 저는 편히 죽을 수가 없습니다…… 그래요 제가 수녀님을 만나러 오고 천주교 미사에 나가고 교도관들이 좋아하게 고분고분 말이란 말은 다 듣고…… 그리고 찬송가 부르고 무릎 꿇고 앉아 기도하고, 그렇게 천사처럼 변한다고 합시다. 그러면 수녀님께서 저를 살려주시기라도 할 거란 말입니까?"

뜻밖의 말이었다. 그는 짐승처럼 흰 이를 드러내며 마지막 단어를 뱉었다. 모니카 고모의 얼굴이 일순 해쓱해졌다.

"그러니 그냥, 제발 이제 저를 찾아오지 마세요."

"그래, 그건 맞아…… 그러고 싶지만 그럴 힘이 없으니까. 그런데 살려주지 못한다고 해서 만날 필요도 없는 건 아니잖니? 이런 말 하면 어떨지 모르지만 우리 모두는 실은 사형수야. 우리도 언제 죽을지 모르는 사람들…… 그 언제 죽을지 모르는 내가 네 말대로 언제 죽을지 모르는 널 만나러 오면 안 되니, 왜 그런데?"

모니카 고모도 만만치 않았다. 그는 어이가 없다는 듯 모니카 고모를 바라보았다.

"왜냐구!"

"……아무 희망도 갖고 싶지 않기 때문입니다…… 그건 지옥입니다."

모니카 고모는 아무 말도 하지 않았다.

"여기서 조금만 더 나가면 저는 미쳐버릴지도 모르겠습니다."

고모가 무언가 말을 꺼내려다가 잠시 입을 다물었다. 그리곤 잠시 후에 차분한 목소리로 되물었다.

"윤수야, 지금 너를 제일 괴롭히는 게 뭐니? 제일 두려운 게 뭐지?"

그가 고모를 올려다보았다. 한참을 그랬다. 적의에 찬 눈길이었다.

"……아침이요."

그는 악랄한 검사가 내미는 마지막 결정적 물증 앞에서 하는 수 없이 죄를 자백하듯 말했다. 목소리는 낮았다. 그는 더는 들을 필요가 없다는 듯 자리에서 벌떡 일어나 모니카 수녀에게 인사를 꾸벅하고 걸어나갔다. 그러자 석고상처럼 굳어 있던 고모가 그를 따라 일어섰다.

"잠깐만…… 그래, 미안해, 그렇게 화내지 마라. 그러니까 힘들면 날 안 만나도 좋고, 그냥 가도 좋아. 가도 좋은데, 그런데 저기 이건 가지고 가서 먹어…… 비싼 빵은 아니지만 이 늙은이가 그래도 너 생각해서 사온 건데, 그렇게 맛없는 건 아니야. ……불법인 줄 알지만 이주임, 이거 두 개만 옷 속에 넣어 가게 눈 좀 감아줘……."

고모는 사가지고 온 빵을 몇 개 들어 윤수에게 건넸다. 곤란하다는 듯한 표정이 이주임의 얼굴에 지나갔다. 저쯤 되면 고모의 고집이, 마치 아버지의 뜻이 하늘에서와 같이 땅에서도 이루어지듯, 위력을 발휘한다고 할 만했다.

"그래…… 혼자 독방에서…… 젊은 아이가 얼마나 배가 고플 텐가…… 한참 먹을 때일 텐데…… 이주임! 부탁이야."

누가 죄인이고 누가 교화자인지, 누가 애원하고 누가 거부해야 하는지 모를 좀 우스운 상황이긴 했다. 그때 그의 눈길이 처음으로 모니카 고모를 향하는 것을 나는 보았다. 그 눈길은 상대의 정체를 도저히 파악할 수 없다는 불안으로 흔들리고 있는 듯했다. 고모가 다가가 윤수의 옷 안쪽으로 빵을 넣어주었다. 그는 약간 어이가 없는 표정이었다. 될 수 있으면 고모를 가까이 하고 싶지 않다는 듯이 뒷목을 길게 뺐다.

"괜찮아…… 오늘 만나서 참 기뻤다. 윤수야, 널 만나서 나는 기뻤어. 나와주어서 정말 고맙다!"

고모는 그의 어깨를 한참 어루만졌다. 그는 고문을 당하는 사람처럼 고통스러운 표정이었다. 그는 서둘러 몸을 돌렸다. 돌아서는데 자세히 보니까 한쪽 다리가 좀 불편한 듯 절룩이고 있었다. 고모는 긴 복도 끝으로 그가 사라질 때까지 상담실 문 앞에서 그를 보고 있었다. 그 순간 고모는 바닷가 절벽 위에 서 있는 염소처럼 몹시 고독해 보였다. 모니카 고모는 한 손을 이마에 짚었다. 갑자기 피로가 몰려오는 듯한 표정이었다.

"괜찮아, 첨엔 다 저래…… 저게 희망의 시작이야…… 자격 없다고 말하는 거, 그게 좋은 시작인 거야……."

고모는 딱히 내게라고도 할 거 없이 중얼거리며 말했다. 가뜩이나 키가 작은 고모는 그대로 사그라져버릴 것 같았다. 자기 자신에게 그렇게라도 다짐하지 않으면 안 된다는 듯했다. 나도 모르게 벽에 걸린 렘브란트의 그림을 힐끗 보았다. 아버지에게 자기 몫의 유산을 먼저 달라고, 행패를 부리던 그 작은아들. 그 아들이 그 재산을 탕진하고 돼지먹이통을 기웃거리다가 아버지에게 돌아온다. 그는 다시 아들이 될 자격조차 없다는 것을 안다. 그가 돌아와 "아버지, 저는 아버지와 하늘에 죄를 지었습니다"라고 말한 것도 진심이었을 것이다. 그 모티프를 성서에서 따온 그림이었다. 렘브란트의 그림은 아들을 용서하는 아버지의 사랑과 무릎 꿇은 아들의 참회를 표현하고 있었다. 렘브란트의 그림 속에서 아버지의 두 손은 다르다. 하나는 남자의 것이고 하나는 여자의 것, 그것은 신이 여성성과 남성성을 동시에 가지고 있다는 것을 표현한다고 미술사 시간에 배운 게 떠올랐다. 그런데 하필이면 이 방에 저 그림을 걸어둔 의도가 너무 뻔했다.

"정윤수가…… 아직도 말썽 많이 피우나?"

고모가 물었다.

"죽겠어요. 지난달에는 운동 시간에 조직 폭력배 두목을 죽인다고 운동장 가에 피워놓은 연탄난로 뚜껑을 집어들고 싸움을 벌인 통에 보름 동안 징벌방에 있다가 어제 나왔어요. 우리가 빨리 발견하지 않았으면 다시 재판정으로 갈 뻔했지요. 하긴 재판정에 가면 뭐 합니까? 사형에 더 보태도 사형이니까…… 징벌방에서도 어찌나 소란을 피우는지…… 이런 말씀드리면 뭣하지만, 사형수들 땜에 죽겠어요…… 여기서 사람 하나 더 죽여봤자 마찬가지란 거죠. 어차피 이래 죽거나 저래 죽거나 사형이니까. 죄수들이 그래서 눈치 살피면서 꼼짝을 못 하니까 지들이 무슨 왕처럼 군다니까요. ……작년 팔월에 집행 있고 아직 없어서…… 이제 집행 때가 다 찬 걸 느껴서 그러는지 연말이 되면 더들 한다니까요…… 보통 연말에 사형 집행이 있곤 하니까 말이죠…… 집행 한번 있고 나면 몇 달은 조용들 할 텐데…… 그중에 저 윤수란 놈 아주 악질이에요."

모니카 고모는 잠시 아무 말도 하지 않다가 입을 열었다.

"그래도 저애가 오늘 날 만나러 나왔잖아. 내 편지에 드물게

긴 하지만 답장도 했었고."

고모는 작은 단서라도 붙들고 싶은 수사관처럼 교도관에게 바싹 다가가는 자세로 말했다. 교도관의 얼굴로 비웃음 같은 것이 지나갔다.

"그러니까, 저도 실은 좀 놀랬어요. 지난달에 목사님께서 성경을 넣어주셨는데 갈기갈기 찢어서 화장실 종이로 쓰고 있더라구요. 아마 그렇게 한 세 권쯤 없앴나봐요."

내가 까르르 웃었다. 모니카 고모의 눈초리만 아니면 좀더 웃으려고 했는데 하는 수 없이 약간 근엄한 표정으로 입을 다물어야 했다. 고소한 느낌도 들었다. 아까 여기 오는 길에 고모가 나한테 쓰레기, 쓰레기 한 말에 대한 복수를 그가 해준 것도 같았다. 그는 고모가 제일로 아끼는 그 성서를 찢어서, 그야말로 쓰레기보다 못하게 버렸으니까. 하지만 분위기상 너무 고소한 티를 내고 있을 수는 없었다. 두 사람은 심각한 얼굴이었던 것이다.

"근데 오늘 아침에 내가 가서 이따 수녀님 오실 거라고 어쩌겠느냐고 물으니까, 좀 생각하는 눈치더니, 수녀님께서 몇 살이시냐고 묻더라구요. 칠십이 넘으셨다니까…… 좀 망설이는 듯하더니 웬일로 나온다고 했던 거예요."

고모의 얼굴 위로 기쁜 듯한 표정이 어렸다.

"그랬어? 나이 먹으니까 좋은 것도 있군 그래. 헌데 찾아오는 사람은 있나?"

"없어요. 아마 고아인 거 같아요. 어딘가 어머니가 살아 있다고 하는 것 같긴 한데…… 아무도 찾아오는 사람은 없어요."

모니카 고모는 주머니에서 주섬주섬 흰 봉투를 하나 꺼냈다.

"이거 윤수 영치금 좀 넣어줘요. 그리고 이주임도 너무 저 아이 그렇게 보지 마. 교도관들이 교화하라고 있는 거지…… 빨리 죽여버리려고 있나? 자네나 나나 실은 우리 모두 죄인 아닌 사람이 어디 있겠나?"

이주임은 봉투를 받아넣었을 뿐 아무 말도 하지 않았다.

돌아오는 길에 내가 수녀원까지 모셔다 드린다는 것을 모니카 고모는 한사코 거절했다. 대체 왜 이 추운 날 버스랑 전철을 갈아타고 다닌다고 하는지, 아마도 그것이 고모와 내가 부리는 쓸데없다는 그 고집일 것이었다.

"고모 그런데 저 사람 무슨 죄졌어?"

네거리에서 신호를 대기하고 있는 동안 딱히 할 말도 없어서 내가 물었다. 고모는 생각에 잠긴 듯 대답이 없었다.

"그거 아까 수갑 같은 거는 우리 만난다고 차고 오는 건가?"

"아니야, 하루 종일 차고 있어."

아까 그가 몸을 둥글게 말고 빵을 먹는 모습을 보았을 때처럼 가슴이 철렁했다. 춘향이가 큰 칼을 쓰고 앉아 있는 것은 청승스럽고 비련스럽고 아니면 무언가 위엄 같은 것이 있어 보였지만, 그건 어디까지나 훗날 당연히 이몽룡과 함께 도래할 극적인 정의의 반전을 위해 비참하면 할수록 좋은 도구이겠지만, 21세기가 다가오는 때, 실은 그건 좀 충격적이었다.

"그럼…… 잘 때도?"

"그래…… 그래서 팔 한번 뻗고 자보는 게 소원인 사람들이야. 어떤 때는 잠결에 잘못 돌아누워서 팔이 부러지는 사람도 있어. 사형 판결을 받고 길게는 그렇게 이 년 삼 년을 지내다가 죽는 거야."

"밥은 어떻게 먹구?"

"젓가락질 못 하니까 그릇째 들고 먹거나, 여러 명이 같은 방에 있는 경우에는 다른 재소자들이 밥을 대충 비벼주면 숟가락만 들고 겨우 먹어…… 게다가 저 아이 징벌방에 보름 있었다는데 징벌방 들어가면 사람 그림자 하나 구경 못 해. 등 뒤로 수갑이 묶여서 밥그릇에 입 대고 먹어. 소위 개밥이라고 하는 거지…… 거기 보름이나 있다가 나왔으니까 저도 제정신이 아니겠지…… 화장실도 가지 못하는 경우도 있어. 그럴 땐 바지에다 해결하는 거야. 보름 동안……."

갑자기 입으로 한숨이 비어져나왔다. 꼭 그래야만 하는 거냐고 묻고 싶은 것을 꾹 참았다. 모르고 있을 때는 몰랐는데, 알고 또 눈으로 보는 것은 참으로 다른 것 같았다. 나는 별로 살고 싶지 않은 동네 입구로 한 발을 디뎌버린 것 같은 불길함을 느꼈다.

"그러니까 저 사람 살인한 거지? 아까 제 입으로 그랬잖아…… 근데 저 사람은 누굴 죽인 거야? 왜 죽였대?"

"몰라."

고모의 대답이 너무도 단순하고 단호해서 나는 잠시 내 귀를 의심했다.

"어떻게 죽인 건데? 몇 명이나 죽였어? ……저 사람 신문에 난 적 있었지?"

"모른다구 했잖니!"

말투가 너무 단호해서 나는 고모를 돌아보았다. 고모는 내 의문이 이상하다는 듯 나를 바라보았다.

"어떻게 몰라? 아까 보니까 고모는 여기 서울구치소 종교위원이라던데…… 저 사람한테 편지하려고 했을 땐 뭐 좀 알아보고 했을 거 아냐?"

"난 저애를 오늘 처음 만났다. 유정아, 저애랑 난 오늘 처음 만난 거야. 그게 다야. 사람과 사람이 만나는데 너는 누구를 처음 만나서, 이제껏 무슨무슨 나쁜 짓을 하다가 여기서 이렇게 날 만나게 되었습니까? 하고 묻지는 않잖니. 자기 입으로 그 얘길 하면 그냥 듣는 거지. 나에게는 오늘 본 저애가 처음인 거다. 오늘의 저 아이가 내게는 저 아이의 전부야."

고모의 말은 단호했다. 무언가가 다시 한 번 가슴을 툭 하고 치고 지나가는 것 같았다. 나는 새삼 고모가 수도자라는 것을 생각하게 되었다.

"신호 바뀌었다. 저기 삼거리 역 앞에서 차 세워라. 저녁에 내가 전화하마."

고모는 그렇게 말하고는 전철역 앞에서 내렸다.

•

왕이시여! 이 때문에 울지 마소서.
저들이나 또 다른 이들 가운데 그토록 짧은 삶에서
삶보다 죽음을 한 번 이상 원치 않은 이가 없나이다.

•

헤로도투스《역사》

불행은 소낙비처럼 퍼부었습니다. 어느 날 학교에서 돌아와 보니 은수가 종잇장처럼 질려 울고 있었습니다. 왜 그러냐고 물으니까, 은수는 갑자기 구역질을 시작했습니다.

아부지가 나한테 이상한 걸 먹였어…… 자꾸 토할 거 같아. 방 안으로 들어가니 이상한 냄새가 코를 찔렀습니다. 아버지가 은수에게 농약을 먹이려고 하다가 농약병이 쓰러져 나는 냄새였습니다. 아부지가 죽어! 죽으려면 아부지가 죽으라구! 내가 소리쳤습니다. 내 서슬 때문이었는지 묵묵히 술을 마시던 아버지가 나를 돌아보았습니다. 뜻밖에도 아버지는 나를 때리려고 하지 않았습니다. 그때 그는 충혈된 눈동자로 나를 바라보았는데 그 눈동자는 이상한 조소의 빛을 띠고 있었습니다. 어쩌면 빙그레 웃는 것 같기도 하고 어쩌면 지독한 고통 속에 휩싸여 있는 것 같기도 했습니다. 그가 언제 마음이 변해 몽둥이를 들고 우리를 쫓아나올지 몰라 나는 은수의 손을 잡고 도망쳤습니다. 우리가 늘 가던 동네 어귀 빈집의 헛간에 들어가 거기서 밤을 새웠습니다. 아침에 집으로 가보니 아버지라고 내가 이름 불러야 했던 그 사람이 죽어 있었습니다. 그가 마셔버린 농약병이 빈 채로 뒹굴고 있는 그 곁에서 말입니다.

5

그날, 그곳에 다녀온 그날 밤, 내가 편안히 잠을 이루었다고는 말하지 않겠다. 얼결에 그를 만나고, 그를 보고, 그가 가고, 그리고 고모를 내려드리고 시내로 나가 크리스마스 때 필요한 몇 가지를 쇼핑하고 백화점 주차장에서 막 차에 올라타려는데 갑자기 아침에 먹었다가 저녁이면 약효가 나타나는 약이라도 먹은 것처럼 난데없이 그의 수갑 찬 손이 떠올랐다. 주차장이 좀 추워서 핸드백 속에서 장갑을 찾다가 그랬던가. 동상에 걸린 새빨간 그의 귀 끝과 수갑으로 인해 파인 그의 손목의 붉은 상흔들, 딱딱해서 안정되어 보이던 그의 입술이 입을 열 때마다 옳게 뒤틀리던 것도 떠올랐다. 더 살고 싶은 의지도 희망도 없다고 말할 때, 그 음성의 불안함도 낯익게 느껴져왔다. 어쩌면 그건 내게 아주 익숙한 것이었다. 그건 내가 식구들에게 하던 말, 식구들에게 고래고래 소리치며 하던 말이었으니까. 날 좀 죽게 내버려둬, 하고.

백화점은 몹시 붐볐다. 두 손이 모자라도록 쇼핑백을 든 여자들과 남자들이 차에 쇼핑한 것들을 싣고 떠나고 들어오고 있었다. 크리스마스가 다가오고 있었던 거다. 네가 혹여 너 자신을 미워한다면 그런 너를 위해 예수님이 오신 거야. 너 자신을 사랑하라고. 네가 얼마나 귀중한 사람인지 알려주시려고…… 애원하는 듯한 고모의 음성도 생각났다. 목으로 침이 꿀꺽 하고 넘어갔다. 그 말을 들어야 할 대상은 그 사람 하나만은 아니라는 것을 인정하고 싶지는 않았다. 그곳이 여기였다면, 그러니까 이렇게 쇼핑하라고 예수님이 오신 게 아니다, 라고 고모는 아마도 농담처럼 덧붙였을 것이다. 어릴 때 성당에 다니던 생각이 났다. 그때까지 나는 얌전한 아이였다. 엄마가 입혀주는 리본 달린 옷을 입고 선생님의 심부름을 공손하게 하고 주일학교에 빠지지 않았었다. 성경을 달달 외워서 교리 경시대회에 나가 상도 탔다. 그리고 그날이 왔다. 그날 이후 내 세상의 태양은 빛을 감추었고 다시는 화사하게 뜨지 않았다. 해가 뜨든 밤이 오든 내게는 언제나 그런 밤이었다는 생각이 든다. 그런데 내가 왜 그를 만나고 와서 이 화사한 백화점 주차장에서 그날을 생각하는지 알 수가 없었다. 나는 어쨌든 그 후로 좋은 학교는 아니었지만 대학에 진학했고, 대학가요제에 나가 상도 탔다. 짧았지만 전국의 무대를 돌며 노래도 불렀다. 돈 걱정 하나 없이 프랑스로 떠났고 그리고 돌아와 교수란 게 되었다. 내가 얼마나 자격 없는 교수인지는 실은 나와 우리 식구만이 알고 있는 비밀이긴 하지만 지금 나는 나이가 좀 많다는 것을 제외하고는 그 속물 검사가 거짓말이라도 해서 장가를 들고 싶을 만큼 그런 괜찮은 사회인이다. 적어도 남들이 보기에는 그렇다. 남이라는 사람들을 속이기는 얼마나 쉬운가!

나는 차를 몰고 거리로 나왔다. 거리는 차들로 붐비고 있었다. 화려한 크리스마스 전구들이 가로수마다 반짝이고 있어서 잎 진 나무에 황금빛 꽃들이 피어난 거 같았다. 칠 년 만에 돌아온 한국은 변해 있었다. 화려해졌고 부유해 보였고 분주해 보였다. 하지만 높이높이 올라서 거의 하늘이 보이지 않는 건물들 뒷골목으로 걸어가고 있으면 바람이 예전보다도 아주 거세고 찼다.

집으로 돌아와 나는 인터넷으로 그의 이름을 검색해보았다. 정윤수, 라는 이름을 검색하자 기사들이 줄줄이 따라나왔다. 날짜를 보니 일 년 육 개월 전, 내가 아직 파리에 있을 때였다. 그는 소위 이문동 모녀 살인사건의 주범이었다. 사건의 개요는 이랬다. 그와 그의 일당은 평소 알고 지내던 박모 여인을 살해하고 옆방에 있던 열일곱 살짜리 딸을 강간살해하고, 그리고 그때 시장을 보고 집 안으로 들어서던 파출부 아주머니까지 죽였다.

열일곱 살짜리 딸을 강간했다는 말에 나는 잠시 숨을 멈추었다. 잇몸 사이로 핏물이 번져오는 것처럼 비릿하고 신맛이 느껴졌다. 앞으로 한 달 동안 이런 녀석을 면회하기 위해 고모를 따라다닌다? 죽게 내버려두라고 소리치던 모습이 나와 비슷하다고 느낀 것이 치욕스러웠다. 대한민국 정부는 왜 그런 놈들이 죽여달라고 할 때 재빨리 죽여버리지 않는 거야, 싶었다. 그러고도 고마운 줄 모르고 뻔뻔스레 죽여달라고 소리치는 그런 인간쓰레기들을 찾아다니느니 차라리 정신과 치료를 받는 것이 나을 거 같았다. 그런 놈에게 내복을 가져다주고, 주섬주섬 빵을 챙겨주면서 애원하듯이 너는 따뜻한 녀석이야, 네 죄가 무엇이든 네 전부는 아닌 거야, 하는 고모가 갑자기 혐오스럽게 느껴졌다. 나는 일어나 부엌으로 가서 커다란 컵에 위스키를 한 잔 따라 그 자리에 서서 다 마셔버렸다. 뛰던 가슴이 조금씩 진정되는 거 같았다. 무언가에 이끌리듯 나는 다시 컴퓨터 앞에 앉았다. 열일곱 살짜리 소녀를 강간살해하고…… 열일곱 살짜리 소녀가 지르는 비명이 내 귀에 웅웅거렸다. 그 소녀가 느꼈을 공포와 수치심이 영화를 보는 것처럼 선명하게 느껴졌다.

그리고 금품을 가지고 나와 경찰을 피해 달아나던 그와 그의 일당, 한 명은 자수하고 그는 가정집에 들어가 인질극을 벌인다. 그는 경찰이 쏜 총에 한쪽 다리를 맞았다. 다른 기사도 있다.

점점 흉포해지는 살인사건, 돈을 위해 평소 자신에게 잘해주던 중년 여인을 살해, 그 딸은 강간살해, 아무 죄 없는 가난한 파출부 아주머니까지 죽이고, 그러고도 전혀 반성의 기미가 없는 범죄자 정윤수, 라는 글씨가 사설에도 있었고 사회면에도 있었다. 이 사회의 문제를 다 알고 있으니까 마이크만 들이밀면 할 말이 많은 사회학자와 정신과 의사와 언론인들이 나서서 혀를 차는 기사들이 컴퓨터 화면에 가득했다. 나는 커서를 옮겼다.

인질극을 벌이던 그에 대한 기사가 사진과 함께 나와 있었다. 그가 삼십이 좀 넘어 보이는 여염집 여자의 목을 감은 채 울부짖고 있는 사진이었다. 자세히 보니까 얼굴의 윤곽은 같았는데 전혀 그 같지가 않았다. 검은 안경도 쓰고 있지 않았고 머리가 아주 짧았다. 한나절을 그렇게 대치하던 중 경찰이 교도소를 드나드는 스님을 보냈는데 그 스님과의 인터뷰가 다른 박스 안에 실려 있었다.

"제가 나 법륜이라는 중이다, 하고 들어서려고 했죠. 그 여자 무슨 죄가 있느냐? 죽이려면 나를 죽이고 그 여인은 풀어주어라 했습니다. 그러자 그가 말했지요. 넌 누구냐? 넌 뭐야! 하더라구요…… 그래서 나 법륜이라는 중이다, 하니까, 그래 잘 만났다. 너 중, 목사, 그리고 신부…… 이런 놈들 때문에 내가 이렇게 됐다. 와라, 죽고 싶으면 와! 내가 너마저 죽이고 나도 죽겠다! 합디다. 실은 그의 말을 듣는 순간 가슴이 울컥했어요. 내가 그에게 가려고 하는데 경찰이 저를 제지했지요."

그가 인간쓰레기 같다고 생각한 것도 잊고 나는 혼자서 웃었다. 이미 위스키가 반 병째 비워지고 있었다. 그가 설사 인간쓰레기라 해도 이 말은 분명 흥미가 있었다. 내 생각하고 비슷하네, 싶었던 거다. 내가 정말 용서 못 했던 것은 내 고통의 백만분의 일도 모른 체 나를 외면하던 가족들이었다. 얘가 나쁜 꿈을 꾸었나봐요, 거짓말하던 어머니와 더 알려고 하지 않던 아버지, 그리고 오빠들…… 내 고해성사를 듣고 용서하라고 강요하던 신부와 수녀들…… 살려달라고 부르짖던 내 간절한 기도를 외면했던 신. 그들 덕에 나는 거짓말하는 죄와 용서하지 못하는 죄까지 뒤집어써야 했다. 그때 내게 아무 말도 하지 않은 사람은 모니카 고모뿐이었다. 나는 다음 기사를 클릭했다. 그는 잡히고 난 후 병원에 후송되어 기자들의 질문에 대답했다.

"더 죽이지 못한 것이 한이다. 잘 먹고 잘사는 연놈들, 더 죽이지 못한 것이 한이다!"

기자들은 우리 사회의 빈부 격차와 부자들의 사치와 방종이 이 사건의 배경이 된 거라고 말하고 있었다. 그러면서, 그렇다고 해도 이들의 증오심은 몹시 비뚤어진 것이라고 말하고 있었다. 사람을 죽이고도 더 죽이지 못한 것이 한이라고 감히 내뱉는 그의 대담무쌍함에 모두들 충격을 받은 듯했다. 이런 자는 아무래도 사형이라는 극형에 처해 날로 파렴치해져가는 범죄자들에게 경종을 울려야 한다고 이 세상을 잘 아는 학자들과 전문가들이 한마디씩 하고 있었다. 나는 남은 위스키를 커다란 잔에 따랐다. 나는 상상 속의 그에게 칼을 쥐어줘보았다. 그가 나를 죽이고 나를 강간하려 하고 나를 인질로 잡는다면⋯⋯ 술잔을 잡고 있는 팔뚝으로 굵은 소름이 지나갔다. 아마 나는 그 칼을 빼앗아 그를 죽일 것이었다. 그날 이후 이런 생각은 한 번도 해본 적이 없었지만 사실은 내가 오래도록 그 생각을 하고 있었다는 것을 그제야 깨달았다. 그러니 이 사회의 모든 문제를 아는 사람들이 말한 대로, 내가 그자의 칼을 빼앗아, 가만있자, 내가 지금 이 작자를 죽이면 분명 사형선고를 받을 거고 그러니 죽이지 말자, 하는 생각을 할까. 천만에 말씀. 나는 틀림없이 수단과 방법을 가리지 않고 그가 쥔 칼을 빼앗아 그를 죽일 것이다, 단언컨대 그 인간을 내가 상상할 수 있는 가장 잔인한 방법으로 죽일 것이다. 예전의 나는 그럴 수 없었지만 지금의 나는 그럴 수 있을 것이었다. 왜냐하면 그때 나는 아무것도 모르는 소녀였지만 지금은 나 하나 죽는 것쯤 아무것도 아니라는 생각을 오래도록 한 사람이기 때문이다.

그때 전화벨이 울렸다. 모니카 고모였다. 집에 잘 들어갔느냐고 묻다가 고모는 해가 바뀌면 바로 다시 서울구치소로 가자고 했다. 나는 대답할 수가 없었다. 왜 하필 소녀를 강간했던 놈이냐고 묻고 싶었다. 고모는 정말 그의 죄를 모르는 것이었을까.

"유정아, 그리고 나하고 한 가지만 약속하자."

"또 뭔데?"

나는 퉁명스레 대답했다. 급하게 들이켠 술이 코 위로 알코올 기운을 수직으로 뿜어올리고 있어서 딸꾹질이 자꾸 나오려고 했다. 전화기 저쪽의 상대가 모니카 고모만 아니었다면 그래, 당신 혼자 성녀 하라구, 혼자서 천당에 가라구! 하고 술주정을 해버렸을지도 모른다.

"또…… 술 마시고 있니?"

고모가 물었다. 아니, 라고 나는 대답했다.

"그래…… 다행이구나. 한 달 동안 나를 따라다닌다고 약속했으니까, 그때까진 죽지 않겠다고, 약속하자. 나 네 외삼촌에게 어렵게 부탁한 거야. 고모 위해서 그럴 수 있지?"

아니라고 말하고 싶었다. 그럴 수는 없다고. 차라리 정신병원에 입원하겠다고 말하고 싶었다. 그러나 고모의 말 속에는 언제나 깊숙한 데서 배어나오는 무언가가 있었다. 나를 무장해제시키고야 마는 어떤 것, 아마도 그건 고모가 내게 보여주었던 사랑 같은 것이었을까, 아니면 나를 안고 울었던 고모의 슬픔이었을까. 슬픔이 가면만 쓰지 않으면 그 속에는 언제나 어떤 신비스럽고 성스러우며 절실한 것이 있다. 그리고 그것은 온전히 자기의 것이면서 가끔 타인의 잠겨진 문을 여는 열쇠가 되기도 했다. 나는 고모가 나를 위해서 오랫동안 기도했음을 느꼈다. 내가 죽었을까봐, 아니, 또다시 죽으려고 할까봐. 고모는 그래서요 며칠 동안 저녁과 아침마다 내게 전화했던 것이었다. 누군가가 간절히 내가 이 세상에 있어주기를 바란다고 생각하자 마음 한구석으로 둔중한 쓰라림 같은 것이 지나갔다. 상해가는 생선에 뿌려진 굵은 소금처럼 따가웠다. 내가 아직 이 지상을 떠나지 못한 것, 다는 떠나지 못하고 실패의 제스처만 쓰고 있는 것, 말하자면 자살 시도의 여러 가지 방법 중 정말로 치명적인 방법, 즉 내가 아파트 십오 층에서 바로 몸을 날리는 방법을 쓰지 않았던 이유는 실은 고모 때문이라는 것을, 인정하고 싶지는 않았지만 알게 된 것이다. 대꾸를 하려는데 딸꾹질을 참고 있어서 그런지 말이 잘 나오지 않았다.

"알았어…… 약속한 거니까, 죽더라도 한 달 지나서 약속 다 채우고…… 그러고 죽을게."

"그래, 그렇게 한 달씩, 한 달씩 자꾸자꾸 지나고 나면 우리 모두 죽어. 고모도 죽고 너도 죽어……."

나는 아무 말도 할 수 없었다. 그제야 고모가 죽는다는 생각을 한 번도 해본 적이 없다는 것을 깨달았다. 고모가 죽는다면…… 실은 고모가 벌써 칠십이 넘었으니 그걸 생각해보지 않은 내가 이상한 사람이었다. 그러자 그건 견딜 수 없을 거 같았다. 고모마저 사라지고 나면 내가 이 세상에 있어주길 간절히 바라는 사람이 사라지는 것이다. 말하자면 그건 이 세상에서 내가 희망을 두어야 할 어떤 것이 사라진다는 것을 말한다. 나를 십오 층에서 떨어져내리지 못하게 하는 것이 사라지는 것. 처음 자살을 기도했던 고등학교 시절에 제일 먼저 달려와 나를 껴안아주었던 사람. 이 가엾은 것, 이 가엾은 것, 하고 고모는 나를 안고 울었었다. 그런데 만일 고모가 죽는 것을 보게 된다면, 나는 울지도 못할 거 같았다.

"……나 죽고 싶지 않게…… 기도해줘, 고모."

나는 고모에게 말했다.

"그럼, 기도하지. 아침에도 하고 저녁에도 하고…… 고모도 늙었다. 유정아 고모 가슴 더는 아프게 하지 마라, 응? 이제 너도 그만 용서해야 한다. 누구를 위해서가 아니라 너 자신을 위해서."

고모가 용서라는 말을 꺼낸 것은 처음이었다. 내 쪽의 긴장이 느껴졌는지 고모는 잠시 망설이는 듯하다가 다시 말했다.

"더 이상 그 사실을 네 인생의 주인공으로 만들지 말라는 이야기다. 그 자식이 네 마음속에 차지하고 있던 그 방을 그만 빼라구, 방 빼란 말이다. 십오 년쯤 지났으면 이제 모든 것이 네 책임인 거야. 너도 서른이잖니."

고모는 너도 서른이라는 말을 열다섯 살 아이에게 하듯 말했다. 나는 대답하지 않았다.

•

슬픔 속에서 빵을 먹어보지 못한 사람
눈물에 젖은 채 내일을 갈망하며 밤을 지새우지 못한 사람
그들은 모른다 성스러운 힘을

•

괴테

은수와 나는 고아원으로 보내졌습니다. 그날 이후 나는 떠돌이 무사처럼 싸워야 했고, 비무장지대의 보초병처럼 하루도 편안히 잠들지 못했습니다. 학교에서 돌아오면 눈이 보이지 않는 은수의 밥을 아이들이 빼앗아버렸고 온몸은 멍투성이였습니다. 나는 동생을 때리고 괴롭힌 그들을 찾아내어 코피가 터지도록 응징을 가했고 그런 날이면 나 역시 고아원 사감에게 코피가 나도록 두들겨 맞았습니다. 나는 그 고아원의 불량소년이었고 골칫덩어리였습니다. 은수는 다음날 내가 학교에 간 사이 어제 나에게 얻어맞은 아이들의 복수 대상이 되었고 학교에서 돌아온 내가 다시 그 복수를, 그러고 나면 다시 고아원 사감이 나를 더 세게 때렸습니다. 이 세 부류의 인간들은 지치지도 않고 응징과 복수의 나날을 보냈습니다. 이미 아버지로부터 물려내려와 내 혈관 속을 흘러다니는 피와 폭력과 비명과 거짓말과 반항 그리고 증오를 꺼내어 차근차근 실습이라도 하는 것 같던 날들이었습니다. 나는 짐승이었습니다. 그게 아니라면 저는 어떻게 살아 있어야 하는지 몰랐을 겁니다. 그거라도 되지 않으면 저는 아무것도 아니었을 것이기 때문입니다. 그러던 어느 날 어머니가 우리를 찾아옵니다.

6

약속을 지키지 않았다는 것을 깨달았습니다, 라고 그 편지는 시작되고 있었다. 일주일이 더 지나가고 우리가 서울구치소로 다시 그를 찾아가려고 하고 있을 무렵이었다. 고모는 그가 우리를 만나든 만나지 않든 어쨌든 또 고집스레 그를 찾아갈 모양이었다. 해는 바뀌어 1997년이 되었다.

수녀원으로 온 편지를 내게 전해주며 고모는 아주 기쁜 표정이었다. 나로 말하자면 다른 의미로 그자와 대면하고 싶은 생각이 생겨나고 있었다. 그것이 결국은 나 자신과의 대면이라는 것을 내가 그때 다 의식하고 있었을까, 에 대해 아직은 대답하지 못하겠다.

'예전에 제가 모니카 수녀님께 편지를 쓰면서 지난 1986년 프로야구 개막식 때 애국가를 부르던, 대학가요제의 히로인, 그 가수를 만나고 싶다고 말씀드렸던 것을 잊었던 것입니다. 지금은 저 세상으로 간 제 동생이 그 가수의 목소리를 아주 좋아했습니다. 애국가를 좋아하던 동생이었으니까요. 제 동생도 제가 그 가수 분을 만났다고 하면 하늘에서 기뻐할 거라고 생각했습니다. 그런데 그분이 그날 오신 것을 제가 몰랐었습니다. 징벌방에서 나왔고 또다시 모든 것을 다 없애버리면 그만이라는 절망적인 생각이 들었었습니다. 동생은 그걸, 그 무례를 좋아하지 않았을 거라고, 방으로 돌아온 이후에 생각했습니다. 죽는다고 해서 모든 것이 그만, 이라는 것은 어쩌면 틀린 생각이었을 겁니다. 죄송합니다. 그리고 수녀님의 내복은 따뜻했습니다.'

짧은 편지였다. 고모는 서둘러 구치소로 향했다. 그 편지의 동기가 되었던, 그 동생이 좋아했다던, 한때 가수였던 나를 그러니 고모가 놔두고 혼자 그리로 갈 리는 없었다. 현관에서 우리를 데리러 나오는 천주교 담당 교도관 이주임을 기다렸다가 함께 교도소 안으로 들어섰다.

"저번에 처음 뵈었을 때 긴가민가했는데…… 반갑습니다. 제가 학교 다닐 때 선생님 팬이었어요…… 그날 돌아가는 길에 윤수가 그러더라구요. 저분이 한때 그 유명한 〈희망의 나라루〉 라는 노래를 부른 그 가수 분이시라고. 정말 영광입니다."

이주임이 말했다. 가끔 길을 걸어가거나, 백화점에서 신용카드를 만들거나, 비행기를 탈 때 내 이름과 나를 알아보는 경우가 있었다. 나는 십 년 전쯤에 〈희망의 나라로〉, 라는 노래를 부르는 가수였다. 음반은 날개 돋친 듯 팔려나갔고, 나는 나를 부르는 곳 어디든 사람들을 따라나섰다. 십 년이나 지난 지금 그들이 나를 알아본다는 것이 그리 기분이 나쁜 것은 아니었다. 그런데 이곳 구치소를 드나들면서 나를 안다는 사람들을 만나는 것이 그리 기분 좋은 일인지 아닌지는 실은 잘 알 수가 없었다.

"지난번에 다녀가시고 나서 우리 마누라한테 선생님께서 여기 모니카 수녀님과 함께 이제 이곳에 오실 거라고 했더니, 감탄하더라구요. 정말 훌륭한 분이시라구요. 화려한 분인 줄 알았는데 훌륭한 일까지 하실 줄 몰랐다구요."

나는 이제 한 달만 지나면 더 이상 여기 오지 않을 거고, 그리고 훌륭한 사람하고는 거리가 먼 사람이었지만, 그게요, 실은 이렇게 돼서 이렇게 된 거예요, 하고 말해줄 수도 없었다. 난감했다. 그가 이렇게 나오면 나는 훌륭한 사람인 것처럼 굴 수밖에 없었다. 내가 훌륭한 사람이 아닌 사정을 말해주려면 너무 많은 말을 해야 할 것이기 때문이었다.

"근데요, 저기…… 왜 어떤 사람들은 옥색 옷을 입고 어떤 사람들은 푸른색 옷을 입고 그래요? ……저 푸른색 옷은 추워 보이는데."

나는 말을 돌렸다.

"옥색 옷은 자기가 사서 입는 거고, 푸른 옷은 국가가 지급하는 거고…… 그렇죠."

"추운데 왜 옷을 사서 입지 않나요? 저 옥색 옷이 비싼가 보죠?"

긴 복도를 걸어가는 동안 딱히 할 말도 없어서 내가 다시 물었다.

"이만 원이요."

"별로 비싸지도 않은데……."

문득 이주임이라는 교도관이 약간 어이가 없다는 듯 나를 바라보았다.

"여기 사천 명 있는데…… 저희가 가끔 컴퓨터를 쳐보면 육 개월 동안 영치금이 한 푼도 없는 사람이 오백 명쯤 돼요."

걸음을 멈추고 내가 이주임의 얼굴을 올려다보았다.

"당연하죠. 생계형 범죄자들인데…… 그런 경우 가족이 없다고 봐야죠. 아니면 외면하거나."

"오백 명…… 영치금이 한 푼도 없다구요?"

"육 개월 동안 영치금이 천 원 미만인 사람도 또 그쯤 돼요. 아니, 생각해보세요. 돈 많은 사람들이 왜 여기 들어오겠어요?"

난데없이 며칠 전 백화점 매장에서 사온 술값이 생각났다. 정말이에요? 묻고 싶었는데, 내가 파리에 있는 동안, 파리의 광장은 해마다 늘어난 한국인 관광객으로 꽉 차버려서 여름만 되면 우리 유학생들은 한국 사람들 오지 않는 시골로 떠나야 한다고 농담들을 했었는데…… 한국 사람들, 파리에 오면 별 다섯 개짜리 호텔 외에는 아예 묵으려고도 하지 않아서, 사실 나는 우리 나라가 아주 잘살게 되었다고 생각했었는데…… 라고 말하고 싶었는데 나는 그냥 입을 다물었다. 영치금 천 원 미만인 사람이 오백 명…… 육 개월 동안이나…… 그럼 휴지랑 내복이랑 그런 것을 다 어떻게 조달하는지 이해할 수가 없었다. 고모를 따라가는 내 걸음이 바닥에 닿는 것 같지 않았다.

그때 교도관들의 계호를 받으며 옥색 유니폼을 입은 남자가 지나갔다. 그의 옷에도 빨간 수인번호가 붙어 있다고 생각하는 순간, 그가 걸음을 멈추었다.

"모니카 수녀님."

모니카 고모는 걸음을 멈추고 이게 누구야, 하며 그를 얼싸안았다. 정말 고모와 조카가 오랜만에 만나는 것 같은 모습이었다.

"요즘 정윤수 만나신다면서요?"

"그래. 소문 한번 빠르구나. 잘 지내니?"

"예, 이 안에서는 서로 모르는 게 없어요. 저 지금 누나가 면회 와서 거기 가는 길이에요. 근데 윤수란 놈 그놈 어때요? 벌방 다녀와서 제정신 아니었을 거예요. 힘드시죠? 수녀님, 그래도 포기하지 마세요. 저 처음에 수녀님 만났을 때 욕하고, 난리쳤던 거 생각해보세요."

머리가 벗어진 사형수가 부끄러운 듯 웃었다.

"그래 너도 참 만만찮은 녀석이었다."

"수녀님 알고 봤더니 그 녀석 공범놈 죄까지 다 뒤집어쓴 모양이에요. 자기가 하지도 않은 거 다 했다고 했나봐요. 그 공범놈, 집에 돈 좀 있다는데 아마 십오 년 받고 지금 원주로 이감 갔다나봐요. 교도관들 보기에는 윤수가 나쁜 놈이지만 저희들 사이에서는 좋은 녀석이에요. 걔가 지난번 수녀님이 넣어주신 영치금, 여기 노인네 무기수 한 명 있는데 그 사람 다 주었나봐요. 그 사람 영치금이 없어서 약도 제대로 못 먹고 있는데 사제(私制) 약이라도 사 먹으라면서…… 저도 돈이 없으면 너무나 힘든데……."

"그래?"

모니카 고모의 얼굴로 환한 빛이 지나갔다.

"어제 운동 시간에 우연히 마주쳤는데 형, 성경 같은 거 있어? 하더라구요. 그래서 제가 얼른, 빌려주었어요. ……저 잘했죠, 수녀님?"

"그래 잘했다. 녀석, 잘했어."

모니카 고모가 그의 등을 툭툭 쳐주자, 그는 어린아이처럼 자랑스러운 표정이 되었다. 몇 발자국 떨어진 곳에서 고모와 사형수를 지켜보면서 정말 저 사람, 사람 몇이나 죽인 사형수 맞아, 하는 생각이 들었다. 어이가 없는 일, 예상이 빗나가는 일의 연속이었다. 이곳은.

"그리고 참, 수녀님. 김신부님 암 수술 받으셨나요?"

"그래, 그러셨다더라. 나도 그 얘길 들었다."

머리가 벗어지고 눈이 좀 둥그렇고 키가 작은 그 사형수의 얼굴 위로 잠시 어두운 표정이 지나갔다.

"우리 최고수들끼리 전에 모였을 때 그런 이야기했어요. 기도하자구요. 하느님께, 신부님 말고 차라리 죄 많은 우리를 먼저 데려가시라구 기도하자구. 그래서 우리, 신부님 나으실 때까지 점심 한 끼씩 안 먹기로 했어요. 희생 바치려구요. 신부님이 무슨 죄가 있으세요, 우릴 위해서 암 수술 받으신다는 말씀도 않고 그 전날까지 여기 와서 미사하신 거 알고 우린……."

그의 눈에 눈물이 어렸다. 고모가 잠시 입술을 물었다.

"그래, 이 안에서 먹는 거밖에 낙이 없는데…… 그게 얼마나 큰 낙이고 너희들 시간 보내는 걸 텐데…… 그래, 정말 큰 희생이구나…… 그래, 고맙다. 김신부에게 이 말 전하마. 그리구 점심 안 먹기로 희생 바친 거 하느님 너무 이뻐하실 테니까, 점심은 하느님하고 한 약속대로 굶더라도 몰래 사식 사먹구 그래, 뒷감당은 내가 하느님께 부탁해볼게."

키가 작은 사형수가 하하, 웃었다. 그를 계호해 가던 교도관이 난처한 표정을 지었다.

"가야겠어요. 교도관님, 잠깐만요…… 그리고…… 수녀님, 보고 싶어요. 어떤 때는 우리 누나보다 수녀님이 더 기다려져요. 어렸을 때 돌아가신 엄마 기다리는 것보다 더 그렇게 기다려져요. 자주 오세요. 그리고 편지 드릴게요."

양손에 수갑이 차인 채로, 정윤수인지 하는 작자처럼 동상 걸린 귀 끝이 빨간 그가 걸어가면서 몸만 뒤돌아선 채 외쳤다. 그의 말에는 어떤 꾸밈도 없었다. 그게 죽음을 앞둔 자의 힘일까? 나도 쑥스러워서 잘 하지 못하는 말을 어린아이처럼 쉽게 하는 그를 보자 갑자기 그가 고모의 조카 같다는 느낌이 들었다. 그리고 뜻밖에도 약간의 질투가 일었다. 내가 고모였다면 나를 사랑했을까 아니면 그들이 더 눈에 밟혔을까, 하는 생각을 잠깐 했던 것이다. 내가 나 자신을 탕진하며 사는 삼십 년 동안, 내가 받아야 할 사랑을 그들이 독차지했던 것 같은 그런 생각, 그들이 죽게 내버려두라고 울부짖었을 때 모니카 고모는 내게 하듯이 그들을 붙들고, 이 가엾은 것, 이 가엾은 것, 하며 함께 울었을까…… 그는 교도관에 이끌려 사라졌다. 모니카 고모는 잠시 걸음을 멈추고 힘에 겨운 듯 숨을 내쉬다가 중얼거렸다.

"몸이 한 세 개쯤 되든지, 아니면 차라리 내가 이 속에 들어와 재들하고 같이 살든지…… 그랬으면 좋겠다."

우리는 다시 천주교 만남의 방에서 그를 기다렸다. 나는 처음의 얼떨떨한 방문과는 달리 이제 잘 벼린 칼을 하나 품고 오자고 생각했었다. 이제 한 소녀를 강간하고 죽인 부류의 인간을 만난다고 생각했을 때, 죽고 싶다는 생각이 사라지고 이상한 전의 같은 게 솟아났었다. 부르르 부르르 몸에 경련이 일어나긴 했지만 그리 기분 나쁜 종류의 것은 아니었다. 무언가 그것이 설사 증오였다 해도, 사악한 종류의 관찰 의지라 해도 내 안에서 욕구가 솟아난다는 것은 정말 오랜만의 일이었던 것이다. 그래서 아침에 일어났을 때는, 한 번도 뱉어보지 못한 종류의 욕설이 내 입 안에서 웅웅거렸었다. 알 수 없는 쾌감이 나의 체온을 일 도쯤은 올려놓는 것도 같았었다. 나는 포박한 짐승을 기다리는 포수의 심정으로 오늘을 기다리자고 생각했었다. 그러므로 내가 그동안 가졌던 살의의 방향이 결코 나 자신을 향한 것이 아니었다는 것을 아마 그때 나는 어렴풋이 감지했을 것이었다.

"처음엔 다들 저런다…… 그래도 정윤수는 좀 나은 거야. 예전에 김대두라고 하는 아이는, 걘 처음으로 당대의 살인마라고 불리었던 사람인데, 처음에 어느 목사님이 넣어준 성경을 열 번도 넘게 찢어버렸어. 그래도 죽을 때 하느님께 귀의하고 천사처럼 갔다. 금당 살인사건 했던 누구냐, 그 아이는 마지막 몇 년을 부처처럼 살다가 갔어. ……아까 복도에서 보았던 그애는 첨에 교도관이 여길 데려오니까 안 들어온다고 별의별 욕을 다 했던 아이야."

"그래서 고모는 여기를 드나드는 거야?"

내 말에는 다분히 가시가 돋쳐 있었을 것이다. 그 가시를 의식한 듯 고모가 나를 의아하게 바라보았다.

"그래서, 죄인이 그렇게 금방 천사처럼 변하는 게 좋아서…… 하느님의 말씀이 요술지팡이처럼 인간을 변화시키는 거 보고 고모랑 여기 드나드는 종교위원들 신앙심이 더 강해지나보지? 이상할 것도 없잖아. 그 사람들 입장에서는 언제고 자기네들 죽는다니 무서운 모양이지. 자기네가 다른 사람 죽일 때는 안 무서웠는데 이제 자기네들 죽인다니까 무서워서 얼른 착해지나보지…… 그렇다면 사형제는 참 좋은 거네. 죽음 앞에서 인간은 누구나 조금은 착해지는 게 보통일 테니까. 고모가 그때 교도관에게 말했던 그대로 최고의 교화잖아?"

그때 고모의 눈매가 날카롭게 나를 향했다. 처음엔 나도 지지 않으려는 듯 고모의 눈을 마주 보았는데, 인간의 얼굴은, 그리고 눈은 대체 얼마나 많은 이야기를 담고 있는가. 그것은 하나의 연설문보다 더한 웅변을 담고 있다. 아버지가 죽을 때의 모습을 생각해보라고 고모는 말하고 있는 듯했다. 얼마 전 유방암 수술을 앞두고 어머니가 부렸던 난동을 생각해보라고 고모는 말하는 듯했다. 그리고 무엇보다, 결정적으로 네가 죽고자 자살을 기도했을 때의 모습을 생각해보라고 말하고 있는 듯했다. 인간이라고 해서 누구나 죽음 앞에서 변하는 것은 아니라고, 그러나 인간이니까 죽음 앞에서 자신의 잘못을 진정으로 뉘우치고 새 사람이 될 수 있는 거라고, 말하는 듯했다. 작고 쪼글쪼글하고 그러나 까맣고 팽팽한 그 노인네의 눈동자를 그래서 나는 더는 바라보지 못하고 눈길을 떨어뜨리고 말았다.

그 언쟁 때문에 나는 그가 교도관을 따라 들어서고 있는 것을 황망히 맞고 말았다. 모니카 고모가 그의 손을 반갑게 잡고 있는 동안, 나는 한 소녀를 강간한 살인범이 내가 프로야구 개막식장에서 부르는 애국가를 넋을 잃고 지켜보았다는 것을 치욕스레 떠올리려고 했다. 저런 종류의 인간들이 예전에 잡지에 실렸던 가수 시절의 내 사진을 가져다 놓고 수음을 하지 말란 법도 없었을 거라고 어젯밤에 이를 앙다물고 했던 생각도 떠올렸다. 그런데 무언가가 자꾸 내 힘을 빼놓고 있었다. 영치금이 한 푼도 없다던 사람들보다, 천 원 미만이라는 사람들 오백 명, 이라는 말, 그 '육 개월 동안 천 원 미만'이라는 말이, 신부님 나으실 때까지 점심 한 끼 안 먹기로 했다는 또 다른 사형수의 말이, 죄 많은 우리를 신부님 대신 데려가시라고 기도했다는 그의 말이…… 지난번에 수녀님이 주시고 간 그 돈을 저 작자가 노인네 무기수에게 모두 주었다는 그의 말이…… 이상하게 지워지지 않았다. 그 모든 좁쌀 같은 말 알갱이들이 눈덩어리처럼 굴러와서 열일곱 살 소녀의 강간 살해범이라는 말과 대치하는 듯했다. 옆으로 누운 눈사람처럼, 두 뿔을 들이댄 수소들처럼 내 안에서 대치하는 듯했다.

그의 얼굴은 지난번보다 좀더 창백해 보였다. 어색했지만 약간의 미소가, 아직 살기가 다 사라지지 않은 듯 보이는 그의 눈매로 어른거리는 것도 같았다. 나는 고모가 삼십 년 동안 해왔다는 이 교화라는 상투극에 조금도 협조할 생각이 없었지만 너무 고민하기는 싫었다. 이제 이번 일 말고 두 번의 만남이 더 지나면 나는 다시는 이곳에 오지 않을 것이다. 약속한 한 달이 되는 것이다. 그 후엔 외삼촌에게 가서, 내가 고모의 프로그램대로 사형수들을 만나고 그들에게 복음을 전하면서 죽음의 노이로제에서 해방된 듯 이야기하면 될 것이었다. 그러면 외삼촌은 기뻐하실 것이다. 좋은 분이시니까. 좋은 사람을 속이기는 또 얼마나 쉬운가. 그들은 자기들이 남을 속이지 않을수록 남이 자기를 속인다는 생각을 못한다. 그런데 외삼촌은 내 눈을 빤히 쳐다보다가 이렇게 말할지도 모른다. 그런데 나는 네가 좀 울었으면 좋겠구나, 하고. 그러면 나는 죄송해요, 하고 대답할 것이다. 왜냐하면 외삼촌은 어쨌든 좋은 사람인 것이다.

지난번의 만남처럼 우리 넷은 천주교 만남의 방에 앉았다. 고모가 사가지고 온 빵을 꺼내 탁자에 올려놓았다. 지난번처럼 빵 하나를 쥐어주자 그가 다시 몸을 둥그렇게 말아 그것을 베어먹었다. 잘 때나, 먹을 때나, 화장실 갈 때, 저 두 손을 묶인 채로 있느니 죽는 것이 낫다는 생각을 하는 것도 무리는 아니라는 생각이 들었다.

"이번주엔 징벌방에 안 갔니?"

고모가 묻자 그가 빵을 씹다 말고 잠깐 멈칫했다. 이주임이 그를 대신해서 이번주엔 이 사람 좀 쉬었어요, 했다. 고모와 이주임이 웃었다. 그도 아주 잠깐이었지만 웃었다.

"고맙구나. 그런 데 가지 말아라, 윤수야. 그건 너에게도 다른 사람에게도 좋을 게 없잖아. 우선 네가 너무 힘들잖아."

그는 말없이 빵을 씹었다. 빵이라도 없었으면 이 만남이 힘이 들어서 어찌 할 바를 모르겠다는 표정이었다. 고모가 다가가 앉아 그의 귀를 만졌다. 동상에 걸린 귀 끝이 아팠는지 그가 잠시 얼굴을 찡그렸다.

"가엾은 것, 모포를 두 개 넣었으니까, 따뜻하게 자거라. 판사랑 검사랑 그 사람들 이 추운 날 불기 없는 여기서 며칠쯤 자 보면 좋을 텐데…… 춥지?"

고모는 혀를 차며 중얼거리듯 말했다. 빵을 꿀꺽 삼키다가 그가 잔기침을 했다. 고모가 커피잔을 들어 그의 입에 가져다 대 주었다. 그가 쑥스러운 듯이 고개를 뒤로 뺐다.

"마셔라…… 괜찮아. 내가 결혼을 못 해봐서 그렇지, 시집가서 애라도 낳았으면 넌 내 막내아들쯤일 텐데…… 손 좀 풀어줬으면 좋겠구만…… 얼마나 힘들겠니…… 하지만 견디는 거야. 여기서도 못 견디면 세상 어디서도 넌 못 견디는 거야."

그는 뜻밖에도 순순한 목소리로 네, 했다. 고모가 어린아기에게 젖을 물리듯 조심스레 그에게 커피를 마시게 했다. 고모의 손에 든 커피를 아기처럼 그가 받아 마셨다. 그러나 그의 얼굴은 괴로워 보였다. 머리에 숯불을 올리고 있대도 그보다 고통스러워 보이지는 않았을 것이다.

"보내주신 책들 잘 받아보았습니다."

그가 입을 열었다.

"그래? 읽었어?"

"예…… 뭐 할 일도 없고, 성서가 아니라서 좋았어요."

고모가 씨익 하고 웃었다. 아까 그 사형수에게 전해 들은 이야기는 하지 않을 작정인 모양이었다.

"그래, 성서는 읽지 마라…… 절대로 읽지 마."

지난번 만났을 때보다 상당히 여유를 찾은 고모가 장난스레 말했다.

"그런 말씀하시는 분은…… 전…… 처음 뵈어요."

"어차피 읽으라고 해도 안 읽을 텐데…… 쓸데없는 말은 무어라 하겠니? 그러니 읽고 싶어도 꾹 참아라……."

고모가 웃자 그가 따라서 웃다가 잠깐 고개를 숙였다. 손에는 빵을 든 채였다.

"……지, 지난 크리스마스에…… 판사님께서 카드를 보내셨습니다."

잠시의 시간이 흐른 후 그가 입을 열었다.

"판사? 그럼 김세중 판사 말이냐? 네게 판결을 내렸던?"

"네."

"그랬구나……."

"그런 글귀가 있었어요. ……판사인 나 김세중은 당신에게 사형선고를 내렸지만, 인간인 나 김세중은 당신을 위해 기도할 뿐이라고……."

그가 잠시 잔기침을 했다. 그렇게 좋은 판사도 있나 싶은 생각이 들었다. 멋진 말 같았다.

"그으래? 그래, 무슨 생각이 들었어?"

얼굴이 환해져서 고모가 물었다.

"그 카드를 받고 그런 생각이 들었어요…… 솔직히…… 갑자기 왜들 이러시나 싶었어요……."

그가 바람이 빠지는 것처럼 푸욱 하고 웃었다. 조소 어린 표정이었다. 상투적이지 않고 제법인데, 내가 생각하는 동안 고모가 잠시 입술을 물다가 다시 그를 응시했다.

"참 이상해요. 재판할 때, 판결문을 읽기 전에 그 판사가 제게 묻더군요. 기분이 어떠냐고…… 그래서 참 좋다고 했어요. 방청객이랑 기자들이 술렁술렁하는 게 들렸어요. 그래서 제가 대답했어요. 첫째로는 당연히 사형을 받을 테니까 죽지 못해 살아온 나를 나라에서 굳이 죽여주니 좋고, 둘째로는 세상에 태어나서 이렇게 사람들에게 관심의 대상이 되어본 적이 없는데 나의 일거수일투족을 이렇게 대단하게 바라봐주니 좋다고…….

사형수가 되니까 교무과장이 나를 불러서 무엇이든 개불천 중에 종교를 가지라고 말하더군요. 알고 보니까 사형수들에게는 의무적으로 종교위원을 하나 붙여주게 되어 있다고. 개, 불, 천, 그건 개신교 불교 천주교를 말하는 거예요…… 일 년 동안이나 다른 사람들 다 예배 가고 예불 가고 그러는데 난 싫다고 했어요. 내가 쓰레기 분리수거되듯 개불천에 나가지 않을 거라고 했죠."

"그렇지, 그럴 수는 없는 거지!"

고모가 맞장구를 쳤다. 그가 의외라는 듯 잠시 고모를 바라보다가 다시 말을 이었다.

"지난번에 수녀님께서 수녀님을 만나는 것이 꼭 종교를 가지라는 거는 아니라고 하셔서, 많이 생각해봤어요…… 사실 저는 종교 같은 건 필요 없어요. 믿지도 않아요. 이제껏 종교 없이도 잘 살았고, 아니죠, 잘 살지는 않았지만, 개처럼 살긴 했지만, 만일 신이 있다면…… 정말 사랑과 정의의 신이 있다면 제가 살인자가 될 필요도 없었을 테니까요……."

그의 목으로 굵은 침이 꿀꺽 하고 넘어갔다.

"예전에 잠깐 천주교 집회에 나간 적이 있었어요. 동생 죽고 나서 세 번짼가로 다시 빵에 들어왔을 때, 아마 한 오 년 전의 일일 거예요. 그때 영세 받는다고 교리교육도 받았죠. 봉사하는 자매님들 정말 친절하게 대해주셔서 좋았어요. 편지도 주고받고 성서도 선물 받았죠. 초코파이도 가져다주시고 명절 때는 맛있는 것도 해주시고…… 어느 날 제 옆에 있는 한 늙은 사형수가 미사가 끝나고 그 아주머니의 손을 덥석 잡은 일이 있었는데…… 교도관들이 말릴 새도 없이 그랬는데, 그때 그 자매님의 표정을 보았지요. 음식은 해다 줄 수 있고, 심지어 돈도 얼마간은 줄 수 있고, 이렇게 겨울날에도 교도소에 찾아와서 함께 미사를 드릴 수도 있지만, 손만은 잡지 않겠다는 단호한 거부 같은 거…… 말을 한 게 아니라, 그건 그 사형수도 저도 그 주변의 모든 사람도 느낄 수 있는 그런 표정, 벌레를 보는 듯하고, 종자가 다른 더러운 짐승을 보는 듯한 그 표정…… 그날 제 옆방에 있던 그 늙은 사형수가 밤에 난동을 피우며 짐승처럼 우는 소리를 저는 들었죠……."

그가 다시 입술을 일그러뜨리며 웃었다.

"여기서는 사람을 만날 일이 없기 때문에 이 사람들 밖에서 온 사람 하나하나에 무척 예민하거든요."

이주임이 끼어들었다.

"그 자매라는 사람, 그리고는 돌아가서 자신은 불쌍한 인간들을 위해 자선을 하고 있다고 자랑하고 다니겠죠…… 자기는 꽤 괜찮은 사람이라고도 생각했겠죠. 자신이 그 사형수에게 얼마나 죄를 지었는지 모르고, 그는 몸뚱이를 죽였지만 그 여자는 매일 죽고 있는 그 사형수의 영혼을 이번에는 짓이겨놓은 거라는 것도 모르겠죠. 그 생각을 하니까 도저히 더 이상 미사에 나갈 수가 없었어요. 그때 결심했죠. 동족이 아니면, 어차피 서로 만나지 말자고, 사랑하는 척하지 말자고…… 그건 차라리 우리를 멸시하고 때리는 것보다 더 구역질나는 거라고…… 전 돈 있는 사람들 그때부터 믿지 않았어요. 어차피 우리는 다른 세상에 살고 있을 테니까. 신이 있다 해도 그들을 보호해주는 신은 딴 세상서 살면서 우리 같은 인간들은 거들떠보지도 않을 테니까…… 전 그 다음부터 교회 다닌다는 사람들만 보면 구역질이 났어요. 위선자들 같아서."

잠시 침묵이 흘렀다. 나는 그의 얼굴로 지나가는 표정을 놓치지 않고 관찰하고 있었다. 그는 지난번보다, 말하자면 많이 서늘해져 있었다. 지난번 그의 얼굴로 가끔씩 지나가는 것이 싸늘함이었다면 이번엔 서늘함이었다. 나는 상상 속에서 그의 손에 칼을 쥐어줘보았다. 열일곱 살짜리 말라깽이 소녀의 치마를 들치고 강간하는 모습을 그려보려고 애썼다. 내 상상 속의 배우들은 역할을 제대로 소화 못 하고 멀뚱하게 앉아 있었다. 맥이 자꾸 풀렸다.

"미안하다, 내가 미안하다……."

모니카 고모가 그의 혁수정 찬 손을 잡으며 말했다.

"아니, 수녀님이 그러셨다는 게 아니라……."

그가 잡힌 손을 빼려고 하면서 당황스레 대답했다.

"아니야, 아마 그게 나였을 거야. 그게 어떤 여자였든, 그게 나였다. 내가 잘못했다, 윤수야. 그 자매 대신 내가 사죄하마…… 밤새 울었다는 그 사형수에게도 미안하고, 그날 그 사형수의 울음소리를 듣고 밤새 마음이 아팠을 너를 생각하니까 내 마음이 아프구나. 너에게, 세상 한구석에 있는 네게 관심 가져주지 않다가 이제야 이렇게 찾아와서 미안하다."

그가 어이없다는 듯 모니카 고모를 바라보다가 고개를 외로 꼬았다.

"일부러 그러시는 건지 모르겠지만, 수녀님이 이러시면 정말 마음이 불편해요…… 오늘 방으로 돌아가서 또 내내 마음이 불편할 거 같아요…… 제발 제게 이러지 마셨으면…… 좋겠어요."

그는 기어이 모니카 고모에게 잡힌 손을 빼내며 입술을 앙다물고 말했다. 고모는 눈물을 글썽인 채, 여전히 고집스레 그의 손을 놓지 않고 있었다. 제 방으로 돌아가 마음이 불편할 사람은 어쩌면 그만이 아니었다. 화가 났다. 정말 죽여주는 교화의 현장이군, 나는 맘속으로 중얼거렸다. 태극기를 높이 올리고 국기에 대한 맹세라도 한 다음, 애국가라도 부를 판이군. 나는 그들을 더 바라볼 수가 없어 고개를 돌렸다. 〈돌아온 탕자〉라는 렘브란트 그림이 보였다. 내가 좋아하는 작가의 글이 떠올랐다. 돌아온 탕자는 쳐 죽여야 한다. 왜냐하면 돌아온 탕자는 더 나쁜 것을 가져오니까. 또 돌아온 탕자만큼 우리를 왜소하게 하는 것은 없다. 진정한 탕자는 한 방울의 물이나 한점의 떡도 지니지 않은 채, 약대도 없이 사막 끝으로 나가 죽어야 한다. 한 곳이 아니라, 점점이 여러 곳에! 라는 장정일이라는 작가의 글이었다. 그랬다. 나는 위선자들이 싫었다. 정윤수가 끝까지 멋지게, 살인자인 편이 좋을 거 같았다. 미국의 유타주에서 끝내 사형당했던 게리 길모어처럼 끝까지 모두를 조롱하며 죽었으면 했다. 게리 길모어…… 여론 조사 결과 전 국민 과반수가 넘는 반대에도 불구하고 미테랑 대통령이 사형제를 폐지시키고 나서도 프랑스는 오래도록 그 여파에 시달리고 있었다. 대학에서도 그건 마찬가지여서, 빅토르 위고, 혹은 알베르 카뮈 같은 이들이 쓴 사형제에 대한 열렬한 반대 책자들을 나도 그래서 읽어본 적이 있었다. 게리 길모어도 그때 만났다. 그는 아무 연고도 없는 미국 시민 둘을 쏘아 죽였고, 언론과의 인터뷰에서 태연하게, 나를 죽이면 당신들은 나의 마지막 살인을 도와주는 것이라고 조소 띤 얼굴로 이야기했었다. 그는 한갓 제도가 인간을 처벌할 수 있는 범주 밖으로 이미 나가 있었다. 그는 살인 이전에 일어났던 모든 폭력의 신화를 살인 하나로 대치하는 제도의 무능과 모순을 생명을 바쳐 비웃고 있었던 것이다. 그래서 그가 죽은 후 얼마나 많은 젊은이들이 그를 추모하며 그의 영화를 만들고 노래를 지어냈던가. 적어도 그들은 상투적이지는 않았다. 그런 파격은 우리를 감동시키고 우리를 생각하게 만든다. 그런데 이런 상투적인 장면은 지루했고, 또 실은 우리를 마음 깊은 곳으로부터 약간 괴롭게 만든다. 나는 그만 그 자리를 떠나고 싶었다.

•

네가 어떤 사람인지 내게 말해보아라.

네가 어떤 하느님을 믿고 있는지 내가 말해주리라.

•

니체

블루노트

07

어머니의 집에는 우리보다 나이를 서넛은 더 먹은 남자 형제가 둘이 있었습니다. 의붓아버지라는 사람은 평소에는 말이 없었지만 술만 먹으면 집안 살림을 두들겨 부수는 그런 종류의 사람이었습니다. 어머니는 어쩌자고 그 폭력과 알코올의 굴레 속에서 벗어나지 못했던 걸까요? 어머니의 얼굴은 여전히 피멍이 들어 있었습니다. 한 가지 다행이었던 것은 그는 아침이면 일어나 두루마리를 자전거에 싣고 도배를 하러 나갔다는 것이었습니다. 그러나 그것은 그저 시작에 불과했습니다. ……이미 그 집에 살았던, 이제는 명색이 어머니의 의붓아들들이 된 그 형제가 나와 은수를 곱게 보지 않았던 것은 불을 보듯 뻔한 일이었습니다. 그리고 나 역시 이미 상처 입은 고슴도치처럼 그들이 내 작은 가시 하나라도 건드리면 가을 들판에 벼 이삭들이 출렁이듯이 온몸에 경련이 일었습니다. 이제는 어머니가 우리들을 때리기 시작했습니다. 은수가 그들에게 매를 맞아도 우리를 때렸고, 내가 그들에세 주먹질을 해도 우리 형제를 때렸습니다. 그러던 어느 날 의붓아버지가 우리들의 짐을 쌌습니다. 우리 형제는 다시 고아원에 버려집니다. 내용물을 뽑아낸 종이상자처럼 구겨진 채로 우리는 그리로 실려 갔습니다. 떠나던 날 아침 보이지 않는 눈으로 엄마를 찾는다고, 두 손을 휘저으며 엄마, 엄마 부르며 울고 있는 은수를 내게 밀치고 싸늘히 부엌으로 들어가버리던 엄마의 모습을 나는 두 눈을 똑똑히 뜨고 기억했습니다. 우리는 다시 버림받았고 그건 처음의 것과는 분명 다른 것이었습니다. 말하자면 돌이킬 수 없는 종류의 것이었습니다. 이제 우리들에겐 마지막 남은 기다림마저 사라졌습니다. 이제 은수에게뿐 아니라 내게도, 온 우주의 빛이 꺼졌습니다. 어떤 태양도 다시는 우리를 위해 떠오르지 않았습니다.

7

느긋하게 늦은 아침을 먹고 있는데 전화벨이 울렸다. 고모였다. 고모는 다급한 목소리로 지금 어디를 좀 가야 하니 차를 가지고 오라고 했다. 시간을 보니 아직 점심때가 되지 않았고 저녁 약속까지 좀 시간이 있었다. 청파동 고모의 수녀원으로 가서 고모가 사다둔 돼지갈비 한 짝을 내 차에 싣고 함께 우리는 삼양동으로 떠났다. 차를 댈 곳이 없어서 시장 입구에 있는 유료주차장에 차를 대고 나서 우리는 걷기 시작했다. 나이 드신 고모에게 그 갈비짝을 들라고 할 수도 없어서 나는 금방 헉헉거리고 있었다. 시장통을 한참 지나도 고모가 말한 집은 나오지 않았다. 골목길마다 며칠 전에 내린 눈은 이미 그 본성을 잃고 더럽혀져 있었고 군데군데 뿌려진 누런 연탄재와 뒤섞여 있었다. 물어보지 않아도 가난한 동네였다. 여기가 정말 서울일까, 파리에서 돌아와 가끔씩 파리보다 더 화려하다고 나를 감탄하게 한 그 서울의 일부일까, 하는 생각과 아직도 60년대에서 시간이 멈춘 것 같은 이런 곳에도 사람들이 이렇게 우글거리며 모여 사는구나, 라는 생각에 마음의 충격이 아주 없는 것은 아니었지만 엄밀히 말해 감동이 없었고, 설사 있었다 해도 내게는 그저 한 폭의 그림이 주는 풍경일 뿐이었을 것이다.

정윤수가 죽인 파출부의 가족을 찾아가는 길이라고 고모는 말했다. 그 사건이 일어난 이후 여러 번 만나자고 했는데 만나주지 않다가 이제야 좀 마음을 연 것 같아서, 설이 다가오는데 고기 근이라도 넣어주고 싶어 서두르는 거라고 고모는 말했다. 저녁에 있을 동창들의 모임 때문에 짧은 스커트를 입고 나온 내가 갈비짝을 메고 이 동네를 오르니까 지나가던 남자들이 힐끗거리는 눈초리도 싫었다. 대체 이게 무슨 짓인가 싶은 생각도 들었다. 대체 살인자들도 모두 가난하고 살인자에게 희생당한 자들도 모두 가난했다.

"왜 그래, 고모?"

"뭐가 왜 그래?"

"왜 입으로는 부자놈들 죽인다면서, 부자놈들이라고 죽여도 된다는 말이 아니라, 왜 그러냐구? 왜 죽어간 사람들까지 가난하냐구? 이게 무슨 걔들이 말하는 정의야? 그러려면 아랍 애들처럼 트럭에다 폭탄 싣고 부자 동네에 가서 팍 박아버리든지."

숨을 헐떡거리며 내가 물었다. 역시 힘겹게 좁은 계단을 오르던 고모가 걸음을 멈추고 어이가 없다는 듯이 나를 바라보았다.

"폭탄 싣고 가서 팍 박아버리라고? ……그럼 너부터 죽어 이 녀석아. 니 엄마 오빠들……."

"그러라는 게 아니라…… 지들처럼 가엾은 사람들 죽여놓고…… 뭐 지들이 세상이 못 하는 정의의 사도입네 뭐네, 그러는 게 화가 나서……."

"우범지대라는 거…… 그게 가난한 동네를 말하는 거잖아. 부자 동네엔 경비들이 보초 서잖아."

"그 경비 서는 사람들도 이런 데서 살 거 아냐? 그래서 그 사람들이 부자들 경비 서주는 동안 이렇게 좁고 어두운 골목길에서 밤늦게 일하고 오는 지네 마누라, 딸들이 당하는 거잖아…… 윤수라는 애 다 싫은데 그 말 하나는 나와 같았어. 신이 있다 해도 우리랑은 딴 데서 살면서 부자들 보호해주는 신은 따로 있다고. 그 말은 나도 그렇다고 생각했지. 걔가 말은 좀 하는 거 같아…… 그래서 나도 성직자들 싫어하거든. 교회도 싫고."

"성당 안 나오는 이유도 참 가지가지구나…… 언감생심, 네가 걔랑 같은 말을 할 수가 있겠니? 가만있자. 여기가 189-7번지인가?"

사람이 겨우 하나 지나갈 만한 골목을 지나 어떤 집에 이르렀을 때 고모는 멈추어 섰다. 고모 말 속의 그 언감생심이 그가 나를 두고 갖는 마음인지, 내가 그를 두고 먹는 마음인지 물어볼 새도 없이 고모가 문을 두드렸다. 골목길에서 문을 열자 바로 반 평도 안 되는 부엌이 있었고 잡다한 살림살이가 어지러이 놓여 있었다. 집 안에는 온기가 거의 없었고 나쁜 냄새가 났다. 상한 생선 냄새인 것 같기도 하고, 오래된 김치의 묵은 냄새 같기도 했다. 다 모아도 한 줌도 되지 않는 머리칼을 뒤로 모아 비녀를 꽂은 노파가 우리를 맞았다. 키는 그리 작지 않았는데 오래도록 울어서 짓물러버린 듯 부은 눈과 벌어진 입술, 그리고 안아도 한 줌도 안 되는 허리를 가진 노파였다. 내가 어색하게 갈비짝을 내밀자 노파의 부어터진 듯한 눈에 금방 생기가 반짝였다.

어두운 방이었다. 한 한 평 반이나 될까, 집 안 곳곳에는 그녀가 묶다가 만 폐지들이 쌓여 있었다. 방구석, 켜켜이 쌓인 이불은 금방이라도 무너져내릴 듯했고, 손바닥만한 창은 천장 꼭대기에 붙어서 어찌됐든 찬 바람을 막아보겠다는 듯 초록색 테이프로 덕지덕지 봉해져 있었다. 그래도 창은 창이니까 그리로 희미한 빛살이 비추고 있었다. 그리고 그 아래 초라하고 오래된 서랍장 문갑에는 성모상이 서 있었다. 가난한 사람들 집에 있는 성모상이 늘 그렇듯 그 성모상도 퍽이나 못생긴 얼굴이었다. 그건 사실이었다. 내가 파리에 있을 때나 이태리로 여행을 갔을 때, 신앙을 잃은 지 오래였지만 한번쯤 소장하고 싶었던 그런 종류의 우아한 것이 아니라, 누가 혹여라도 내게 선물할까봐 겁나는, 그런 못생긴 성모상이 그 집처럼 어두운 얼굴로 서 있었던 것이었다.

"불을 좀 켤까요?"

노파가 물었다.

"아니에요, 괜찮아요…… 좋아요."

모니카 고모가 말하자 노파가 전기세가 비싸서, 수녀님, 하고 웃었는데 그 웃음에는 다분히 오랜 세월 그녀에게 머물러야만 했던 비굴함 같은 게 어렸다. 우리는 고흐의 〈감자 먹는 사람들〉에 나오는 그 사람들처럼 어두운 곳에 쭈그리고 앉아 있었다.

"그동안 힘 드셨지요?"

고모가 묻자 노파는 주머니에서 주섬주섬 싸구려 담배를 꺼내 물었다.

"죽지 못해 삽니다. 첨엔 성당서 조금 도와주셨고…… 설이 다가오니까 이번에도 쌀말이나 좀 오겠지요. 그나저나 이렇게 누추한 데를 와주시다니……."

노파는 담배를 피워 길게 연기를 내뿜으며 말했다. 모니카 고모가 그 못생긴 성모상을 힐끗 바라보자, 노파가 잠시 넋을 놓은 듯 침묵하다가 입을 열었다.

"저희 죽은 아이가 천주교 신자였어요…… 우리더러 믿으란 소리도 안 하고 일요일 날도 일하러 다니느라고 성당도 거의 못 갔어요…… 그래도 아침마다 저기 앉아서 중얼중얼하고는 나갑디다…… 우리 애 죽고 난 담에, 한동안 저 성모님 얼굴에 검은 보자기를 씌워놓았어요. 첨엔 길목으로 나가서 저걸 박살을 내버리려다가 우리 아이가 생전에 저기 앉아서 새벽마다 기도를 하던 거라구 애들이 안 된다구 말려서 차마 부숴버리지는 못하겠구…… 그래 내가 보자기 덮어서 놔두었다가 얼마 전에 풀었어요."

셋이 앉으니 꽉 차는 방. 노파가 피워올리는 연기만 창살로 들어오는 희뿌연 햇살 속으로 먼지처럼 흩어졌다. 성모상은 하는 수 없다는 듯 가만히 서 있었다.

"그러셨어요…… 그런데 왜 보자기를 푸셨어요?"

고모가 되물었다.

"좀 따져보려구……."

노파가 흐흐 웃었다. 담뱃재에 찌든 들쭉날쭉한 검은 이빨들이 드러났다. 고모가 어이없다는 듯이 노파를 따라 웃었다.

"그래, 성모님이 대답을 잘 해주시던가요?"

고모가 묻자 노파가 웃었는데 뜻밖에도 부끄러운 듯, 수줍은 미소가 어렸다.

"믿어야 대답을 해주겠죠. 믿음이 있으면 산도 움직인다면서요. 믿음이 있으면 성모상두 말을 하지 않겠어요? 그게 산을 움직이는 것보다 쉬울 거 아니에요. 놀랄 사람두 별루 없구…… 산 임자한테 폐도 안 끼칠 거구. 그래 내가 요새 교리공부하고 있어요……."

"할머니 참 재미있는 분이세요. 힘드셨을 텐데…… 그래도 이렇게 말씀하시는 거 들으니까……."

고모가 웃었다. 말을 듣고 보니 그것도 그랬다. 어릴 때 주일학교에서 들었던 성서의 말이 떠올랐다. 어린 나는 그걸 믿었던가. 너희가 믿음이 있다면 산도 움직일 거라는 그 말을. 하지만 신은 내가 그 작자의 손아귀에서 어린 제비처럼 울고 있을 때 목숨을 다해 드리던 기도를 들어주지 않았었다. 그때 분명 내게는 믿음이라는 게 있었다. 천국도 지옥도 천사도 악마도 다 믿고 있었다. 그런데 그때 악마만 빼고 다 내 곁에 없었다.

"나 장난하는 거 아니에요, 수녀님. 교리 배워서 영세 받고 나면 대답해주시겠지 싶어서 성당 나가고 있어요, 수녀님. 도와주시는 신부님들에게도 그게 덜 미안하고…… 참 그 신부님 암에 걸리셨다면서요?"

노파가 물었다.

"예…… 수술 잘 끝나고 지금 요양중이세요."

"참 그러는 거 보면 하느님이 진짜 있는가 싶다니까요. 왜 좋은 일 하는 사람들은 아프고 당하고…… 세상에 나쁜 놈들은 잘만 살던데…… 그런 거 생각하면 종교가 다 뭐에 말라빠진 개뼉다귀냐구요."

노파는 진심을 말하다 말고 모니카 고모의 얼굴이 좀 안 좋은 걸 느꼈는지 얼른 말을 돌렸다. 거기에는 평생 남의 눈치 보기를, 종이 상전의 손짓 하나에 민감하듯, 밑천으로 살아온 자 특유의 비굴함 같은 것이 다시 어렸다.

"그 착한 애를, 스물셋에 과부 되어서 이날 이때까지 자식새끼들하구 내 입에 밥 들어가게 하려구 세 시간 이상 잠도 안 자본 애를, 손이 갈고리가 되도록, 몸 파는 거 빼고 다 해본 그애를 왜 그렇게 죽이셨냐고…… 아니 죽여도 그렇지 꼭 그놈 손에 그렇게 죽이셨어야 했느냐고 물어보려고 그래요…… 그리고 정윤수, 내가 이름도 잊어버리지 않는 그놈을 내 손으로 좀 찢어죽이고 싶어서, 우리 애가 당했던 것보다 더 아프게, 더 끔찍하게, 더 어이없이…… 수녀님, 내 손으로 찢어 죽여야, 내가 지옥에 간다 해도, 그러고 나면 지옥에 가도 내가 발 뻗고 잘 것 같아서 그래요. 그래도 되냐고 물어보고 싶어서 그래요. 하느님도 양심이 있으시면 성모님더러 대답해주라고 하시겠죠. 하느님도 양심이 있으시면……."

노파의 음성이 격해졌고, 손은 담배를 쥔 채 허공을 더듬고 있었다. 노파의 손은 갈퀴처럼 검고 거칠었다. 아까 이 집에 들어설 때부터 그녀에게 어리던 비굴함이 사라지고 거기에는 포효하는 맹수의 당당함 같은 것도 어렸다. 모니카 고모의 표정이 참담하게 변했다.

나는 모니카 고모가 가엾어졌다. 구치소에 갔을 때, 윤수라는 인간에게 애원하듯 내가 잘못했다고 말할 때까지도 몰랐는데, 가여워졌다. 지난번에는 위선적 부르주아의 대표로 그애에게 잘못을 빌더니, 오늘은 살인자 대표선수라도 된 거 같았고, 이제는 정의롭지도 않고 잔인한 신의 특사라도 되는 듯이 고개를 떨구고 있는 것이었다. 가만히 있으면, 엄마 말대로 우아하고 고상한 성가가 흐르는 뒤뜰에서 기도하는 수녀원 원장이 될 수도 있고 가톨릭에서 운영하는 병원의 원장이 될 수도 있는데, 이 나이에 고모는 꼭 저래야만 할까, 나라도 성모에게 좀 물어보고 싶은 기분이었다.

"그동안 수녀님 몇 번 전화 주셨는데 내가 그래서 안 만나려구 했던 거라우…… 수녀님 전화 받고 나면 잠을 못 잤어요. 자꾸 생각나게 하니까. 경찰이 나보고 시체 얼굴 확인하라고 하는데 온몸이 성한 데 없이 칼자국이…… 그게 자꾸 떠올라서, 얼마나 아팠을까, 얼마나 무서웠을까, 얼마나 억울했을까…… 생각하면 원통하구 절통하구."

노파는 이제는 말라버린 눈물이 그래도 자꾸 흘러나오니 귀찮다는 듯이 눈물을 휘익 닦았다.

"지나 나나 우리 애들이나…… 전생에 무슨 죄를 그렇게 많이 지어서 하느님이 우리를 벌주시는 건지…… 생각할 수도 없었어요…… 그 집에 출근한 지 겨우 사흘째였지요. 먼젓번에 무슨 부잣집에서 일하다가 그놈의 인간들이 부도났다고 돈 떼어먹고 밀린 월급도 안 주는 판에 하는 수 없이 공사장에 도배하러 따라 댕기다가 허리를 다치고는…… 몇 달 동안 일도 못했어요. 그리고는 그 과부를 소개받았죠. 얼마나 좋아했는데…… 그 과부 성질이 좀 드럽기는 하지만 그래도 공사판보다는 낫다고 좋아했었죠. 그 일이 일어나기 전날 밤새 허리가 아프다고 잠 한 잠 못 자구, 하루만 가지 말라니까 그래도 자기 도리는 해야 한다고 기어이 가더니, 그 꼴을 보려고…… 그런 건지. 그날, 지 몸땡이 하나 생각해서 농땡이만 부렸어도 이렇게 어이없이……."

노파의 눈에서 다시 눈물이 흘러내렸다. 노파는 노란 담뱃진이 묻은 손가락으로 눈물을 스윽 닦았다.

"……애들은 잘 커요?"

고모가 노파를 진정시키려는 듯이 잠시의 침묵 후에 말했다.

노파가 한숨을 내쉬며 놋재떨이에 담배를 조심스레 껐다. 눈물을 흘리는 와중에도 조심스레 재떨이 가에 그것을 세워두는 것을 보니까 이따가 다시 불을 붙이려는 모양이었다.

"작은놈은 아들인데…… 공부하러 댕겨요. 아침 먹구 도서관 갔어요."

"큰애는 지금 스물인가요? 딸내미지요?"

노파의 얼굴로 어두운 그림자가 휘익 스치고 지나갔다. 말을 꺼내려는 노파의 입술이 파르르 떨렸다.

"지 에미 그렇게 된 다음 큰애는 집을 나갔어요. 한 달에 한 번 돈은 부쳐와요. 뭐 하느냐고 물어보지도 않았어요. 물어본들 이 늙은이가 무얼 할 수 있겠어요? 공부는 큰애가 잘했었는데…… 지 에미 그렇게 죽은 뒤로는 학교도 그만 뒀어요…… 아마 술집 나가는 거 같아요."

모니카 고모의 입으로 한숨이 비어져나왔다. 노파가 재떨이 가에 잘 모셔두었던 꽁초에 다시 불을 붙이며 입을 열었다.

"수녀님, 나 부탁이 하나 있어요."

"뭐든 말씀하세요."

"수녀님, 그 나쁜 자식 말이에요. 나 그애 한번 만나게 해줘요."

뜻밖의 말이었다. 모니카 고모의 얼굴이 일순 굳어졌다.

"만나게 해줘요. 이 늙은이가 허투루 하는 말이 아니에요."

"할머니…… 그 사람도 지금 힘들어하고 있어요. 차마 용서하라고는 안 해요. 그건 하느님도 이해하실 거라구요. 하지만 시간이 좀 지난 담에…… 조금만 더 시간이 지난 담에…… 서로 마음을 좀 가라앉히고."

모니카 고모는 애원하듯 노파를 달랬다. 고모의 말을 듣는지 마는지 노파는 이야기를 계속했다.

"거의 이 년이 다 돼가잖아요. 전에 교도소 다니신다는 신부님 한번 찾아오셔서, 그렇게 말씀하십디다……."

우리는 잠시 침묵했다.

"그 신부님이…… 그 아이 고아라구, 눈 먼 동생인가 하나 있었는데 길거리에서 죽고, 엄마 아부지 어렸을 때 잃구 고아원서 자라서 가족이라고는 없었던 놈이라고. 그분들 댕겨가신 담에 많이 생각했는데, 생각하구 생각하구 또 생각해봤는데…… 우리 딸애가 남겨놓구 간 두 애들도 이젠 고아고, 우리 큰애 어디 가서 술집 나간다고 하면 고아라서 그렇다구 누가 봐주지도 않는 세상이라는 거 내가 아는데…… 고아라니까, 그놈이 어릴 때 에미도 없이 동생하구 둘이 컸다니까…… 수녀님 제가 밥할 때마다 쌀을 좀 모았어요. 명절인데 떡 쪼끔 해가지고 면회 한 번 가려구요."

"그건……."

모니카 고모가 좁은 방 안에서 뒤로 물러서는 듯했다. 나로서도 놀라운 말이었다. 모니카 고모는 곤란하다는 표정을 지었다. 노파가 고모의 손을 잡았다.

"수녀님 내가 나쁜 짓 하려구 그러는 거 아니에요. 시간이 더 가서 나라에서 그놈을 덜컥 죽여버리기 전에 만나고 싶다구요. 이 늙은이가 배운 것두 없구, 아는 게 하나 없는데…… 가서 내가, 이놈아 네가 죽인 그 여자 에미다! 하고…… 그렇게 말하고는, 그놈을 용서해주고 싶어요……."

모니카 고모의 얼굴이 해쓱해졌다. 아마 내 얼굴도 그랬을 것이다.

"용서해줘보려구요. 나두 고아로 자라서, 세상에 피붙이라고는 남편도 하나 없이 애들 에미 하나 데리구 살아봐서 알거든요. 명절만 되면 그게 얼마나 등골이 허전한 일인지…… 살인죄인한테도 설은 설이잖아요. 그리구 그놈에게는 다시 못 볼 설일 수도 있다면서요. 오늘 죽을지 낼 죽을지 모르는 거라면서요. 그놈 죽는다는 거 생각하면 거 참 잘됐다, 이눔아! 하겠지만…… 내가 그놈을 죽인다고, 죽었던 우리 애가 살아온다면 내가 백번 사형수가 된대도 내가 가서 죽여버리겠지만…… 내가 그놈을 죽인다고 우리 애들 맘에 든 멍이 사라진다면 이 늙은이 무서운 게 없겠지만…… 그게 아니잖아요. 그래서 내가 가려구요. 그놈 하나만이라도, 그놈 맘이라도 편하게 가게…… 그놈이 편하게 죽는다는 거 생각만 해도 싫지만, 그렇지만."

"할머니 용서라는 게, 그게 그렇게…… 할머니 생각처럼, 그게 그렇게……."

모니카 고모가 그렇게 당황하는 걸 보는 일은 나로서도 처음이었다. 말을 더듬는 것을 보는 것도 처음이었다. 손을 휘젓기라도 할 것처럼 고모는 당황하고 있었다. 고모의 표정을 본 노파가 이해할 수 없다는 듯한 표정을 짓더니 갑자기 언성을 높였다.

"예수님이 그러라고 했다면서요? 신부님이 그러시더라구요. 수녀님들도 그러시더라구요. 나 찾아와서 뭐냐, 성경 가져다주고 찬송가 불러주는 사람들도 그러더라구요. 그분들은 많이 배우고 하느님한테 말씀도 듣는다는데, 그 사람들이 그랬다구요. 당신들이 그러라고 했잖아요! 용서하라구! 원수를 말이야! 일곱 번씩 일흔 번이라도 그래야 된다고 그렇게 말했잖아!"

모니카 고모가 갑자기 균형을 잃은 듯이 한 손을 땅바닥에 짚고 입술을 물었다. 내가 고모 곁으로 다가갔는데 고모는 도우려는 내 손을 뿌리쳤다. 울고 있는 거였다.

•

조용히 기다려라. 그리고 희망 없이 기다려라.

왜냐하면 희망은 그릇된 것에 대한 희망일 것이기 때문이다.

사랑 없이 기다려라.

왜냐하면 사랑도 그릇된 사랑에 대한 사랑일 것이기 때문이다.

•

T. S. 엘리어트 <네 개의 사중주>

그리고 은수와 함께 다시 버려진 그 고아원에서 저는 여전히 제일로 난폭한 아이였고 여전히 말썽꾼이었지만 은수 때문에 더 이상 고난을 겪지는 않게 됩니다. 저도 컸고, 소위 나쁜 친구들과 어울려 패거리를 만들었고 그렇게 패거리 속에 있는 한, 그렇게 힘이 있는 한 나를, 아니 은수조차도 아이들이 건드릴 수 없다는 것을 알았기 때문입니다. 본드는 나의 성서였고 수음은 나의 찬송가, 떼지어 몰려다니는 아이들의 어깨는 나의 법이고 국가였습니다. 내 나이 열세 살에 벌써 지나가는 집 나온 여자아이들을 데려다 혼숙을 했고, 형들이 그 여자아이를 집단 윤간하는 망을 보았습니다. 그런데 어느 날 저보다 힘이 셌던 한 형이 내가 슈퍼마켓에 가서 자신이 원하는 것을 훔쳐오지 않았다는 이유로 나를 따돌리고 괴롭히기 시작했습니다. 그들의 힘은 막강했고 나는 그들로부터 은수는커녕 저 자신조차 지킬 수가 없었습니다. 우리 형제는 배를 곯았고 그리고 날마다 아이들의 조롱거리가 되어갔습니다. 그래서 어느 날 저는 결심을 하게 됩니다. 아이들이 모두 잠든 틈을 타서 그 형이라는 놈을 죽지 않을 만큼 두들겨 패고 은수의 손을 잡고 그곳을 도망쳤습니다.

도망친 날 밤, 우리는 서울의 밤거리를 걷고 있었습니다. 배가 고팠고 추웠고, 그리고 암담했습니다. 시장 골목 한구석 쓰레기통 옆에 앉아 먹을 거라도 없을까 뒤지고 있는데, 은수가 무섭다고 말했습니다. 차라리 고아원으로 되돌아가자고. 화가 났지만 꾹 참고 은수에게 노래를 부르자고 했습니다. 은수가 노래를 좋아하니까 노래를 불렀습니다. 눈이 나빠서 학교에 다니지 못했던 은수가 아는 노래라고는 애국가 하나뿐이었습니다. 고아원 조회 때 그 노래를 불렀으니까요. 그래서 우리는 애국가를 불렀습니다. 동해물과 백두산이 마르고 닳도록, 하느님이 보우하사 우리 나라 만세…… 은수는 그걸 사절까지 기억하고 있었습니다. 추운 밤, 애국가를 부르면서 올려다본 하늘에 별이 차가운 팝콘처럼 떠 있었던 것이 기억납니다. 은수는 노래가 끝나자 웃으면서 제게 말했습니다. 형, 우리 나라 좋은 나라지, 나는 이 노래를 부르고 있으면 왠지 우리가 훌륭한 사람이 된 거 같애…….

8

아침에 잠에서 깨어났을 때 머리가 깨어지도록 아팠다. 노란 햇살이 흰 레이스 커튼을 지나 내가 누운 침대 깊숙이까지 고개를 디밀고 있었다. 잠시 여기가 어딘가 하는 생각이 들었다. 창밖으로 키가 큰 목련나무 가지가 보였다. 내가 쓰던 방, 어머니가 살고 있는 집에 내가 왜 있지, 하는 생각보다 먼저 몰려온 건 갈증이었다. 내가 이 방에서 처음 내 손목을 긋고 자살을 시도했던 생각이 떠올랐다. 물론 나도 알고 있었다. 어렸을 때부터 성당에 다녔고 집안의 종교는? 하고 묻는 가정환경 조사서의 종교란에 주저 없이 가톨릭이라고 써넣었었다. 태어나자마자 아버지의 품에 안겨 간 성당에서 유아 영세를 받을 때 내게는 유정이라는 이름 대신, 실비아라는 이름이 주어져 있었다. 그 무렵만 해도 자살로 죽은 사람은 성당에서 장례미사를 할 수가 없을 만큼 교리는 엄격했었다. 그는 하느님이 주신 생명을 그것이 자신의 것이라 믿고 죽인 살인자이기 때문이다. 자살이 왜 살인인지, 교리시간에 수녀님이 설명해주셨다.

"우리 태어나야지, 하고 태어난 사람 손들어봐요"로 시작된 그 말, "우리가 남자로 할지 여자로 할지 자기가 결정한 사람 손들어봐요"로 이어진 그 말, "우리가 죽고 싶을 때 맘대로 죽을 수 있다고 생각하는 사람……"으로 이어진 그 말들…… 사춘기 무렵 나는 자살에 대해 열렬하게 생각했었다. 그리고 하나의 결론을 생각해냈는데 나는 나를 죽일 권리가 없다는 것이었다. 내 위가 지금 음식물을 왜 소화시키지 못하는지 나는 모르고 왜 생리가 시작되는지 나는 몰랐다. 왜 설사가 나오고 배가 아픈지도 몰랐고 왜 심장이 뛰고 있는지, 생물 시간에 배우는 호르몬들이 왜 그 시기가 되면 나오다가 어느 시기가 되면 사라지는지 나는 아는 게 없었다. 무엇보다 내 생명을 내가 만든 게 아니었다. 그러니 나는 대뇌보다 작은 영역을 지배하는 인간. 그 당시 내가 가지고 다니던 책받침에 써 있던 데카르트의 말대로 사고하는 것 외에 내가 나를 맘대로 할 수 있는 일이 없었다. 그러니 나는 나의 주인이 아니니까 그런 내가 나를 죽인다면 그게 살인이라는 결론은 그래, 나도 내렸었다. 그런데 나는 그 무렵 이 방에서 손목을 그었었다. 그때 내가 느낀 것은 단 하나, 아는 것도 절망을 막아내지는 못한다는 것이었다. 그리고 한 가지 깨달음도 얻었는데 데카르트는 틀렸다는 것이었다. 생각조차도 내 마음대로 되지 않았고 실은 이 모든 것들을 합친 것보다 더, 내 마음대로 되는 것이 아니라는 것이었다.

물이나 주스나 뭐라도 마시려고 일어서서 나는 아래층으로 향했다. 고등학교에 입학할 무렵 아버지는, 지금은 고층 빌딩이 즐비한 이 동네에 땅을 사고 집을 지었다. 아직은 고층 빌딩이 많지 않아 으슥한 곳엔 온통 무슨무슨 장이라고 이름을 붙인 여관들만 즐비했던 곳이었다. 그때, 큰오빠는 분가를 해서 집을 나간 후였다. 이 집에서 나는 아마도 설 무렵 큰댁으로 심부름을 갔었다. 혼자서. 지금은 별로 그렇지 않지만 그때 나는 평생의 키가 미리 다 자라 있어서 또래치고는 아주 컸다. 중학교 일학년 땐가 어느 여름에 원피스를 입고 심부름을 가는데 정복을 입은 육군 장교가 내게 말을 걸었었다. 그의 입에서는 술냄새가 풍기고 있었는데, 아가씨, 나랑 저기 카페에 가서 잠깐 차 한 잔 마실래요, 했다. 아저씨 저 중학생인데요, 하니까 그 장교가 한참 당황한 눈빛이더니 하늘을 보고 어처구니없다는 듯 웃었다. 나도 웃었다. 집으로 돌아와 내가 말했었다. 엄마 누가 나 쫓아왔었어…… 근데 군인 아저씨야, 했다. 엄마는 그때 무어라고 대꾸했던가…… 생각나지 않았다. 그리 좋은 말을 듣지는 않은 것 같았다. 밥을 먹던 오빠들은, 그 자식 술이 심하게 취했었나 보군, 혹시 인사불성이었던 거 아니니? 걔 탈영해서 어린아이 잡고 인질극 벌이려던 게 아니었을까, 제각기 한마디씩 하며 나를 놀렸다. 생각해보면 나는 이미 키가 처녀처럼 컸고 허리가 잘록했고 다 여물지는 않았겠지만 가슴도 봉긋했었다. 어린애가 아니라 여학생이 되어서 남자가 나를 쫓아온다는 것이 그리 기분 나쁜 일은 분명 아니었지만 그게 하필 술 취한 군인이어서 기분이 좀 이상하긴 했었다. 그게 나의 운명이었을까.

계단을 하나씩 내려가는데 결국 나를 죽음에까지 몰고 갔던 그 인간 생각이 자꾸 났다. 이 계단을 이렇게 내려설 때마다 나는 어떻게 하면 죽을 수 있을까, 이렇게 하면, 저렇게 하면, 번갈아 생각했었던 것이다. 아래층으로 전화벨 소리가 울리고 있었다.

“유정이? 아직 자나 본데? 아니 저기 온다.”

그때 어머니가 계단을 내려오는 나를 발견하고는 전화기를 들이밀었다. 전화는 큰오빠의 것이었다. 큰오빠 나야, 하니까 큰오빠의 입에서 긴 한숨이 새어나왔다. 하는 수 없이 나도 따라 한숨을 쉬었다.

“……어제 일 생각나니?”

큰오빠가 벼르고 걸었다는 듯 물었다.

“응…… 고맙게 생각하고 있어.”

큰오빠의 한숨 소리가 다시 수화기 너머에서 이리로 전해져 왔다.

“내가 이번에 너 한번 혼 좀 내려다가 오늘이 엄마 생신이어서 꾹 참았다. 엄마 수술하시고 이제 겨우 한 달 반 지났는데 엄마 또 쓰러지실까봐…… 딴 식구들한테는 암말 안 했다.”

“고마워.”

“그리구…… 내가 피차 다 큰 성인들이라 암말 안 하려고 했지만 너 이따 저녁때 나랑 얘기 좀 하자. 엄마 아프신데 또 성질내지 말구 저녁까지 조용히 있어. 모니카 고모님께는 내가 전화드렸다. 이제 거기, 사형수인지 뭔지들 만나러 가지 마, 그만 가거라.”

“무슨 소리야?”

내 말에 대답도 없이 전화가 끊겼다. 오빠한테 고맙다고 했지만 실은 다 생각나지는 않았다. 주스를 따르면서 나는 내 기억의 회로를 최대한 불러보았다. 초등학교 동창들을 만나 술을 마셨고 일차, 이차, 삼차…… 그리고 누군가 나를 말렸는데 기어이 운전을 하고 가겠다고 차를 탄 것이 기억났다. 그리고 경찰서…… 나는 고래고래 소리를 지르고 있었다. 생각이 났다. 키가 작고 오십이 넘어 보이는 형사가 내게, 여자가 어디 밤중에 술을 마시고…… 저런 것들은 다 쏴 죽여버려야 해, 하는 말에 발끈했던 거…… 뭐가 어째요? 뭐 이런 소리를 해댔던 거 같았다. 내가 비록 그래 범법은 했지만 그래 그래두 나 인격이 있는 사람인데, 총을 쏴야 된다구요? 그게 대한민국 문민정부 경찰이 할 소리예요? 피 뽑아! 피 뽑아! 그때부터 내가 경찰서에서 고래고래 소리를 질렀던 것이 떠올랐다. 그리고 오빠에게 전화를 했던 거 같다. 그리고는 오빠가 오니까, 아니, 큰오빠 여긴 어떻게 알구 왔어? 해서 경찰서 사람들이 큰오빠 보이지 않는 곳에서 혀를 끌끌 차며 저 여자 또라이 아냐? 했던 것에 기분 나빴던 것까지 줄줄이 떠올랐다. 생각하는데 그게 정말 나였나, 싶었다. 구시렁거리긴 잘 해도 사람들 앞에서, 그것도 경찰서에서 술을 먹고 그렇게 고함을 질러대다니…… 다시 이태원 쪽에는 걸음도 하기가 부끄러울 거 같았는데, 기억은 취기가 썰물처럼 빠져나가는 자리에 시커멓게 드러나는 갯바위처럼 윤곽을 보이고 있었다.

새벽이었을 것이다. 울었던 거 같다…… 같다, 라고 하는 건 차 속에서 어떤 여자의 울음소리가 내 귀에 들렸던 기억만 남아 있어서였다. 그 차 안에는 오빠와 나만 있었으니까, 오빠는 여자가 아니니까 울음소리는 아마 내 것이었을 것이다. 그것도 외삼촌이 말한 네가 좀 울었으면 한다, 의 범주에 들어갈 수 있는 일일까. 그래서 그 눈물 때문에 술이 좀 깨었던 걸까, 나는 큰오빠와 언쟁을 벌였다. 거두절미하고 내가 육 개월 동안 영치금이라고는 천 원 미만인 재소자들, 미칠 것 같다는 말 뭐 이런 등등의 말을 내뱉고는 그렇게 말했던 거 같다. 사형수들 땜에 미치겠어. 오빠가 도와줘…… 나 그 사람들 땜에 죽겠다구! 얼마 전 자살까지 기도했고, 자기 후배와 일방적으로 파혼을 해버렸고, 이제는 음주운전으로 입건될 뻔한 동생을 경찰서에서 데리고 오는 오빠의 마음이 좋았을 리 없었을 것이다. 큰오빠는 아버지 다음으로 나를 아껴주었다. 나이 차이가 많이 나서 조카처럼 나를 귀여워했고 어렸을 때는 나를 업고 다녔었다. 나는 아직도 큰오빠의 젊고 튼튼하고 따뜻했던 등을 기억하고 있다.

"나는 검사 생활 중에 어린아이들 강간하고, 노인들 죽이고, 그러고도 재판정에서 조금도 부끄러워하지 않는 그런 놈들 보면, 그놈들하고 같은 하늘 아래서 숨쉬고 있는 것조차 치욕스러워! 사형이란 제도도 너무 점잖아! 가끔 그 인간들 보고 있으면 저게 사람인지 짐승인지 그런 생각이 들어. 나쁜 생각 같지만 정말 악마가 있는 거 같고 태어날 때부터 그런 놈들은 정해져 있는 거 같아. 그런 놈들은…… 생명을 가질 권리가 없어. 짐승들이야."

오빠가 말했다. 이제 어머니 집의 따뜻한 햇살 내리쬐는 정원을 바라보며 차가운 주스를 한 잔 마시는 동안 유추하자면, 오빠는 내가, 울지 않던 내가 엉망이 되어 울면서 사형수들 때문에 미치겠다니까 그렇게 말했을 것이다. 모니카 고모를 따라다니면서 내가 더 깊은 충격을 받고 정말 죽어버릴까봐 정말로 걱정이 되어서 그랬을 것이다. 내가 사형수들 땜에 죽겠다고 하니까, 오빠가 술 취한 나를 격앙되어 있는 나를 진정시키려고 그래, 나도 고모 땜에 죽겠다. 마음은 알겠는데 이 양반 툭하면 나를 찾아와 재심 좀 어떻게 안 되겠느냐고 하고, 법무부 장관한테 무기로 감형해달라고 탄원서 좀 내달라 하고…… 나도 죽겠어, 했던 것을 보면 그랬다. 오빠도 좋은 사람이었다. 양심적인 검사로서 어떤 청탁도 받지 않기로 유명했다. 그래서 또래들보다 빨리 출세를 했다. 그런데 술김이었지만, 술김이어서 나는 짐승 같다는 소리가 맘에 걸렸다.

"대학 때였던가. 검찰청 오빠 사무실 앞에 갔다가 안에서 들리던 그 비명소리 땜에 안에 들어가지 못했던 거…… 기억나. 나중에 알고 보니 천장에다 거꾸로 매달아놓고 빙글빙글 돌려 고문하면서 자백을 받아냈다는 소리…… 오빠 방문 앞에서 떨고 있는데 오빠가 놀라면서 나를 데리고 일층 찻집으로 데리고 갔었지. 오빠는 자기는 그런 검사 아니라고 했어. 이제 그런 짓은 하지 말라고 했는데, 저놈의 계장이 또 그런다고…… 근데 오빠는 뛰어올라가서 그만 고문하라고 하지 않았었어. 나 그때 생각나, 그때 그 계장이라는 인간이랑 오빠랑, 또 오빠는 그런 검사 아니지만 그러는 검사들…… 사람인가 짐승인가 하는 생각 들었어."

큰오빠가 어이가 없다는 눈길로 나를 바라보았다.

"나도 그래. 나도 저들이 정말 짐승인가 사람인가 싶을 때가 많아. 룸살롱에서 다른 사람들 뻔히 있는 공간에서, 최소한 인간이 교미가 아니고서야 은밀한 공간이 아니면 하지 말아야 할 짓을 돈을 냈다는 이유만으로 버젓하게 남들 앞에서 그 어린 여자아이들 짧은 스커트 사이로 손을 넣어서 주물탱이가 되도록 만지작거리다가, 돈을 뿌리는 인간들을 보면…… 그 인간들 다음날 아침이면 아직 지난밤, 매춘부의 음부 냄새가 가시지도 않은 그 입으로 신성한 학문이 어쩌고, 이 사회의 불평등한 분배구조가 어쩌고, 대학에서 그러고 있는 미친놈들 보면 그래…… 집창촌에 우르르 몰려가서 돈으로 팔려온 가엾은 어린 여자애들 빨가벗겨 상 위에 올려놓고 바나나도 자르게 하고 병도 따게 하고 인간의 성기로 할 수 있는 모든 짓을 시키면서 구경한다지? ……내가 직접 관련된 건 아니지만, 프랑스 있을 때, 민주화운동 하는 사람들 데려다놓고 안기부 직원인지 보안사 직원인지 하는 인간이 팔을 뺐다 꼈다, 빨가벗기고 때리고 돌리고, 그것도 모자라서 나보다 조금 나이 많은 여학생을 성고문했다는 이야기가 진짜냐고 프랑스 애들이 물어올 때, 너무 창피했어. 그때 나도 생각했지. 저것들이 사람인가 짐승인가 하는 생각…… 물론 살인자들? 짐승이지. 생각할 게 뭐 있어? 짐승이었겠지. 자 큰오빠 이제 오빠가 대답해야 해. 내가 지금까지 예를 든 사람 중에 사람으로 진화를 할 가능성이 제일 많은 짐승의 부류는?"

술에 취한 사람은 누구나 그렇듯 나는 오빠의 표정 같은 것은 아랑곳하지 않았던 거 같다. 오빠가 대꾸 없이 차를 몰았다. 나는 계속했다.

"그럼 힌트를 줄게. 자기들이 죄를 지었다는 걸, 사연이야 어떻든 적어도 인정한다는 쪽이 하나 있고, 자신들은 죄가 있기는 커녕 괜찮은 인간이라고 생각하는 쪽도 있어. 앞의 한쪽은, 그들은 최소한 몇 번의 잘못으로 평생 동안 벌을 받지만 다른 한쪽은 그걸 반복한다는 거지. 자신들이 꽤 괜찮은 인간들이라고 생각까지 해가면서…… 그럼 자신들은 죄가 없다고 생각하는 인간들은 이중 누구일까요?"

"넌 어떻게 그렇게 하나도 안 변하니? 대체 니가 지금 몇 살이야?"

큰오빠가 벌컥 화를 냈다.

"열다섯 살."

나는 까르르 웃었다. 큰오빠는, 아까 경찰서에서 경찰들이 그랬듯이 한심하다는 표정으로 나를 바라보더니 담배를 꺼내 물었다. 오빠가 문 담배를 내가 빼앗아 피웠다. 오빠는 한숨만 쉬었을 뿐 아무 말도 하지 않았다.

"십오 년 전 설에 엄마 심부름으로 큰댁에 갔을 때, 내가 당한 일을, 가족들 누구도 관심 두려 하지 않았어. 내가 왜 이렇게 된 줄 알아? 내가 왜 세 번이나 약을 먹고 손목을 긋고 이 지경이 된 줄 아느냐구! 내가 이해할 수 없었던 건, 정말 내가 용서할 수가 없었던 건, 그러고도 엄마도 오빠들도 심지어 아빠까지! 그걸 없던 일로 해버렸다는 거야. 마치 오늘 검사영감님인 오빠가 오니까 당연히 입건될 내가 음주운전에 걸린 일이 없었던 게 되는 것처럼 그랬다는 거야! 나는 죽을 것만 같았는데,

아니 차라리 죽는 게 나았는데…… 모두들 입을 다무니까 없던 일이 되어버렸어…… 대체 다들 왜 그랬는지 아는 데 그렇게 오랜 시간이 걸리진 않았어. 잘나가던 여당 국회의원이었던 큰아버지…… 그 큰아버지가 없으면 우리 집 사업이 안 되니까, 큰아버지가 봐주지 않으면 아버지가 사업하면서 탈세하고 불법으로 입찰하고 배임하고 가지가지 횡령 못 하니까, 그게 안 되니까!"

"그만해라!"

큰오빠는 많이 참고 있는 듯했다. 그리고는 내 입에서 담배를 빼앗아 거칠게 자동차 재떨이에 비벼 껐다. 그렇다고 물러서면 내가 문유정이 아니었다.

"난 그때 겨우 열다섯이었어…… 내가 왜 죽으려고 했는지, 그리고 지금도 왜 그러는지 이제 알겠어? 우리 가족, 엄마, 아버지, 오빠들…… 나보다 그게 더 중요했던 거야…… 우리 식구들이 날 어떻게 했는지, 어떻게 날 죽는 것보다 더 비참하게 했는지 알기는 알아? 그런 오빠가 그 인간들을 두고 짐승 같다는 소릴 해? 나한테는!"

큰오빠가 갑자기 차를 유턴했다. 몸이 휘청하는 바람에 나는 더 말을 이어갈 수가 없었다. 큰오빠는, 안 되겠다, 너 오늘 혼자 뒀단 또 큰일 나겠다, 이런 소리를 했던 거 같았다.

엄마의 피아노 소리가 들렸다. 쇼팽의 이별곡이었다. 거실 한가운데 놓인 그랜드 피아노에서 엄마의 뒷모습이 보였다. 한때는 그렇게 많은 돈을 주고라도 살을 빼고 싶어하던 엄마의 몸은 누군가 두꺼운 옷을 벗겨내버린 것처럼 야위어 있었다. 꼭 암이 아니더라도 칠십이 다 된 엄마와 이별할 날이 멀지 않았을 거라고 생각하자 나는 좀 감상적인 기분이 되었다. 죽음 앞에서 화해 못 할 일이 무엇이 있을까. 죽음 앞에서 가져가려고 움켜쥘 게 대체 무엇이 있을까…… 하물며 그것이 미움이라면…… 엄마는 엄마의 가슴 한쪽을 도려낸 것이 여자로서 수치스럽다고 했다. 암세포가 언제 자라는지도 몰랐다고…… 유방 한쪽 복원하는 데 이천만 원이라고 친구와 이야기하는 소리를 나는 들었다. 미스 올드 코리아라도 나가시려구? 나는 비아냥거렸었다. 이천만 원이면 육 개월 동안 영치금 한 푼도 없는 수용자들에게 영치금 만 원씩, 몇 명에게 넣어줄 수 있을까, 하다가 나는 나 자신에게 놀라고 있었다. 왜 이런 비교를 하고 있는지, 싫었던 것이다.

엄마는 진분홍 실크 블라우스 위로 같은 감의 실크 스카프를 길게 늘어뜨리고 어깨를 가만히 흔들고 있었다. 그런 감상적인 기분 탓이었는지 엄마의 연주는 내가 그전에 그렇게 귀를 막고 싶어했을 정도로 형편없는 것은 아니었다. 그래서 연주가 끝났을 때 나는 박수를 쳤다. 부엌에서 일하던 파출부 아주머니가 치는 박수소리도 들렸다. 엄마는 정말 무대 위의 피아니스트처럼 우아하게 보인다고 스스로 생각하는 듯한 미소를 머금은 채로 다른 곡을 시작했다.

내가 엄마와 우리 식구들을 싫어하는 이유는, 그들이 돈이 많고 그들이 자신이 속물들임을 위장하기 위해 흔히 쓰는, 내게 돈만 있는 것은 아니란다, 하는 표정으로 문화예술가를 자처해서가 아니라, 그들이 실은 뼛속까지 외롭고 스스로 홀로 앉은 밤이면 가여운 것이 사실인데도, 그것을 위장할 기회와 도구를 너무 많이 가지고 있음으로 해서, 실은 스스로가 외롭고 가엾고 고립된 인간들이라는 사실을 깨달을 기회를 늘 박탈당하고 있다는 데 있었다. 한마디로 그들은 생과 정면으로 마주칠 기회를 늘 잃고 있는 셈이었다.

나는 피아노 가로 다가갔다. 이렇게 피아노를 치고 있는 엄마를 나는 얼마나 못 견뎌했던가. 그 일이 일어난 이후 엄마가 이렇게 로맨틱한 곡을 치고 있으면 나는 귀를 막고 내 방에서 볼륨을 최대한 높인 채로 록 음악을 틀어버렸었다. 엄마 때문이었을 것이다. 아마 엄마가 대중음악 가수였다면 나는 클래식 연주를 들었을 것이었다. 시끄러! 시끄럽다구! 소리를 지르다 못한 엄마가 이층 내 방으로 쫓아 올라오면 나는 얼른 볼륨을 줄이고 고요한 얼굴로 뭐? 하고 대꾸했었다. 소리 줄여! 줄였잖아. 나는 대꾸했었다. 미쳐, 내가 널 왜 낳아서 이 고생을 하니? 내가 널 왜 낳았는지…… 너무 나이 들어 한 임신이어서 의사가 권했을 때 그때 지워버렸어야 했던 건데! 니 아부지가 그건 하느님이 주신 아이라고 하도 우기는 바람에…… 표면상으로는 고요한 나의 승리였지만 내 가슴이 그때 얼마나 피를 흘리고 있었는지 엄마는 모른다. 그때 나는 낙태를 금지한 종교까지 저주했었다. 나를 수태한 밤이여 저주 받아라, 라고 욥이 말했던가. 내가 어찌하여 모태에서 죽지 않고 나오면서 숨을 쉬었던가, 욥의 절절한 목소리를 나는 좋아했었다. 엄마가 아래층으로 다 내려가는 발소리를 확인한 후, 다시 볼륨을 높였던 건 내 피흘림에 대한 복수였다. 내가 언제 낳아달라구 했어? 그렇게 악다구니를 쓴 적도 있었다. 내가 너 만들고 싶어 만들었니? 넌 줄 알았으면 만들지도 않았어! 엄마는 그렇게 대꾸했었다. 그때 네 아버지가 말렸어도 병원에 가야 했는데…… 그러니까 그때 엄마 뱃속에 있던 나, 엄마가 못 죽였으니까 내가 이제 죽겠다는 거잖아…… 근데 왜 말려? 왜 말리느냐구! 안 보이는 데서 죽어. 나 안 보이는 데서! 내가 널 말리지 못할 곳에서 죽으란 말이야! 우리 모녀는 주로 그런 대화를 했다. 그리고 내 방에 있던 죄 없는 화병이나 레코드판이 부서져나갔다. 그런데 오늘 서른이 넘어서, 칠십이 다 된 엄마가 쇼팽의 〈피아노 콘체르토 제1번〉을 치고 있는 걸 보자 나는 묻고 싶었다.

"신경 쓰이게 하지 마라! 이 곡은 머리가 쭈뼛거리게 집중해야 하는 곡이야."

내가 다가서자 엄마는 언제나처럼 익숙하게 말했다. 그러자 어릴 때의 한 풍경이 생각났다. 손님들도 많은 날, 엄마는 손님들을 주욱 앉혀놓고 예쁜 연주회용 연보라 드레스를 입고 아마도 이 곡을 치다가 울며 뛰쳐나갔다. 뭐라고 중얼거린 거 같은데, 누군가가, 대체 왜 그러시는 건가요? 묻자 다른 사람이 멀뚱한 얼굴로 대답했었다. 더 못하겠다고, 슬퍼서 더 이상 못하겠다고, 하셨어요. 아버지는 우리 집 사람이 예술을 해서 좀 예민해요. 시만 읽어도 울거든요…… 하며 웃었다. 사람들 사이로 애매한 웃음소리가 났다. 나는 창피했다. 아버지는 피아니스트였던 아내에 대한 짙은 피로감을 느끼고 있는 거 같았다. 당연했다. 일류여고를 나온 어머니, 상고를 나온 아버지…… 일류가 뭔지 나는 잘 모르겠지만 고모가 어머니를 멀리하는 건 아마도 그런 자신의 오빠에 대한 연민이었을까.

나는 조용히 엄마의 곡이 끝나기를 기다렸다. 정말 눈물이라는 것이 조금의 효과는 있는 것이었는지, 어젯밤 나도 모르게 눈물을 쏟아서였을까. 내 마음은 어느 때보다 엄마를, 착한 사람에게나 나쁜 사람에게나 골고루 빛을 뿌리는 저 햇살처럼 무심히 봐주고 섰을 수도 있겠다는 생각이 들었다.

"엄마, 생일 축하해요…… 선물 못 사왔는데…… 솔직히 말해서 생일인지도 모르기는 했는데…… 축하하니까 선물은 나중에 줄게."

"생일 축하 안 해도 좋고 선물도 필요없다. 속이나 좀 썩이지 마라!"

"그래도 축하해요…… 속 썩이고 축하도 안 하는 것보다 속 썩여도 축하한다고 말하는 게 좀 낫잖아."

"또 왜 그러니? 난 니가 무서워 죽겠다. 지난번에 병실에서 링거 병 부수면서 나를 노려보는데 나는 꼭 죽은 니 할머니 혼령이 붙었다는 생각이 들더라."

또 시작이었다. 친가 쪽과 내가 닮았다는 소리가 나오면 징조가 별로 좋지 않은 거였다. 대체 엄마는 성당에 가서 무슨 기도를 할까, 하는 오래된 의문이 떠올랐다. 나는 참아야지, 했다. 그래도 엄마 생일이었다.

"엄마…… 엄마는 살면서 행복했던 때가 언제야?"

엄마가 피식 하고 웃었다.

"엄마에게는 그때는 참 행복했다, 라고 생각하는 그런 시간들이 있었느냐구."

나는 이야기를 하고 싶었던 거 같다. 죽음을 앞둔 엄마랑, 언제 암세포가 다시 온몸에 퍼져서 병원에서 임종을 맞을지 모르는 엄마랑 엄마 생일에, 오랜만에 옛집에 돌아온 딸과 엄마가 따스한 햇살 쬐는 정원을 내려다보면서 하는, 진짜 모녀가 하는 그런 진짜 대화 같은 거. 엄마 나는 세상에 태어나서 별로 행복했던 기억이 없어…… 남들 못 가진 거 다 가졌고 남들 못 먹는 거 먹고 남들 못 입는 거 입고 살았는데, 엄마 난 근데 행복하다고 생각했던 기억이 없어…… 하고 말하고 싶었다. 내 말투가 예전과는 달리 부드러워서였을까, 아니면 어릴 때부터 하인들이 든 가마를 타고 학교를 다녀서 성질이 좀 안하무인이긴 하지만 천성이 그리 모질지 못한 탓일까, 엄마는 뜻밖에도 내게 부드럽게 대꾸했다.

"행복이 어딨니? 젊어서는 무식한 네 할머니 노망 다 받아주면서 모셨지, 네 아버지 사업 부도 날까 조마조마했지, 사내 녀석들 셋이나 키우다가 다시 피아노 시작하려고 하는데 너 덜컥 들어서서 결국 피아노도 포기했지, 너 속 썩이지…… 그리고 오늘이 명색이 엄마 생일인데 엄마가 수술 받은 지 언젠데, 다시 재발해서 언제 죽을지도 모르는데 셋이나 되는 며느리 년들 코빼기도 안 보이는 거 안 보이니?"

한숨이 조금 나오려고 했다. 또 시작이었다. 엄마에게는 좋은 게 없었다. 세상의 좋은 걸 다 가졌으면서 그랬다. 살아 계실 때 아버지는 엄마에게 컵 하나 씻지 못하게 했었다. 설거지하다가 혹여 손가락 다치면 엄마가 좋아하는 그 피아노를 치지 못한다면서 그랬다. 그래도 엄마는 늘 나쁜 것뿐이었다.

"다들 잘났잖아. 피아니스트에다 의사에다 배우에다! 큰올케는 연주 땜에 신경 날카롭구, 작은올케는 병원에서 근무하고 있을 거구, 막내올케는 늦둥이 가졌다면서? 그런데 엄마는 친구들 만나면 엄청 자랑하잖아. 우리 며느리들은 피아니스트에다 의사에다 그리고 배우야…… 엄마 친구들도 엄마 부러워하고…… 그래도 못난 딸이 하나 있어서, 바쁘지도 않으니까 이렇게 아침부터 축하한다구 하잖아. 다행이지."

"저리 가라! 밤에 술 처먹고 오래비한테 업혀 들어와서 아침부터 또 왜 그러는 거니? 오랜만에 엄마가 음악 한 곡 연주하려고 하는데, 왜 또 와서 바싹바싹 약을 올리는 거냐?"

"내가 언제 약을 올렸어, 생일 축하한다고 했잖아!"

"난 너만 보면 골치가 아파, 밥맛이 떨어진다구! 그리고 말난 김에 물어보자. 대체 강검사는 왜 싫다는 거냐?"

나는 까르르 웃었다. 웃으면서 사람은 변하지 않는다는 사실을, 나조차도 변하지 않는다는 사실을 다시 한 번 인정해야 했다. 어젯밤 큰오빠의 말이 옳았다. 죽음을 앞두고 암 수술을 하고 딸이 죽음에서 깨어나 오랜만에 엄마 집에 와서 같은 아침을 맞아도, 사람은 변하지 않는다. 이 세상에 변하지 않는 것은 아마도 그것뿐인 거 같았다.

"난 엄마처럼, 배울 거 없는 집안에서 자란 남자 싫어해. 엄마도 실은 그래서 아버지하구 고모를 평생 경멸했잖아. 그러니까 아무래도 엄마를 닮은 거 같애."

나는 이를 가는 듯한 말투로 대답했다. 엄마가 운율에 맞추어

가볍게 어깨를 흔들거리다가 나를 바라보았다. 무슨 이물질이라도 보는 표정이었다.

"넌 꼭 니 고모야!"

참으려고 했지만 어린 시절의 감정이 꾸역거리며 올라오는 걸 나는 느꼈다. 단호한 저 말투! 더 있어봤자 좋을 게 없었다. 그래도 엄마 생일인데, 했지만 생일도 우리들의 과거가 쌓아올린 그 튼튼한 성곽을 마모시킬 수는 없었다. 그것을 부수는 데는 그보다 더 긴 세월이 지나야 할지도 몰랐다. 아니 시간이 무슨 소용이란 말인가, 마음이 없는데. 설사 아주 작은 마음이 일어도 그것을 간단하게 무너뜨리는 오래된 습성이 있다. 설사 그것이 엄마의 생일이었다 해도, 설사 기일이었다 해도 그랬다. 나는 피아노 곁을 떠나며 외쳤다.

"엄말 닮았어. 나도 고모 쪽인 줄 알았는데…… 엄마야. 내가 꼭 엄마야! 그래서 나두 내가 정말 싫어!"

엄마는 더 견딜 수 없다는 듯 피아노를 쾅! 하고 내리쳤다.

나는 언제나처럼 익숙한 불효녀의 역할을 하고 있었다. 엄마는 이제 저녁상에서 오빠들에게 내가 왔었으며 어떻게 엄마의 마음을 상하게 해서 어떻게 자신의 생일을 망치고 어떻게 자신의 생명을 단축시켜서 어떻게 결론적으로 오빠들에게 결국은 불이익을 주었는지를 길고 길게 설명할 것이다. 올케들은 지겨운 표정을 감추며 음식을 애매하게 씹고 있을 것이고, 오빠들은 유방암 수술을 받은 늙고 힘 빠진 엄마의 생일에 알맞은 효심과 인내심으로 어쨌든 끝까지 이야기를 들으려고 노력은 할 것이다. 어차피 엄마의 말은 끝나지 않을 테니까. 그동안 식사가 끝날 것이고 저녁식사가 끝나면 하기 싫은 수강을 마친 학생들처럼 이 핑계 저 핑계 대며 누군가 먼저 일어설 것이고 우르르 빠져나가버릴 것이다. 그러면 엄마는 저녁 인사처럼 일하는 아이에게 고래고래 이 트집 저 트집 잡아 소리를 지르며 하루를 마감할 것이다. 실은 사랑받고 싶고, 실은 사랑을 주고 싶고, 실은 너무나도 외로워서 누군가가 다정하게 곁에 있어주었으면 좋겠다는 말을 다 빼고 그릇이 이가 빠졌다느니, 장식장에 먼지가 앉았느니 할 것이었다. 나는 도저히 저녁까지 그 집에 머무를 수가 없었다. 엄마하고 싸우고 집을 나가는 사춘기 소녀에서 한 발짝도 벗어나지 못한 나도 일부러 발소리를 커다랗게 쿵쾅거리며 백을 가지러 다시 이층으로 올라갔다. 백을 챙겨 나가려고 하는데 갑자기 속에서 무언가가 울컥, 했다. 나는 내 안에서 무슨 일인가가 일어나고 있음을 알았다.

•

누구에게나 슬픔은 있다. 이것은 자신이 남에게 줄 수 없는 재산이다.
모든 것을 남에게 줄 수는 있지만 자신만은 남에게 줄 수 없기 때문이다.
누구나 자신이 소유한 비극은 있다.
그 비극은 영원히 자신이 소유해야 할 상흔이다.
눈물의 강, 슬픔의 강, 통곡의 강,
슬픔은 재산과는 달리 모든 사람들에게 공통 분배되어 있다.

•

박삼중 스님

그리고는 그렇게 우리는 젖은 쓰레기처럼 도시의 뒷골목을 베개 삼아 살았습니다. 그곳에는 우리 같은 아이들이 있었고 아이들은 마흔이 넘어 보이는 아저씨가 관리하고 있었는데 그 아저씨는 우리에게 잠잘 곳을 마련해주었습니다. 대신 우리는 전철역과 시장통에 흩어져 앵벌이를 했습니다. 은수가 눈이 잘 보이지 않았기 때문에 우리 형제는 특별대우를 받았습니다. 동생이 눈이 멀었어요, 어릴 때 시골에서 약을 잘못 먹어 그랬습니다…… 하고, 마분지에 글을 써서 밤새 전단을 만들었습니다. 그러면 마음씨 좋아 보이는 여자들이나 남자들이 돈을 주었습니다. 그러던 어느 날 은수의 생일이 되었습니다. 내가 은수야 뭐 먹고 싶니, 하니까 은수가 컵라면이라고 말했습니다. 은수는 컵라면을 좋아했습니다. 그러나 마흔이 넘은 깜상이라고 불렸던 그 사람은 우리에게 라면은 주었지만 컵라면을 주지는 않았습니다. 그건 양도 적고 비싼 거니까요. 저는 어느 날 밤, 제가 평소에 눈여겨 보아 두었던 시장 어귀의 슈퍼에서 컵라면 한 상자를 훔치다가 잡힙니다. 주인이 소리치는 순간 저는 컵라면 상자를 들고 뛰었는데 얼결에 거기 근처에 서 있던 은수가 잡힌 것입니다. 주인은 다짜고짜 은수를 때리기 시작했습니다. 은수는 형아, 형아 부르며 울었습니다. 혼자라면 얼마든지 뛸 수가 있었지만 차마 그 아이를 두고 도망칠 수가 없었습니다. 저는 돌아가 그 아저씨에게 컵라면 상자를 다시 드리며 애원했습니다. 아저씨는 컵라면 상자가 없어진 게 벌써 열 상자째라며 우리를 데리고 파출소로 갔습니다. 너희 같은 놈들은 단단히 혼이 나야 정신을 차린다고, 아무리 아니라고 해도, 아무리 이번이 처음이라고 해도, 우리는 컵라면 열 상자를 훔친 도둑으로 소년원으로 보내졌습니다. 은수는 제 공범이었습니다. 그때 나는 한 가지를 결심했습니다. 다시는 빌지 않겠다고, 다시는 애원하지 않겠다고. 세상에서 살아남는 방법은 단 하나인데 그것은 돈이 있고 힘이 있는 것이라고.

9

신기하게도 기억은 그 당시에 보이지 않았던 많은 것들을 보게 해준다. 무대 구석에서 작은 제스처를 하는 엑스트라에게 비추어지는 핀 라이트처럼, 기억은 우리에게 그 순간을 다시 살게 해줄 뿐 아니라 그 순간에 다른 가치를 부여한다. 그리고 그 가치는 때로 우리가 우리의 기억이라고 믿었던 것과 모순될 수도 있다.

이제 다시 그 면회실로 돌아가야 한다. 내가 그와 만나던 그 곳. 그곳 외의 장소에서 내가 그를 만난 적이 없으니까, 우리의 만남은 그렇게 같은 장소에서 비슷한 풍경으로 앞으로도 연출되겠지만. 그곳은 삶과 죽음이 교차하는 곳, 어둠 속에서 한줄기 빛이 비추고 있던 곳. 돌이킬 수 없는 전쟁터에서 치명적인 성을 사수하듯 죄와 벌과 그리고 희망이 피를 흘리며 싸우는, 인간의 감각을 가지고는 느낄 수 없지만 실은 이 세상의 모든 역동적인 힘을 가진 것들이 세력을 다투고 있었던 그곳으로 가자. 그날은 내가 세 번째로 그곳을 찾아가던 날, 그리고 미아린지 삼양동인지 사는, 그 할머니가 기어이, 떡을 해가지고 우리와 함께 그곳을 방문하는 날이었다.

우리 세 사람은 교도관이 데리고 들어설 그를 기다리고 있었다. 모두들 말이 없었다. 모니카 고모는 의자에 깊숙이 앉아서 입술을 물고 있었고 삼양동 할머니는 옥색 한복을 곱게 차려입고 있었는데 검고 주름진 그녀의 얼굴과 그 색깔은 너무나도 어울리지 않았다. 탁자에 놓인 옥색 보자기 속에는 아직 따뜻한 떡이 놓여 있었다. 창밖으로, 겨울이었지만 그 떡처럼 따뜻한 해가 내리쬐고 있었다. 그가 나타난 것은 약속시간에서 삼십 분쯤 지난 후였다. 그 삼십 분 동안 나오지 않으려는 그와 그를 나오게 하려는 교도관 사이에 무슨 일과 무슨 대화가 있었는지 나는 모른다. 짐작은 할 수 있겠지만 짐작이라는 것이 실은 반반의 확률도 가지지 못하는 것이었다.

그가 오자 모니카 고모가 일어섰다. 일어서서 윤수 왔니, 하는 의례적인 말도 꺼내지 못하는 걸 보면 고모의 긴장을 느낄 수 있었다. 삼양동 할머니는 오랜만에 꺼내입은 듯한 옥색 한복에 포박당한 것처럼 딱딱한 몸으로 거즈 손수건만 만지작거리고 있었다. 기다리고 있었던 우리 세 사람 다 이게 정말 맞는 일일까, 하는 생각을 하고 있었을 거라고, 나는 이제야 생각한다. 용서와 사랑이라는 큰 가치를 가지고 평생을 거기 바쳤던 모니카 고모조차 그 상황을 두려워하고 있었다. 삼양동 할머니가 이천 년 전의 젊은 사람 예수가 그랬듯, 너의 죄가 용서받았다, 일어나 가라, 하고 말한대도, 그도 아니면 실은 모든 것이 연극이어서 혁수정 묶인 윤수의 멱살을 쥐어뜯고 얼굴을 열 손가락으로 긁어버린다 해도, 모두가 고모에게는 두려운 현실이라는 것을 알 수 있었다.

윤수는 창백한 얼굴이었다. 나도 사람이요, 하는 것 같았던, 첫날과 둘째날의 만남의 기억은 그 얼굴에서 찾아볼 수가 없었다. 아마 교수대의 밧줄을 본다 해도 그토록 두려운 표정은 아니었을 것이다. 그리고 푸릇한 입술은 옅게 경련을 일으키고 있었다.

삼양동 할머니는 마치 잃어버린 아들이 돌아온 듯, 아니 이런 표현이 과연 합당할까마는, 그의 얼굴과 몸을 하나라도 놓치지 않겠다는 듯 주시하고 있었다. 삼양동 할머니와 나, 모니카 고모와 윤수 그리고 이주임은 모두 엉거주춤 서 있었다.

"앉으시지요."

그중 그래도 태연한 건 이주임이었다. 그는 커피포트에 물을 따르고 전기 스위치를 넣었다. 어디까지나 그는 한때 고시를 준비했던 모든 공무원들이 흔히 가지는 어떤 종류의 미덕을 가지고 있었다. 그러고 보니까 고모가 이 방에 들어오면 언제나 먼저 하곤 하던 커피포트에 물을 올리는 그 일을 하지 않고 있었다는 걸 나는 깨달았다. 커피포트가 열을 올리며 끓는 소리가 지지직 하는 게 고마울 만큼 방 안은 무거운 침묵으로 가득 차 있었다.

"잘 지냈니?"

고모가 물었다. 윤수는 넋이 나간 듯했다. 예, 하고 잠깐 웃으려 했는데 얼굴이 은박지처럼 구겨져버렸다. 삼양동 할머니의 시선이 윤수의 혁수정에게로 향해 거기 붙박여 있었다.

"사람을…… 짐승처럼 저렇게 묶어놓으면…… 얼마나 힘드까?"

삼양동 할머니가 중얼거렸다. 중얼거린 거였는데 방 안이 하도 조용했고, 할머니도 스스로 목소리의 높낮이를 조절할 만큼 침착한 상황이 아니어서 소리는 컸다. 짐승이라는 말 때문이었을까, 모두가 또 어색해져버렸다.

"윤수야…… 여기 그분이 오셨다…… 그……."

고모는 말을 더듬었다. 그 다음에 이어질 말은 네가 죽인, 유식한 말로 하면 네가 살해한, 그분의 어머니가 오셨다, 가 되어야 하는데 고모는 거기서 잠시 침을 꿀꺽 삼켰다.

"네가…… 돌아가시게 한……."

고모는 다시 침을 꿀꺽 삼켰다. 내 침도 고모를 따라 꿀꺽 넘어갔다. 때로 말은, 얼마나 구체적이고 실질적인가, 그래서 결론적으로 얼마나 잔인한가. 펜이 칼보다 강하다는 건 그런 뜻인지도 모른다.

"그 파출부 아주머니의 어머니 되신다."

윤수의 고개가 꺾이는 것처럼 푹, 하고 떨어졌다. 사형수는 여섯 번 죽는다고 한다. 잡혔을 때, 일심 이심 삼심에서 사형 언도를 받을 때, 그리고 진짜 죽을 때, 나머지는 매일 아침마다……이다. 아침 기상종이 울리면 사형수들은 죽음을 준비한다. 만일 운동이 있고 배식이 있으면 그날은 죽지 않는다는 것을 의미했다. 그 아침운동이 시작되기 전 복도에 발소리가 울리면 사형수들은 하얗게 질린다고 했다. 그런데 윤수는 이미 그 순간 처형당하고 있는 거 같았다. 거꾸로 말하자면 이런 막무가내의 할머니를 자신의 피해자의 어머니로 둔 덕에 그는 이미 지옥의 불구덩이 속으로 들어가 있었을 것이다. 내 옆에 그가 앉아 있었는데 그의 턱이 덜덜 떨리는 것이 보였다. 죄란, 한번 뱉어진 말처럼 사라지지 않는다는 것을 나는 그때 처음 알았다. 그것은 그냥 불어 사라지는 바람처럼 없어지는 사건이 아닌 것이다.

"내가 널…… 보자고…… 왔다!"

윤수의 어깨가 덜덜 떨리고 있었다. 그의 온몸이 작은 바람에 부들거리는 잔가지처럼 떨고 있었다. 겨우, 이런 존재였다, 인간이라는 것은. 살인자라 해도, 우리는 겨우 그렇게 부들거리며 떨 수밖에 없는 존재라는 생각이 들자 나는 실은 조금은 비감해졌다.

"명절인데…… 너 주신다고, 조금씩 쌀을 모으셔서, 명절이라고…… 떡을 해오셨다."

모니카 고모가 다시 말했다. 숙인 윤수의 고개 아래로 무슨 소리가 들렸다.

"뭐라구?"

모니카 고모가 물었다.

"잘, 못, 했습니다. 죄송합니다…… 잘못했습니다……."

사람이란 참 이상한 존재라고 나는 아직도 믿는다. 그 말이 뻔뻔스러워야 하는데 엄연히 할머니가 피해자이고 윤수는 가해자, 그것도 인간이 인간에게 저지를 수 있는 가장 극한의 범죄를 저지른 가해자인데, 그 순간은 윤수가 피해자처럼 언뜻 느껴졌다. 그러면서 나는 내가 술 취해 오빠에게 울부짖었던, 그래서 내 기억 속에서 꺼내어졌던 그 인간을 생각했다. 내 상상 속에서 내가 그를 죽인다 해도 그는 나의 가해자였다. 동정 같은 건 일말도 일지 않을 거 같았다. 그런데 그 장면에서 가해자가 가지는 윤수의 고통을 나는 느꼈다.

"무슨 떡을 좋아하는지 내가 모르겠어서……."

삼양동 할머니가 천천히 일어나 떡 보따리를 풀었다. 그 얇고 보드라운 보자기가 풀리는 소리가 천둥처럼 방 안에 울리는 거 같았다. 자세히 보니까 떡 보따리를 푸는 그녀의 손 역시 떨리고 있어서 매듭을 전혀 풀지 못하고 있었다. 보다 못한 이주임이 일어나 그녀를 도왔다. 떡 보따리가 풀리자 양은 함지에 하얀 백설기가 보였다. 먹기 좋게 잘라진 떡을 하나 들어 그걸 주려고 윤수 쪽을 돌아보다가 삼양동 할머니는 무너지듯 의자에 주저앉았다. 그녀의 입도 윤수의 것처럼 덜덜 떨리고 있었다. 이주임의 눈초리가 긴장하기 시작했다.

"왜 그랬니? 왜 그랬어? 왜 죽여야 했니? 이놈아, 이 나쁜 놈아…… 이 천하에 죽일 놈아!"

올 것이 오고야 말았다는 표정이 우리 나머지 세 사람에게 동시에 어렸고 그것은 이내 모니카 고모의 얼굴에서 후회의 빛으로 바뀌었다. 사람이 할 수 없는 일이 분명 있는 것이다.

"하, 할머니 진정하세요……."

모니카 고모가 일어나 노파를 붙들었다. 노파는 울지도 못하고 시커멓게 질린 얼굴이었다.

"왜 그랬니? 돈만 빼앗고 사람은 놔두지…… 돈만 빼앗고 사람은 그냥 두지…… 돈은 또 벌면 되지만 사람은 다시는 돌아오지 않는데…… 다시는 돌아오지 않잖니…… 살게 놔둬두 한 백 년 사는 것도 아닌데."

그제야 노파는 주저앉아 울었다. 그녀의 입으로 꺼이꺼이 하는 울음이 나왔다. 그녀는 손에 윤수에게 건네지 못한 떡 조각과 꼬깃한 손수건을 쥔 채로 작은 몸을 더 작게 말고 울었다. 그때서야 나는 윤수와 그 할머니가 모두 옥색 옷을 입고 있다는 것을 깨달았다. 둘 다 몸을 둥그렇게 말고 있었다. 할머니의 옥색 한복이야 우연한 것이었겠지만 이상하게 둘 다 저주받아 묶인 몸이라는 생각이 들었다. 윤수는 계속 떨고 있었다. 문득 보니까 머리칼들이 풀 바른 것처럼 이마에 붙고 있었다. 식은땀이, 내가 싫어하는 상투적인 표현을 빌릴 수밖에 없다면 정말 비 오듯 솟아나고 있었던 거였다.

이주임이 일어섰다. 아마 윤수를 방으로 데려가려고 한 모양이었다.

"……잠깐만요. 선생님 잠깐만…… "

울다가 노파가 말했다. 이주임이 곤혹스러운 표정으로 다시 앉았다. 고모가 삼양동 할머니에게 물을 한 잔 권했다. 이 와중에도 언제나 남의 입장을 먼저 생각하면서 평생을 살아왔다는 듯 노파는 그 와중에도 수녀님 죄송합니다, 죄송합니다, 했다. 대체 무엇이 죄송한지 모르겠지만 그건 그녀의 입에 붙어버린 관용구 같았다. 삼양동 할머니는 물을 천천히 마시고 윤수를 바라보았다. 윤수의 관자놀이께서 흘러내린 땀이 그의 얼굴을 적시고 있었고 양 겨드랑이가 젖어 있었다. 노파가 제 눈물로 적셔진 손수건을 들어 그의 얼굴의 땀을 닦아주려고 하자, 윤수의 다문 이 사이로 비명이 터져나왔다. 그래, 그건 도살장으로 자신을 끌고 가는 인간에게 내지르는 짐승의 울음 같았다. 노파의 얼굴이 슬픈 기색을 띠었다. 노파가 잠시 눈을 감고 있다가 천천히 입을 열었다.

"미안하다. 용서하려구 왔는데…… 수녀님이 아직은 안 된다구 했는데도, 내가 고집 피워서 왔는데, 미안하다…… 아직은 다는 못 하겠다…… 얘야, 미안하다. 널 보니까 우리 애가 자꾸 떠오르고 네가 미워지려고 한다. 오기 전에 그러지 말자고 밤새워 한잠 못 자고 그렇게 다짐했는데…… 미안하다. 왜 그랬느냐고, 꼭 그래야만 했느냐고…… 네 멱살이라도 잡고 싶어지는구나. 날 위해서 기도해주겠니? 얘야, 네가 착하게 생긴 게, 네가 잘생긴 게, 네가 이렇게 떨고 있는 게 나를 더 힘들게 하는구나. 그래도 내가 또 오마. 진짜로 널 용서할 때까지…… 오마…… 여기가 좀 멀고 차비도 비싸고 하니 자주는 아니겠지만, 명절에는 꼭 오마. 떡 해가지고 오마…… 그때까지 죽지…… 말고……."

할머니도 떨고 있었다. 그녀의 얼굴에서도 땀이 떨어지고 있었다. 그 몇 분 동안 머리는 더 하얗게 세어 백발로 뒤덮인 것 같았다. 고모도 그 짧은 순간 동안 그들과 함께 빠르게 늙어가고 있는 거 같았다.

"수녀님 죄송합니다…… 폐를 끼쳐드려서 죄송합니다."

삼양동 할머니는 다시 머리를 조아리며 말했다. 그리고는 교도관을 향해 다시 말했다.

"선생님 죄송합니다. 이 늙은이가 괜한 고집을 피워서 여러 분을 번거롭게 해드렸네요."

이주임은 어이가 없지만, 교도관 노릇 십 년 동안 이런 장면은 처음이라는 듯했지만 그의 얼굴도 참담하게 일그러지고 있었다.

윤수가 교도관을 따라 일어났다. 여전히 고개를 떨군 채였다. 꼬깃한 손수건으로 눈물을 닦던 할머니가 돌아서는 윤수에게 말했다.

"살아 있어라. 그때까지 꼭 살아 있어!……"

윤수의 얼굴은 땀과 눈물로 범벅이 되어 있었다. 돌아서서 걸어가는 그의 다리가 그날 따라 더 절룩이고 있었다.

"할머니, 되셨어요. 이 이상의 용서는 없어요. 어떤 훌륭한 사람도 이 이상은 못 합니다. 장하십니다. 수녀인 나도 그렇게는 못 해요."

고모가 노파의 손을 잡으며 말했다. 내가 삼양동 할머니의 집까지 차를 몰고 가는 동안 할머니는 아무 말도 하지 않았다. 그녀는 제가 혼자 지은 깊은 침묵의 방에 들어가 있는 듯했고, 진실로 중대한 일 앞에서 자신과 정직하게 대면하고자 고민하는 인간이 언제나 그렇듯이 그녀의 행색과 교양과 이런 것에는 아무 상관도 없이 위엄과 품위를 지니고 있는 듯했다. 오늘이 지나고 나면 그녀는 또 구부러진 허리로 빈 병과 신문지를 모아 자신의 통장에 3,150원이라든가 2,890원 같은 숫자를 찍겠지만, 돈이 많은 사람들을 보면, 그들이 쌀말이나 고기 근을 가지고 오면 어쩔 수 없이 비굴한 표정을 짓겠지만, 그 순간 그녀의 얼굴은 어떤 황후의 것보다도 찬란한 휘광에 쌓여 있는 듯했다. 오히려 그 옆에 앉아 있는 모니카 고모가 더 범속한 할머니 같았다. 그녀는 하느님의 아들이라는 예수도 겨우 마지막 순간 쥐어짜며 했던 그 말, 그 용서라는 것에 어린아이처럼 천진하고 겁없이 도전했고, 인간으로서 패배했으며 심지어 자신이 패배한 이유가 오만이었다는 것까지 알고 있었다. 그러니 그 순간, 내 마음속으로 그녀는 이미 성녀의 월계관을 쓴 거 같았다. 그것은 그녀의 지난 과거와 다가올 미래 그 어떤 것과도 아무 상관이 없을 터였다. 내가 이제껏 인간에게 이런 점을 본 적이 있었던가. 내 주변에서 언제나 그 사람은 쭉 그렇게 살고 이 사람은 쭉 이렇게 살았다. 모니카 고모조차 그랬다.

대체 어쩌자고 이 할머니는, 그녀의 말대로 배운 것도 없고, 아는 것도 없고, 신앙심도 없는 이 할머니는 그를 용서해보려고 했을까. 수많은 책이 출판되어 용서하라, 용서하라 해도, 성서 이래 수많은 신학자들이 목에 핏대를 올리며 외쳐도 인간이 아직도 넘어서지 못하는 그 일을 이 할머니는 대체 무슨 무모함으로 도전하려 했던 것일까. 그것은 어떤 위대한 단순함이었을까?

그 다음주는 내가 고모와 함께 다니기로 한 마지막 주였다. 설이 지나고 봄이 오는 것처럼 포근한 날씨가 계속되었다. 그날 윤수는 이주임이 세 번이나 다녀왔는데도 끝내 우리와의 면담을 거절했다. 세 번째로 윤수를 설득하기 위해 방에 다녀와서 이주임이 침통하게 고개를 저었다.

"그냥 오늘은 돌아가시는 게 좋을 거 같아요. 지난번 그 만남의 충격이 몹시도 컸나봐요. 사실, 알고 보면 그 녀석도 참 단순한 놈이죠. 그날 돌아간 이후 내내 밥을 먹지 않아서, 담당 교도관이 들어가봤더니 심하게 앓고 있었어요. 그저께 의무실로 데려가 강제로 링거를 맞혔어요. 교무과장님한테 저도 야단을 좀 맞았습니다. 그 할머니를 그렇게 면회를 시켰다고 말이지요…… 그 녀석 자살할까봐 교도관 하나가 24시간 붙어 있었거든요. 제가 동료들한테도 욕 좀 먹었습니다."

"이주임에게 미안하게 됐네. 그래 윤수가 이제 밥은 먹나?"

고모가 힘없이 묻자 이주임이 웃었다.

"네, 조금이긴 하지만 먹어요. 참 사형수 단식하는 건 처음 봐요. 국가보안법 사범들 거의 사라지고 나서 이제 좀 뜸하다 했는데……."

죽여야 한다고 법이 결정한 인간이 죽을까봐 링거를 놓았다는 사실이 나중에야 희극처럼 느껴졌다. 그렇게 살려서 그렇게 죽인다……라는 생각이 들었던 거였다.

•

사람들 앞에서 머리를 숙이고 대지에 입을 맞추세요.
그리고 온 세상을 향하여 큰 소리로 외치세요.
"나는 살인자입니다" 하고.

•

한때 사형수였던 도스토예프스키의《죄와 벌》중, 소냐의 말

블루노트 10

소년원에 들어갔을 때 저의 마음은 의외로 편안했습니다. 지금 생각해도 그건 이상한 일이었는데, 이젠 더 이상 하루를 어떻게 살까 힘겨워하지 않아도 된다는 생각 때문인 것 같았습니다. 잠자리를 걱정하지 않아도 되고, 일부러 양말을 신지 않고 다 떨어진 운동화를 맨발에 구겨신고 전철역에 은수랑 둘이 서 있었을 때, 정류장에서 내린 사람들이 일이 분도 안 되는 시간에 좌악 흩어져버리고 나면 갑자기 세상 천지에 모든 사람이 다 흔적 없이 사라지고 은수랑 나랑 둘이만 텅 빈 세상에 남겨진 듯한 기분을 느끼지 않아도 되는 것, 세상 천지에 갈 곳 하나 없다는 생각을 하지 않아도 되는 것, 아침에 일어나 오늘 하루는 대체 무엇을 먹을까 걱정하지 않아도 되는 곳이라는 것…… 그리고 거기는 나처럼 엄마에게 버림받고 아버지에게 매 맞은 아이들이 있는 곳이라는 그런 생각 때문이었을까요. 그러나 기대는 언제나처럼 저를 배반합니다.

은수의 손을 잡고 들어간 첫날 밤, 교도관의 점호가 끝난 후, 아이들이 우리 형제를 둘러쌌습니다. 우리는 거기에서도 가장 어린 축에 속했기 때문에 저는 겁이 났습니다. 싸움질이라면 이골이 난 저였지만 여기는 갇힌 공간이었고 저는 이곳의 생리를 전혀 모르기 때문이었습니다. 거기에도 지시를 하는 사람이 있고 그 똘마니들이 있었습니다. 그중 한 명이 은수를 가리키며 말했습니다.

"내가 손가락 하나로 저 새끼를 들어올릴 수 있냐 없냐?"

그의 말이 끝나자 아이들이 키득키득 웃었습니다. 저는 그것이 무슨 소리인지 전혀 알 수 없었습니다. 순간 두 명의 아이가 제 양팔을 잡았습니다. 불길했습니다. 그중 한명이 담요를 깔고 은수를 눕혔습니다. 제가 반항하려 하자 주먹이 날아왔습니다.

"야 새끼야, 형님이 그냥 애 좀 들어올린다는 데 떫냐?"

아이들이 은수의 바지를 벗겼습니다. 대체 무슨 짓을 하려는지 나는 알 수 없었습니다. 은수는 수족관에서 잡아올려진 생선처럼 그들 앞에 누워 있었습니다. 형님이라고 불리는 놈이 자랑스레 집게손가락을 펴 보이더니, "이 손가락 하나다!" 했습니다. 은수가, 눈이 보이지 않는 은수가 형, 형 하고 불렀습니다. 그 인간은 은수의 고추에 대고 그 손가락을 흔들기 시작했습니다. 형, 형 하고 부르던 은수의 목소리 속에서 자음과 모음이 무너지기 시작했습니다. 은수의 고추는 부풀어 오르기 시작했고 아이들의 숨죽인 환호성 소리가 그것을 부추겼습니다. 그들 앞에 생선처럼 누운 열세 살 은수의 허리가 들썩거렸습니다. 그리고 이어 은수의 고추에서 뿌연 정액이 뿜어져 나왔습니다. 그때 은수의 몸은 반쯤은 들려져 있었던 것이었습니다. 키득거리는 아이들이 잠시 방심한 틈을 타서 나는 그 형님이라는 놈을 덮쳤습니다. 그리고 다짜고짜 목을 졸랐습니다. 아마 그때 경비대가 들이닥치지 않았더라면 저는 그놈을 죽이고 말았을 겁니다. 경비대가 저를 떼어내 끌고 갔습니다. 끌려가면서 되돌아보니까 넋이 나간 듯한 은수가 초점 없는 눈을 허공에다 뜨고 눈물을 흘리고 있었습니다. 가서 맞는 것은 괜찮았는데, 맞는 건 이력이 나서 괜찮았는데, 나 없는 방에서 눈도 제대로 보이지 않는 은수가 그 방에서 그 짐승들에게 당할 생각을 하니까 미칠 것 같았습니다. 나는 짐승처럼 울부짖었습니다.

10

그래서 나는 윤수에게 그 애국가라는 것을 불러주지 못한 채, 그 방문을 종결했다. 고모가 서운한 눈빛이었지만, 여기까지, 라는 결심을 했다. 학교도 곧 개강이고 할 일도 많다, 라고 나는 나 자신과 고모에게 말했다.

그러나 막상 목요일이 오자 나는 여느 때와는 다르게 이른 아침에 잠에서 깨어났다. 창밖이 뿌옇게 흐려 있었다. 창가로 다가가니까 눈이 내리고 있었다. 휘황한 눈보라였다. 고모가 잘 가고 있을까, 하는 생각이 났다. 전철을 타고 인덕원 역에 와서 다시 마을버스를 타고 구치소 입구에서 내려 또 걸어올라가야 하는데 고지식한 고모가 택시라도 탔으면 좋겠다, 라는 생각이 들었다. 이렇게 눈보라가 치는 날 거기까지 찾아갔는데 윤수라는 그 작자가 또 나오지 않으면 어떻게 하지, 하는 생각에 생각이 꼬리를 물고 일어나서 나는 이른 아침이면 갈아마시곤 하는 원두커피도 마시지 못한 채였다. 날이 많이 추워져 난방을 조금 올리고 나는 목욕물을 받았다. 구치소의 수용자들 생각이 났다. 겨우 일주일에 오 분 동안 샤워를 한다는 그들…… 식은땀에 옷이 젖어버렸던 윤수. 나는 옷을 벗고 천천히 탕 속으로 들어갔다. 문득 프랑스에 있을 때 독일로 유학 간 친구 집에 놀러 갔던 생각이 났다. TV에 어떤 여성들이 살고 있는 연립주택 같은 것이 나왔다. 방이 두 갠가 있었고, 작은 부엌이 있는 평범한 주택같이 보이는 곳이었다. 방에는 이층침대가 놓여 있었고 네 명의 여자들이 요리를 하며 웃고 있었다. 여자들은 쉴새없이 담배를 피우고 있었고 화장을 하는 모습도 보였다. 저기가 감옥이야, 하고 친구가 말했을 때, 나는 내 눈을 의심하지 않을 수가 없었다. 저게 무슨 감옥이야? 맥주를 마시며 누군가가 물었다. 저거 새로 실시하는 모범감옥을 보여주는 거 아니야? 아니야, 저게 일반 감옥이야. 그리고 잠시 후 그중 한 여자가 교도관의 배웅을 받으며 외출을 하는 것이 보였다. 한 달에 한 번 딸을 만나러 가는 길이라고 독일에서 유학하는 친구가 말했었다. 참 우리보나 팔자가 좋군, 누군가가 또 말했다. 여자는 딸을 만나 햄버거도 먹고 인형 놀이도 한다. 그리고는 다시 감옥으로 돌아온다. 정말 감옥이 저렇게 된다면 우리 나라 사람들 삼분의 일은 저리로 들어가고 싶어하지 않을까, 누군가 묻자, 독일에서 유학하는 친구가 대답했다. 딸을 만나고 와서 울고 있는 여자가 화면에 가득한 것을 보면서였다. 그래도 저 여자 지금 말하잖아, 어서 여기를 나가고 싶습니다. 어서 나가 사랑하는 가족과 함께 살고 싶습니다.

그때 전화벨이 울렸다. 받지 않으려고 했지만 끊어질 기미가 보이지 않는 것이 인내심이 있는 사람이 거는 거 같았다. 나는 서둘러 욕실에서 나왔다. 전화의 주인공은 뜻밖에도 서울구치소의 이주임이었다.

"갑자기 전화드려서 놀라셨죠? 전화번호는 수녀님께서 일러주셨습니다. 좀 오셔야 할 거 같아요."

고모에 대해 걱정을 하고 있었으면서도 오셔야 할 거 같다는 말을 듣자, 좀 귀찮고 짜증이 났다. 막 따뜻한 물에 느긋하게 몸을 담그고 있던 참이어서 더 그랬다. 무슨 일이냐고 묻자 이주임이 잠깐 망설이다가 대답했다.

"수녀님께서 좀 다치셨어요. 다른 일은 아니고 걸어오시다가 눈길에서 미끄러지셨나봐요. 택시를 부르려고 했는데 눈이 워낙 많이 와서…… 병원으로 바로 가시라고 해도, 수녀님께서 조카분을 부르라고 하시더라구요. 정문에 오셔서 신분증을 맡기고 기다리시면 제가 나가겠습니다."

하는 수 없이 옷을 걸쳐입고 나는 그리로 떠났다. 봄이 오는 줄 알았는데 난데없는 기습이었다. 거리에 오히려 차들이 적었다. 나는 운전이 좀 거친 편이었다. 급브레이크를 밟아댔고 추월은 예사로 했다. 운전을 시작한 초기에는 커다란 트럭 운전사들이 창문을 열고 내게 입에 담을 수 없는 욕을 해대기도 했었다. 그때만 해도 여자 운전자들이 적은 때였다. 나는 오물을 뒤집어쓴 기분으로 그들과 마주치지 않으려고 했었다. 무서웠고 화가 났다. 가끔은 아슬아슬하게 차들과 충돌을 겨우 모면한 채 비껴가기도 했는데 그때 이상한 쾌감 같은 것이 나를 스쳐가는 것을 느끼곤 했었다.

그런데 그날 나는 몹시 조심스레 운전을 했다. 고모가 얼마나 다쳤는지 모르지만 고모가 다쳤다는데 나까지 사고가 나면, 무언지 모르지만 아무튼 모든 게 그르쳐질 거 같다는 생각이 들었다. 그러면서 나는 내가 처음으로 그런 생각을 하고 있다는 것을 알았다. 이 차는 지금 세상에서 가장 귀중한 승객을 모시러 가는 차야, 함부로 하면 안 돼…… 내게는 쓰레기통에 버려도 되는 헛된 삼십 분을 인생의 마지막 시간으로 사는 사람들이 고모에게 달려 있다잖아…… 그러면서 내가 윤수의 얼굴을 떠올리고 있다는 사실을 깨달았다. 머리카락이 다 젖도록 땀을 흘리며 떨던 그의 모습…… 상관도 없는 그의 모습이 떠오르자 새삼 가슴이 아팠다. 내가 나 자신 이외에 누구를 가엾어하면서 가슴이 아팠던 적이 있었던가, 하는 생각이 들었다. 나는 브레이크도 조심조심 밟았고 될 수 있는 대로 추월은 하지 않았다. 깜빡이를 켜고 달려드는 차가 있으면 좀 기다렸다. 마음은 급했지만, 그럴수록 침착해야 한다고 나는 나 자신에게 타이르고 있었다. 구치소에 도착하자 온몸이 뻐근했다. 내가 얼마나 긴장한 채로 차를 몰았는지 그제야 알게 되었다.

이주임을 따라 상담실로 들어가자 윤수와 고모가 마주 앉아 있었다. 고모는 베일 위로 손수건을 두르고 있었다. 보기에 따라서는 우스꽝스러운 모습이었다. 검은 베일 위로 잘디잔 꽃무늬가 있는 분홍 손수건을 동여맨 늙은 수녀…… 고모의 뒤통수로는 굳어버린 검붉은 피가 말라 있었다. 고모는 결사적으로 덤벼드는 민주노조의 농성꾼 같은 모습이었다. 내가 졌어, 고모,

라는 생각이 제일 먼저 들었다. 그리고는 웃음이 나왔다. 내가 웃는 것을 보자 윤수와 교도관도 따라 웃었다. 고모도 웃었다. 웃던 나와 웃던 윤수의 눈이 처음으로 마주쳤다. 웃으니까 참 좋다, 라는 생각이, 망설일 사이도 없이 들었다. 나는 처음으로 사람과 사람으로 그와 만나고 있는 것 같았다. 그리고 그가 웃을 때 한쪽 뺨에만 패는 보조개를 가지고 있다는 것도 처음 깨달았다. 그리고 그의 눈빛에서 그가 나를 기다리고 있었다는 것을 실은 함께 깨달았다. 그래도 고모의 머리가 걱정이 되어서 피딱지가 엉겨붙은 뒤통수를 만지자 고모가 그곳이 아픈지 인상을 찡그렸다. 내 입에서 긴 한숨이 나왔다. 고모는 그런 나를 보고 앉아라, 했다. 중요한 이야기를 나누고 있던 중이라는 듯, 기껏 오라고 해놓고 나를 방해꾼 취급하는 티가 역력했다.

"그래 이야기 계속 해봐라."

고모가 말했다.

"그래서 생각해보았죠……."

윤수가 내 모습이 조금 거북한 듯 힐끗 나를 바라보았다. 나는 눈을 내리깔았다. 방해꾼이 되는 것 같은 감정은 내게 그리 좋은 건 아니었다. 떡두꺼비 같은 아들 셋을 낳은 엄마에게 내가 그랬듯이, 그건 내 원죄였다. 그래서 엄마는 더 이상 무대에 서지 못했다고 했다. 창밖으로, 쇠창살 쳐진 창밖으로 때늦은 눈보라가 희게 날리고 있었다.

"정말인가보다. 수녀님께서 자기네 교파 늘리려고 오는 게 아니구나…… 예전에는 사람들이 하는 말 하나, 몸짓 하나가 다 나를 비웃고 나를 골탕 먹이고 자기네 잇속을 챙기기 위해

이용하는 거라고…… 그러는 것처럼 느껴져서 당하지 않겠다는 생각뿐이었는데, 이제는 교도관들이랑, 다른 재소자들…… 정말 못 참겠는 인간들도 분명 있지만 언제나 나쁜 생각만 하는 사람들이 아니라는 생각을 하자, 신기하게 그들이 내게 참 잘 대해주는 거예요…….”

“그래에…… 그랬구나. 그건 그렇지…… 네가 나쁜 놈이었을 때도 네가 늘 나쁜 생각만 한 건 아니잖아.”

내가 고개를 들었다. 정말 나쁜 놈한테 나쁜 놈이라고 말해도 되나, 하는 생각 때문이었고 윤수의 반응이 궁금했다. 윤수는 뜻밖에도 웃고 있었다. 무연한 웃음이었다. 부끄러움도 있었고 정확하게 과녁을 맞힌 궁수에 대한 존경심이나 통쾌함 같은 것도 있는 듯했다. 나도 교도관도 함께 웃었다.

“그래, 그랬는데?”

고모는 세상에서 처음 진리를 발견한 스승의 말이라도 듣는 듯한 표정이었다.

“처음으로 생각했어요…… 혹시 그건 내가 아니었을까. 그들을 나쁘다고 생각하고 먼저 싸움을 걸고, 그러니 그 원인을 제공한 건 내가 아니었을까…… 하는 생각이…… 들었는데 신기하게 마음이 편안해졌어요. 그리고 지난번에 말씀드렸던 그 자매님 생각도 했지요. 저도 수녀님께서 처음에 맘대로 손을 잡으셨을 때 좀 놀랐거든요. 그 자매는 벌레 보듯 그 사형수를 본 게 아니라, 실은 그저 놀랐을지도 모르는 건데, 저 혼자 소설을 쓰고 있었던 것은 아닐까…….”

고모가 빙그레 웃었다.

"전에 보내주신 《그리스 로마 신화》, 참 재미있게 보았거든요. 첨엔 이름이 너무 어려워서 헷갈렸는데, 좀 지나니까 시간이 가는 줄도 모르고 밤새워 읽었어요."

"그래? 너는 거기서 누가 제일 좋디?"

"오레스테스요."

"오레스테스? 나는 그게 누군지 기억이 가물가물한데…… 제우스가 바람피우고 번갯불로 나쁜 놈 죽이고 이런 거는 안 좋디?"

고모가 묻자 윤수가 다시 웃었다.

"그래 오레스테스가 왜 좋았는데?"

윤수가 잠시 머뭇거렸다. 그가 나를 다시 바라보았는데, 나는 억지로 그에게 몹시 흥미가 있으니까 어서 이야기하라는 듯한 표정을 지어줬다. 나는 그제야 그에게 채워졌던 혁수정이 수갑으로 바뀐 것을 발견했다. 교도소에서는 지옥으로 가는 은빛 오메가 시계라고 부른다는 그 사형수의 수갑이었다.

"오레스테스 빼고는 이름들이 어려워서…… 오레스테스는 어디 왕자였던 모양이에요. 그런데 오레스테스의 할아버지가 신들보다 강해지고 싶어서 여러 가지 음모를 꾸몄대요. 그러니까 신들이 오레스테스네 집안에 대대로 저주를 내렸죠. 이 저주를 처음 받은 사람은 오레스테스의 아버지…… 아가……."

윤수가 잠시 머뭇거렸다.

"아가멤논 말이냐? 아가멤논 아들이 오레스테스였구나."

"예, 그 아가멤논이 자기 부인, 그러니까 오레스테스 어머니에게 살해당하죠. 그 부인에게는 사귀는 남자가 있어서 그 사람이랑 모의해서 아버지를 죽인 거죠. 그런데 그때 그 나라 법에, 아들은 자기 아버지를 죽인 살인자를 죽일 의무가 있었대요. 그래서 오레스테스는 아버지를 살해한 어머니를 죽이는데, 복수의 여신들은 제 부모를 죽인 사람을 제일로 나쁜 놈으로 쳤대요. 그래서 그때부터 복수의 여신들은 오레스테스한테 나쁜 소리와 환영을 보내게 되는 거죠…… 하루 종일 자기가 어머니를 죽인 환영을 보고, 또 복수의 여신들이 보내는 저주의 소리를 들어야 했던 오레스테스는 어머니를 죽인 죄책감으로 거의 미쳐서 세상을 떠돌게 된대요."

윤수는 긴 말을 하면서 문득 나를 힐끗 보았다. 나는 알고 있었던 것이다. 그가 고모에게 최선을 다해 잘 보이고 싶어한다는 것을, 그리고 이 말을 어젯밤 내내 연습했다는 것을. 나에게는 그런 그의 모습이 약간 안쓰럽기도 하고 우습기도 했다. 그리고 이제야 기억의 빛에 비추어 보면 그가 그러는 것이, 슬펐다.

"그때 아폴로가, 그 태양의 신 맞죠? 그 아폴로가 신들의 회의를 소집해서 오레스테스를 변호해요. 오레스테스는 단지 신들이 보낸 저주를 받은 거고 잘못도 그 할아버지가 한 거였는데 너무 가혹하다고 말이죠. 오레스테스는 그 상황을 선택할 아무런 힘도 없었다고…… 저주를 내린 건 우리들이니 우리가 이제 그만 그를 용서해주어야 한다고. 그 자리에 오레스테스도 있었는데 오레스테스는 아폴로를 보고 정색을 하고 말해요…… 무슨 소리세요? 내 어머니를 죽인 것은 당신들이 아니라…… 바로 접니다!"

바로 접니다! 라는 소리를 하고, 그는 잠시 고개를 떨구었다.

쇠창살 쳐진 창밖에는 여전히 흰눈이 쏟아지고 있었다. 다시 고개를 든 그의 눈은 토끼처럼 붉게 충혈되어 있었다. 그의 얼굴은 몹시 불안해 보였다. 그는 침을 한번 삼키더니 말을 이었다.

"……저는…… 어렸을 때부터 신이 되고 싶지는 않았지만 강한 사람이 되고 싶었어요. 강하면 뭐든지 할 수 있고, 나쁜 놈들도 모두 없애버릴 수도 있고…… 그런 생각을 하며 살았어요. 그런데…… 수녀님을 뵙고 수녀님이, 대체 뭐 하러 이런 데 와서 나 같은 놈에게 애원하시면서 우실까 생각해보고…… 그날, 그 할머니가…… 저를 죽이신대도 할 말이 없을 텐데 용서 못 해서 미안하다고 우시는 걸 보고…… 차라리 이런 걸 보느니 빨리 죽는 게 낫겠다 생각했어요. 다시 한 번 누가 그 할머니를 또 볼래, 죽을래 하면 저는 차라리 교수대로 가고 싶어요…… 그러면서 만일 하느님이 계시다면 지금 제게 최고의 형을 내리고 있구나 하고 생각했지요. 죽는 건 내게 아무런 벌도 되지 않는다고 생각했어요. 그건 두렵지 않아요…… 어릴 때부터 그건 조금도 두렵지 않았는데…… 혹시 내가 틀린 것은 아닐까, 하고 처음으로, 생각해보았어요. 나는, 억울하다고 생각했는데, 그럴 수밖에 없었던 사정이 있었는데, 누구라도 내 처지가 되면 그럴 거라고, 니들도 당해보라고 그러고 싶었는데…… 오레스테스는…… 신들이 시킨 짓을 하고도…… 자기가 했다고……."

윤수는 입을 다물었다. 고모가 수갑 찬 윤수의 손을 잡고 잠시 눈을 감았다. 고모는 윤수의 수갑 찬 손 위를 쓰다듬으며 말했다.

"참 장하구나. 그런 생각을 다 했구나. ……그런데 윤수가 참 많이 생각하고 생각했구나. 장하다, 윤수야. 참 좋은 생각을 했구나."

윤수의 얼굴이 이지러지고 충혈된 눈에 눈물이 고였다. 그는 입을 앙다물고 눈을 감았다.

"아버지를 죽이고 싶었어요. 어머니도 죽이고 싶었으니까요…… 나는 저주받았다고 생각했어요. 저주받았다고 생각하니까 무서운 게 없었어요…… 모두 죽이고 나도 죽으면 끝난다고 생각했죠. 끝을 내야만 했고, 끝이라고 생각하니까 아무 죄책감도 없었어요…… 지금 수녀님이 잘했다고 하시니까……."

눈은 더 많이 쏟아지고 있었다. 내리는 눈은 원래 소리가 없는 법이어서 세상이 몹시 고요했다.

"세상에 태어나서 어른에게 한 번도 잘했다는 말을 들은 적이 없다는 것을 깨닫게 되었어요. 오늘 수녀님 먼 길 오시느라 넘어지셔서 이 사나운 날씨에 피를 흘리시는 걸 보니까, 가슴이 아팠어요. 얼마나 아프셨을까 생각했죠. 이런 감정이 일어난 적이 있었나 생각해봤어요…… 없었어요. 내 동생하고 한때 내가 사랑했던 그 여자 빼고, 나하고 상관도 없는 저 사람이 아프겠구나, 아프지 말았으면 좋겠다, 정말 그랬으면 좋겠다, 생각했던 적이…… 한 번도 없었어요, 수녀님……."

스물일곱 살 윤수는 고개를 떨구었다. 은빛으로 반짝이는 수갑 위로 그의 눈물이 떨어져내렸다.

"그런데 수녀님…… 실은, 저는…… 이런 감정이 너무나 두려워요."

•

저는 기적을 믿지 않습니다.

다만 기적에 의지해 살아갈 뿐입니다.

•

칼 라너

육 개월 후 동생과 나는 소년원을 나섰습니다.

부모들이 와 있다가 소년원을 나오는 아이들을 데리고 집으로 돌아갔습니다. 부모가 데리러 오지 않은 아이들은 형제들을 따라갔습니다. 형제들이 오지 않은 아이들은 끼리끼리 어울려 제 갈 길로 갔습니다. 은수와 나는 그 소년원 앞길에서 해가 지고 어둠이 내릴 때까지 서 있었습니다.

11

고모는 몸을 뒤로 기댄 채 말이 없었다. 눈발은 가늘어지고 있었지만 길 한켠에는 수북이 눈이 쌓여 있었다. 자동차가 다니는 길에는 눈이 녹아 있었고 길은 질었다.

"외삼촌께 가자. 그래서 널 오라고 했다. 거기가 교통이 좀 불편해서…… 내가 이런 몰골만 아니어도 전철 타고 가보려고 했는데…… 바쁜 일 있는 건 아니니?"

"병원에 가서 치료받아야지. 꿰매야 되는지도 모르잖아."

내가 퉁명스레 말했다. 아침을 거르고 온 터라 배도 고팠다. 머리를 싸매고 있는 고모를 보자 그 노인네가 참으로 안쓰러웠다. 나도 윤수가 아픈 만큼 고모를 보면서 아팠다. 그런 고모를 보면서 아프다는 윤수를 보면서도 마음이 편한 것은 아니었다. 그런데 나는 이렇게밖에는 내 마음을 표현할 수가 없었다. 나는 울지도 못하는 인간인 것이다.

"난 살 만큼 살았다. 언제 죽은들 무슨 상관이겠니? 다만 부르시는 그날까지 내 일을 할 뿐이야…… 내 소원이 있다면 한 가지, 죽는 날까지 이 사람들을 위해 일하다 죽는 거야. 설사 길 위에서일지라도 그러면 나는 기쁘게 죽을 거 같아."

"죽는다, 죽는다, 죽는다…… 새해부터 온통 죽는다는 이야기야. 고모 따라다니니까 모두가 죽는다는 이야기! 고모가 하느님이야? 하느님도 못 하는 걸 왜 다 하려고 그래? 그래 그 윤수인지 뭔지 그 사형수가 말한 대로 고모가 그런다고 그 사람들 살릴 수나 있는 거야? 그렇게 해놓고 죽으면 그 사람들 더 괴롭잖아. 나는 그게 싫어…… 생각해봤는데 그건 정말 끔찍하다구."

뜻밖에도 나는 울먹이고 있었다. 나는 자신도 알 수 없는 내 감정이 당황스러웠고 또 고모에게 그걸 들키는 게 싫었다. 고모는 대답하지 않았다. 나는, 억울하다고 생각했는데, 그럴 수밖에 없었던 사정이 있었는데, 누구라도 내 처지가 되면 그럴 거라고 너들도 당해보라고 그러고 싶었는데…… 윤수가 울먹이며 했던 말이 귀에 웅웅거렸다. 오레스테스는…… 신들이 시킨 짓을 하고도…… 자기가 했다고…… 그건 실은 내가 해야 할 말이었다. 실은 다른 사람이 정말 아플 거라고, 아프지 말았으면 좋겠다고 생각한 적이 없었다는 말도 떠올랐다. 그 말을 들을 때 내 가슴 한 귀퉁이도 싸르르 했었다. 아니다, 나도 누가 아프지 말았으면 하고 생각한 적이 있었다. 중학교 때 우리 집에서 늙어 죽었던 심심이. 하도 순해서 이름이 심심이였던 그 진돗개…… 여덟 살이면 사람 나이 팔십이라고 오빠들이 말했지만, 심심이가 죽을 때, 나는 기도했었던 것 같다. 아프지 않게 죽게 해주세요, 아프지 않게…… 그리고 그건 진심이었다. 하지만 나는 고모가 흔들리고 있는 내 감정을 알아챌까봐 그냥 내 식대로 나가기로 했다.

"그 자식은 말을 되게 그럴듯하게 해. 그게 위선인지 어떻게 알아? 혹시라도 구명운동해서 살아날 방법이 있을까 하고…… 난 안 믿어. 너무 빨라, 그 할머니도 그렇고. 참 다들 단순도 하지. 용서하고 뉘우치고 용서하고 뉘우치고…… 난 그리스도교에서 그게 젤 싫어. 실컷 잘못해놓고 교회에 가서 잘못했습니다, 하면 그만인 거! 위선자들!"

고모는 눈을 감은 채로 잠시 말이 없다가 천천히 입을 열었다.

"유정아…… 고모는…… 위선자들 싫어하지 않아."

뜻밖의 말이었다.

"목사나 신부나 수녀나 스님이나 선생이나 아무튼 우리가 훌륭하다고 생각하는 사람들 중에 위선자들 참 많아. 어쩌면 내가 그 대표적 인물일지도 모르지…… 위선을 행한다는 것은 적어도 선한 게 뭔지 감은 잡고 있는 거야. 깊은 내면에서 그들은 자기들이 보여지는 것만큼 훌륭하지 못하다는 걸 알아. 의식하든 안 하든 말이야. 그래서 고모는 그런 사람들 안 싫어해. 죽는 날까지 자기 자신 이외에 아무에게도 자기가 위선자라는 걸 들키지 않으면 그건 성공한 인생이라고도 생각해. 고모가 정말 싫어하는 사람은 위악을 떠는 사람들이야. 그들은 남에게 악한 짓을 하면서 실은 자기네들이 실은 어느 정도는 선하다고 생각하고 있어. 위악을 떠는 그 순간에도 남들이 실은 자기들의 속마음이

착하다는 것을 알아주기를 바래. 그 사람들은 실은 위선자들보다 더 교만하고 더 가엾어……."

바보같이, 지금 그거 나 들으라고 하는 말이야? 하고 나는 묻지는 않았다. 그런데 가슴 한구석, 내가 보여주기 싫어하는 내 속옷 깊은 곳의 흉터를 보여주는 것처럼 수치심이 몰려왔다. 나는 앞에 가는 승합차를 한 대 추월해버렸다. 차가 휘청하자 고모가 손잡이를 잡았다.

"그리고 고모가 그것보다 더 싫어하는 사람들은 이 세상에 아무 기준도 없다고 생각하는 사람들이야. 모든 것이 상대적이라고 생각하는 사람들, 좋은 게 좋은 거라고 생각하는 사람들, 남들은 남들이고 나는 나라고 생각하는 사람들. 물론 그럴 때도 많지만 한 가지만은 안 돼. 사람의 생명은 소중한 거라는 걸, 그걸 놓치면 우리 모두 함께 죽어. 그리고 그게 뭐라도 죽음은 좋지 않은 거야…… 살고자 하는 건 모든 생명체의 유전자에 새겨진 어쩔 수 없는 본능과 같은 건데, 죽고 싶다는 말은, 거꾸로 이야기하면 이렇게 살고 싶지 않다는 거고, 이렇게 살고 싶지 않다는 말은 다시 거꾸로 뒤집으면 잘 살고 싶다는 거고…… 그러니까 우리는 죽고 싶다는 말 대신 잘 살고 싶다고 말해야 돼. 죽음에 대해 말하지 말아야 하는 건, 생명이라는 말의 뜻이 살아 있으라는 명령이기 때문이야……."

살아 있으라는 명령이라구? 누군데? 누가? 지가 뭔데 그러래! 하고 묻고 싶었지만 나는 아무 말도 하지 못했다.

"가끔 너를 생각하면, 아닐지도 모르겠지만, 네가 위악을 하는구나 하는 생각이 들어. 고모는 네가 그럴까봐 그게 싫어. 가슴이 너무나 아파…… 착한 거, 그거 바보 같은 거 아니야. 가엾게 여기는 마음, 그거 무른 거 아니야. 남 때문에 우는 거, 자기가 잘못한 거 생각하면서 가슴 아픈 거, 그게 설사 감상이든 뭐든 그거 예쁘고 좋은 거야. 열심히 마음 주다가 상처 받는 거, 그거 창피한 거 아니야…… 정말로 진심을 다하는 사람은 상처도 많이 받지만 극복도 잘하는 법이야. 고모가 너보다 많이 살면서 정말 깨달은 거는 그거야."

나도 그 정도는 알아, 안다구, 하고 나는 말할 뻔했다. 그건, 나를 치료하고자 했던 신경정신과 의사들 앞에서 언제나 하던 말이었다. 그래, 유정이 너 아는 거 많지. 네가 나름대로 정신과에 관련된 서적 많이 읽은 것도 안다. 그런데 유정아, 아는 건 아무것도 아닌 거야. 아는 거는 그런 의미에서 모르는 것보다 더 나빠. 중요한 건 깨닫는 거야. 아는 것과 깨닫는 거에 차이가 있다면 깨닫기 위해서는 아픔이 필요하다는 거야, 라고 외삼촌은 말했었다. 더 아프기 싫어요, 라고 나는 대꾸했었다. 아마 까르르 웃었던가?

우리는 외삼촌의 병원으로 들어갈 때까지 아무런 말도 하지 않았다. 병원 입구에는 한 열 살 가량의 어린아이와 그 엄마로 보이는 여자가 있었다. 우리가 현관문을 밀었을 때 아이를 때리려고 겁을 주던 여자가 고모를 보자 반색을 하며 달려왔다. 아이를 보는 순간 섬뜩한 느낌이 들었다. 그게 무슨 감정이었는지는 모르겠다. 그런데 그 엄마와 아이를 함께 보는 순간 소름이 등줄기를 타고 쭈욱 내리꽂히는 느낌이었다. 나중에 생각해보니까 그 엄마의 초점 잃은 눈동자와 아이의 얼굴과 손에 빼꼭히

들어차 있는 상처 때문이었던 거 같다. 아니다, 그것도 아니다. 그 아이의 불안정한 모습. 세상에 발을 붙이지 못한 것처럼, 제가 무엇을 생각하는지도 모르고, 제가 어디 와 있는지도 모르고, 더더욱 제가 누구인지, 몇 살인지도 모르는 그 아이의 존재가 나의 어떤 부분을 건드리고 지나갔다. 나는 아직 그 정체를 다 알아차릴 수는 없었다. 파카 밖으로 비어져나온 아이의 손은 흙터로 가득 차 있었다. 아이는 이제 대기실 의자를 발로 차고 있었다.

"글쎄 우리 애가 왜 여기로 와야 하는지 저는 잘 모르겠지만, 경찰서에서 그래야 한다고 해서 데리구 오긴 왔는데…… 아니, 근데 수녀님 머리가 왜 그러세요?"

짧은 파마머리를 한 여자가 껌을 씹으며 묻다가 모니카 고모의 손수건 동여맨 몰골을 보더니 까르르 웃었다. 어딘가 앞뒤가 안 맞는다는 느낌이 드는 말투였다. 고모가 여자의 호기심을 물리듯 말했다.

"간단한 검사만 하면 되니까 잠깐 여기서 기다리세요. 아이가 요즘 잠은 잘 자나요?"

"아니에요. 밤새 소리 지르고 잠 한잠 못 잘 때도 있어요. 꿈에 그 여자아이가 나타나서 너 나 죽였지? 자꾸 그런다고……."

고모가 잠시 아이를 바라보며 한숨을 쉬었다. 아이는 대기실 의자를 발로 차다가 이제는 거꾸로 물구나무서기를 하고 있었다. 잠시 후 간호사가 아이의 이름을 불렀다. 고모가 아이를 데리고 외삼촌 방으로 들어간 사이 나는 잠시 대기실에 앉아 있었다. 낯이 익은 간호사들이 내게 목례를 보내고 지나갔다. 그들은 나를 향해 밝게 웃었는데, 순간 나는 기분이 나빠졌다. 속으로 나에 대해 무슨 생각을 할까, 해서였다. 아마 차트를 들춰보고 나에 관한 사실을 모두 알고 있는지도 모른다는 생각이 들었다. 세 번이나 자살을 기도했는데도 안 죽었으면 다분히 연극이라고 해야 하는 거 아니니? 지난번 입원했을 때 링거 병을 갈아주던 간호사가 내가 잠든 줄 알고 옆의 간호사에게 속삭이던 소리도 기억이 났다. 아니 나는 그들이 분명 그렇게 이야기했을 거라고 믿었다.

고모 말대로 나쁜 놈이라고 매일 나쁜 생각만 하는 것도 아니라지만, 그러니 그들이 날 볼 때마다 그런 생각을 하는 것은 아니겠지만, 나는 그만 이 자리를 떠나고 싶었다.

"어떻게 오셨어요? 상담 받으러?"

여자가 천천히 껌을 씹으며 물었다. 별로 대꾸하고 싶지 않았지만 아, 예…… 하고 말았다. 외삼촌하고 만나면 간단한 면담을 해야 할 터이니 그렇게 틀린 말도 아니었다.

"저 수녀님하고 같이 오신 거예요?"

여자가 다시 물었다. 호기심에 겨워 견디지 못하겠다는 표정이었다. 칠 년 만에 한국으로 돌아와서 느낀 것 중에 가장 싫었던 것은, 아무 스스럼없이, 마치 맞선을 보듯이 남의 사생활에 대해 꼬치꼬치 캐는 일이 한국에서는 아무렇지도 않다는 것이었다. 결혼은 하셨어요? 왜 안 하셨어요, 부터 시작해서, 그럼 뭐 하세요…… 나는 그런 질문을 받을 때마다, 나에게 그렇게 묻는 그들 스스로는 과연 스스로에 대해 왜 그런지, 왜 결혼을 했고 왜 아이를 낳았고 왜 여기 있는지 알고 있을까, 하고 생각하곤 했다. 내가 대답이 없자 여자가 다시 말했다.

“우리 애가 왜 이런 정신 병원엘 와야 하는지 난 정말 이해가 안 가요. 근데 수녀님이랑 경찰에서 하도 그러라니까 왔죠. 여기 차 없는 사람 어디 오기가 쉬운 덴가요?”

여자는 내 동의를 구한다는 듯이 그래서 이 병원이 외지고 교통이 불편한 것에 대해 한참 수다를 떨고 싶어하는 눈치로 말했다. 이런 눈치 없는 여자는 딱 질색이었고 나는 대답하지 않았다. 여자가 다시 까르르 웃었다.

“참 말이 없으신 분이네…… 근데 저 수녀님은 애들은 몇이세요?”

여자가 호기심을 참을 수 없다는 듯이 다시 물었다.

“네?”

“나이가 드셨으니까 애들이 꽤 크겠네…… 아이구 내 정신 좀 봐, 벌써 손주를 보실 나이일 텐데.”

내 인상이 나도 모르게 찌푸려졌다. 아무리 우리 나라가 가톨릭 국가가 아니지만 그래도 스님이 대개는 독신이듯이 신부나 수녀가 독신이라는 것쯤은 모두가 알고 있어야 하지 않나, 했는데 실은 좀 충격이었다. 그리고 대체 초등학교나 나왔을까, 하는 생각을 나도 모르게 하고 있었다.

“식당을 오늘 겨우 하루 빠지고 왔는데 저녁때 되기 전에 가 봐야 하는데…… 주인여자 시아버지가 얼마 전에 중풍으로 쓰러지셨거든요. 벌써 세 번짼데 노인네가 글쎄 돌아가시지도 않고…….”

여자는 밑도 끝도 없는 이야기를 시작했다. 도대체 자신이 이야기를 건네는 대상이 누구인지, 그 대상이 지금 자기와 말하고 싫어하는지 아닌지 그런 건 안중에도 없는 것 같았다. 아니 여자는 제가 무슨 이야기를 하고 있는지 모르는 것 같았다. 아니, 제가 말을 하고 있다는 그 사실 자체도 입을 열면서 잊어버리는 것 같았다. 내가 하도 대답이 없자 여자가 벌떡 일어서서 흘러내린 바지를 올리며 서성거렸다. 나는 그녀가 한눈을 파는 사이, 일어나 조용히 외삼촌의 진료실 문을 밀었다. 그 산만한 여자는 그것 역시 모르리라.

외삼촌이 아이와 마주 앉아 있었고, 고모가 그 곁에 앉아 있었다. 아이는 몸을 뒤틀고 있었고 잠시도 시선을 가만히 두지 못하고 있었다. 아이 엄마가 말로 가만있지 못하는 편이라면 저 아이는 몸으로 가만있지 못하는 편이었다. 아이와 엄마는 닮아 있었다.

"그래, 천 원을 빼앗았니?"

외삼촌이 아이에게 물었다.

"네."

"너 실은 천 원만 빼앗고 그냥 가라고 하고 싶었지?"

아이가 하품을 했다.

"그런데 왜 때렸어?"

"이를까봐요."

"누구한테?"

아이는 다시 몸을 뒤틀었다. 아이의 시선이 내게 붙박였다. 아이의 몸은 잠시도 쉬지 않고 뒤틀리고 있었는데 나는 그때 문득 거미줄에 걸린 나비 생각이 났다. 아이의 시선은 처음 내게로 향할 때 그랬던 것처럼 무감동하게 그저 나를 스쳐 지나가버렸다.

"그래 때릴 때, 그 아이가 아플 거라는 생각 못 했니?"

"아니요!"

아이는 소파 한구석에 있는 쿠션을 집어들더니 불쑥 물었다.

"이거 누가 샀어요? 비싼 거예요?"

외삼촌이 한숨을 쉬었다.

"아까 선생님하고 조용히 이야기만 하자고 약속했지?"

"그러니까 빨리 해요!"

아이가 소리쳤다. 외삼촌의 얼굴로 곤혹스러운 빛이 지나가고 있었다.

"그래서 그렇게 많이 때리면 죽을 거라는 거 알았니?"

외삼촌이 다시 물었다. 처음으로 아이가 잠시 동작을 멈추더니 힘없이 고개를 저었다.

"넌 그냥 겁만 주고 이르지 못하게 하려고 그랬는데 일이 그렇게 되었구나?"

"네."

아이는 건성이었다.

"그래 그 천 원으로 뭐 했어?"

"빵 사먹었어요."

"맛있었니?"

"네……."

외삼촌이 잠시 망연한 표정을 짓더니 흙터투성이인 아이의 손을 잡았다. 손은 곰보가 얽은 것처럼 흉터로 가득 차 있었고 손톱 끝에는 피가 빨갛게 배어 있었다. 저 흙터가 저 아이의 작은 손을 뒤덮을 때까지 대체 무슨 일이 일어났던 것일까. 흙터까지는 이해한다고 쳐도 손톱 끝의 빨간 핏자국은 이해가 가지 않았다. 나중에 안 일이었지만 손톱에 피가 맺힐 때까지 벽을 긁는 버릇이 있는 모양이었다.

"엄마랑 아빠 중에 누가 더 많이 때리니?"

"아빠요!"

"누가 더 무섭게 때리니?"

"아빠요…… 나 갈래요……."

외삼촌은 황망해 보였다. 아이는 자리에서 벌떡 일어나 진료실 문을 열고 나갔다. 고모가 불렀지만 아이는 이미 사라진 뒤였다. 고모가 그의 뒤를 따라갔다.

"죽였어요? 저 꼬마가? 사람을?"

"그래. 옆집 네 살짜리 여자아이를 죽였다. 천 원을 빼앗으려고…… 열네 살 이하의 아이들은 법으로 어떻게 할 길이 없다. 그렇다고 치료도 감호도 하지 않지. 한마디로 방치하는 거야. 고모가 그래서 요즘 그런 아이들을 돌보는 일을 하시거든."

우리는 잠시 침묵했다. 열한 살짜리가 네 살짜리 아이를 때려 죽였다. 천 원을 빼앗아 빵을 사먹었다. 그리고 그 빵은 맛있었다. 끝! 이었다. 대체 내가 사는 이 세상의 밑바닥은 어디까지일까 하는 생각이 들었다. 여기는 대체 어딘가, 하는 생각도 들었다. 왜 전에는 보이지도 않고 생각지도 않았던 일들이 이렇게 한꺼번에 나타나고 보이고 하는지 나로서는 이해할 수가 없었다. 고모가 싫어하지만 내가 잘하는 그 위악도 비아냥도 여기서는 아무것도 떠오르지 않았다. 거미줄에 걸린 건 그 아이가 아니라 나인 것 같은 기분도 들었다.

아이를 따라 나갔던 고모가 문을 열고 들어왔다. 외삼촌과 고모는 오랜 친구처럼 잠시 마주 보더니 누가 먼저랄 것도 없이 어이가 없다는 듯, 피식하고 웃었다. 대체 어쩌면 좋을 것인지, 무력한 사람들이 마주 보는 그런 느낌이었다.

"상처가 심해 보이던데 여기서라도 우선 응급 치료를 받으시면 좋으실 텐데요."

외삼촌은 한숨을 쉬다가 고모의 머리 상처 이야기를 꺼냈다.

"걱정 마세요. 나중에 치료받을게요. 수녀원 앞에 마침 좋은 외과가 있어요. 그나저나 저 아이 어떻게 해야겠습니까? 내 머리는 하느님이 돌보아주셔서 피가 나도 아직 쓸 만은 한 거 같은데 진짜 머리 치료는 저 아이가 받아야겠지요?"

외삼촌이 잠시 한숨을 쉬었다.

"치료 받아야 해요. 가족도 함께 받아야 해요. 소아 정신과 전문의에게 가서 면담이 아니라 약물로 치료를 받아야 해요. 안 그러면 무슨 일이 일어날지 정말 모릅니다. 도대체 우리 나라 경찰들…… 아니 법 제정하는 사람들…… 저런 애들을 그냥 집으로 돌려보내면 어떻게 하겠다는 겁니까? 집이 저래서 애들이 저 모양이 된 건데, 속수무책으로 애가 어리다고 그 집으로 다시 돌려보내면 어떻게 합니까? 미국 같은 나라에선 저런 경우 부모와 아이가 필수적으로 정신과 치료를 받는다는 증명을 제출하게 되어 있어요. 정말 위험한 일입니다. 우선은 병원 치료를 받게 하는 게 저 아이를 위한 거지만, 그리고 그건 당연하지만…… 지금 저런 아이를 빨리 국가가 치료해주는 것이 결국은 우리 사회가 치를 비용을 막는 일도 되는데……."

모니카 고모가 외삼촌이 휘갈겨놓은 차트를 잠시 들여다보았다.

"십중팔구 범죄자가 될 확률이 있다는 겁니까?"

"십중팔구가 아니라, 거의…… 99퍼센트 그렇습니다."

외삼촌이 자리에서 일어나 창가로 다가갔다. 그리고 누구에게랄 것도 없이 말했다.

"똑같아요, 모두 다 똑같아. 마치 짜기라도 한 거같이 전 세계에서 다 똑같아요!"

외삼촌의 어투에는 누구에게 향하는지 자신도 모르겠다는 듯한 분노가 담겨 있었다.

"인간이 상상할 수 없는 범죄를 저지른 사람 뒤에는, 아이 때부터 인간이 상상할 수 없는 폭력을 휘두른 어른들이 있어요. 짜기라도 한 것같이, 모두 저래요. 폭력이 폭력을 부르고 그 폭력이 다시 폭력을 부르죠. 너 한번 혼 좀 나봐라, 하면, 그래 나는 정말 혼 좀 나봐야겠다, 결심하는 인간은 하나도 없어요. 내가 단언해요! 인류가 시작된 이래 폭력이 폭력을 종식시킨 적은 없는데, 정말 단 한 번도 없는데……."

외삼촌의 얼굴에 절망어린 기운이 지나갔다. 외삼촌이 저렇게 화를 내고 저렇게 낙담하는 것을 보는 것은 처음이었다.

"외삼촌, 정말 태어날 때부터 잠재적으로 저렇게 나쁜 기질이 있는 아이가 있는 건가요? 정말 누구 말대로 나쁜 유전자 말이야."

열 살 아이가 살인을 했다는 말에, 그리고 아까 그 아이가 맛있었어요, 라는 말의 충격에서 다 벗어나지 못하고 내가 물었다.

"그건…… 아니지!"

외삼촌은 신경이 곤두선 채로 말했다. 외삼촌이 그렇게 신경을 곤두세운 것도 나는 처음 보았다.

"사람은 말이야. 신기하게도 다 만들어져서 태어나지 않아요. 망아지나 송아지는 엄마 뱃속에서 다 만들어져 나오니까 나면서부터 뛰어다니지. 그런데 인간은 태어나서 만들어져. 그게 보통 삼 년이 걸리지. 요즘은 십팔 년이 걸린다고 하는 학설도 있어. 그러니까 쉽게 신이 70퍼센트를 만들고 부모가 나머지 30퍼센트를 채우고는 나머지도 다 완성해야 하는 거야. 그런데 이 30퍼센트가 말이 30퍼센트지 실은 이 70퍼센트를 어떻게 이끌어내는가 하는, 컴퓨터로 말하자면 운영 프로그램을 결정해 주는 거야. 그런데 어린 시절에 학대받은 사람들의 뇌 사진을 찍어보면 거의 다 뇌가 5내지 10퍼센트 정도는 망가져 있는 거야. 말하자면 이들은 아주 어린 시절부터 망가진 엔진을 달고 다니는 자동차와 같아. 그렇게 파괴된 뇌로는 충동에 대한 조절을 도저히 할 수가 없어. 그렇다고 인텔리전한 부분, 그러니까 지적인 부분하고는 아무 상관이 없어. 그래서 연쇄살인범들이 지능이 높고 사리가 밝기도 한 거야. 그들은 정신이상자 판명을 받지 않는 정신이상자들이야 결국은."

"충동을 조절할 수 없다고 사람들을 다 해치는 건 아니잖아요?"

고모가 물었다

"그렇긴 하죠. 그런데 이런 경우 가장 대표적인 증상이 남의 아픔에 무감각해지는 겁니다. 즉 공감할 수 있는 능력이 현저히 떨어져요."

"공감할 수 있는 능력이요?"

고모가 다시 물었다.

"그렇죠. 우리는 길거리에서 누가 넘어지거나 다치면 참 얼마나 아플까, 뭐 이런 생각을 하게 되는데, 그런 거 잘 못하는 거죠. 영어론 심퍼시(sympathy)라고 하는데, 그러니까 같이 느껴줄 수 있는 마음이 현저하게 결여되어 있어요. 남의 아픔에 대해 무감각해지는 거지요……."

"그러면 아이를 때리는 게 그렇게 끔찍한 결과를 초래하는 건가요?"

고모가 물었다. 외삼촌이 잠깐 말을 멈추었다.

"학대에는 몇 가지 종류가 있어요. 신체적 학대, 즉 폭력이 그 대표적이고, 성적 학대, 감정적 학대, 그리고…… 방치…… 방치가 있죠. 말하자면 배고플 때 밥을 안 주고 기저귀를 갈아주어야 할 때 갈아주지 않고, 안아주어야 할 때 전혀 신체적 접촉을 해주지 않는…… 그리고 감정적인 학대…… 말하자면 싸늘하게 대하는 거, 사랑을 주지 않는 거…… 다 학대예요. 이게 참 어려운 이야기인데……."

외삼촌은 다시 한숨을 쉬었다.

"얼마 전에 여기 왔던 열일곱 살짜리 아이는 지나가던 여중생을 칼로 찔러 죽였는데…… 왜 기억나니? 지나가던 여중생이 행복해 보인다고, 왜 나는 이렇게 불행한데 너만 행복하냐고 쫓아가서 칼로 찌른 그 사건 말이야. 그 아이 아버지와 엄마가 아주 끔찍이 아끼는 아들이었어요. 대신 그 아버지가 엄마를 매일 두들겨 팼죠. 고문 받는 거보다 그걸 보는 게 더 고문이라고······ 이런 것 역시 학대니까······ 우리가 생각하는 이성으로의 충동 조절이란 게 이 사람들은 안 돼요. 의지로 이겨내라, 이런 건 말도 안 돼요. 파괴된 뇌에서 무슨 의지가 나올 수가 있겠어요. 그러니까 충동적이죠. 알코올이나 도박, 섹스 같은 데 중독이 되고······ 폭력과 살인을 하고 아니면 자살을 하고."

마지막 말을 할 때 내 얼굴이 해쓱해졌었나보다. 외삼촌이 아차, 하는 얼굴로 나를 바라보았다. 나는 가만히 있었다.

"그렇다고 다 범죄자가 되는 것은 물론 아니에요. 사회생활에 지장을 받지 않기도 해요. 교육수준하고도 아무 상관이 없어요. 우리 동창놈들 일류 고등학교 대학교 나왔는데 가끔 보면 여기 부서진 놈들 많아. 멀쩡하게 잘 지내다가 집에서 마누라 패고, 아이들 패고 그런 놈들······."

외삼촌은 자신의 머리를 손가락으로 가리키며 농담처럼 말했다.

"그러고 보면 그놈들은 운이 좋아 범죄를 저지르지 않아도 언젠가는 결국 그 아이들이······."

외삼촌은 마른세수를 한 번 했다.

"그러면,"

심각하게 듣고 있던 고모가 다시 물었다.

"최박사님, 그렇지만 어릴 때 매 맞고 창녀촌에서 자라난 사람도 나중에 훌륭한 사람이 되기도 하잖아요. 그런다고 누구나 충동적이고 누구나 범죄자가 되는 건 아니잖아요?"

"그렇죠. 그건 말하자면 바이러스와 같아요. 같은 전염병이 돌아도 어떤 사람은 걸리고 어떤 사람은 멀쩡하잖아요. 인간이라는 게 그러니까 그렇게 한 가지 원인만으로 설명할 수 있는 존재는 아니니까."

"그러면 그렇게 파괴된 뇌는 다시는 복원이 되지 않나요? 말하자면, 의학적으로 말이지요."

고모는 자기 자식에게 암 언도를 내리려는 의사에게 매달리듯 물었다.

"그거야, 실은 파괴의 정도가 어느 정도냐에 따라 다른 거죠."

외삼촌은 창가에 있는 난 화분을 가리켰다.

"제가 잠시 휴가 갔다 와서 이놈 시들시들해졌을 때 물 주면 금방 살아나겠지만, 제가 삼 년쯤 이 방을 비웠다면 아무리 물을 주어도…… 하지만 수녀님, 수녀님은 종교가 있으시잖아요. 제가 십 년만 젊었더라면 단호하게 복원되기가 힘들 거라고 말했을 겁니다. 그때라면 그 근거를 백 가지도 넘게 댔을 겁니다. 그런데 늙으니까 생각이 달라져요. 한마디로 모르겠다는 생각이 든다는 거지요. 내가 설명할 수 없는 일들이 우리 주변에서 일어나고 있잖아요. 어떤 때는 소위 과학이라는 거 소위 의학이라는 것으로 설명할 수 없는 게 더 많다는 생각도 든다는 거죠. 인간은 정말 신비한 거고, 우주만이 그 대답을 알 수가 있는 것, 다만 인간으로서는 오직 사랑만이 그 치료약일 때가 더 많다는 생각…… 그렇다면 사랑이 무엇인가 하는 문제가 남는데…… 참 이거 이야기가 점점 철학으로 흐르네요. 아님 종교로 가든가…… 수녀님 용기를 내세요. 지금 그걸 베풀고 계시잖아요."

모니카 고모는 어지러운 듯했다. 괜찮아? 물으니까 골똘히 생각에 잠겨 있는 듯 대답하지 않았다.

우리는 다시 현관으로 나왔다. 그 산만하고 초점 안 맞는 모자가 우리를 기다리고 있었다. 여자가 우리를 보더니 다시 밑도 끝도 없는 말을 시작하려 했다.

"수녀님 여기 교통이 너무 불편해서요. 저 빨리 식당에 가야 해요. 글쎄 주인아줌마 시아버지가 중풍으로 쓰러지셨는데, 이번이 세 번째거든요. 근데 그 노인네가 쓰러지기만 하구 죽지를 않아서……."

"알았어요, 갑시다. 네가 한 번만 더 수고해야겠다. 데려다 주고 가자."

고모가 말을 자르고는 내게 말했다. 고모는 천천히 아이를 돌아보았다. 아이는 여전히 의자에 올라갔다가 내려왔다가 발길로 찼다가 했다. 나도 고모처럼 그 아이를 물끄러미 바라보았다. 예전 같으면 인간도 아니라고 생각했을 아이, 열한 살의 나이에 벌써 살인을 저지른 아이, 그러고도 빵이 맛있었다고 대답하는 아이…… 예전 같으면 만나지도 않았고 쳐다보지도 않았을 그 아이를 바라보면서, 나는 아이랑 나랑은 어쩌면 같은 병을 앓고 있는, 원인은 다르지만 같은 부분이 손상된 동종의 불구자일지도 모른다는 생각을 했다. 그러자 처음으로 나는 내가 교수이고 화가이고 내가 스스로 생각한 대로 속물 검사가 탐을 낼 만큼 괜찮은, 그런 여자가 아닌 것 같았고 저 흉터투성이 아이처럼 끔찍하고 산만하고 말이 많은, 손상된 뇌를 가진 병자인지도 모른다는 생각을 했던 것이다. 그런 나 자신이 실은 얼마나 보잘것없는 인간인가, 하는 생각이 그 뒤를 따라오자, 소름이 끼쳐왔다. 그리고 나도, 윤수처럼 그런 감정이 두려웠다.

•

주위의 모든 사람이 진흙 같은 빵 한 조각 때문에 투쟁할 때

고상한 즐거움을 누리는 게 옳다고 할 수 있을까?

•

크로포트킨

은수와 나는 다시 영등포로 갔습니다. 깜상은 아직 아이들을 데리고 있었습니다. 우리는 다시 전철역과 시장통으로 가서 앵벌이를 했습니다. 나는 그 슈퍼 앞을 지날 때마다 그 앞에 서서 우리를 고발한 그 주인을 노려보고 서 있었습니다. 언젠가는 저놈을 죽이고 나도 죽으리라, 생각했습니다. 힘을 길러서, 언젠가 저놈이 내가 그놈에게 그렇게 했듯 내 앞에서 두 손을 모아 빌게 하고 그리고 그때 나도 그가 내게 했듯이 차가운 눈길로 그놈을 한번 혼을 내야겠다고 말입니다. 그때 내게 살아야 하는 하나의 이유가 있다면 그것은 복수였습니다.

그러던 어느 날 은수가 아팠습니다. 열이 많이 나고 먹지 못했습니다. 그렇게 좋아하는 컵라면을 사다주어도 먹지 못했습니다. 하는 수 없이 은수를 간호하기 위해 우리는 며칠 일을 나가지 못하고 공을 쳤습니다. 열이 좀 내린 날, 은수가 눈을 뜨더니 나를 불렀습니다. 형아, 저 노래 부르는 사람, 얼굴이 이쁠 거야, 그렇지? 나는 그때서야 그 좁은 방에 켜놓은 TV를 보았습니다. 은수가 아파서 혹시 다른 아이들에게 감기를 옮길까봐 우리는 깜상이 쓰는 방에 있었던 것입니다. 프로야구 개막식을 하는데 미니스커트에 야구 모자를 쓴 여자가 나와서 애국가를 부르고 있었습니다. 나는 그냥, 응이라고 대답했습니다. 우리 엄마처럼? 은수가 물었습니다. 나는 그냥 귀찮은 생각에 응, 이라고 대답해버렸습니다. 그런데 은수가 울기 시작했습니다. 그애가 왜 우는지 나는 알고 있었습니다. 우는 그애에게 나는 욕을 퍼부었습니다. 그 아픈 아이를 발로 차고 때렸습니다. 은수는 더 큰 소리로 울면서 안 울게, 안 울게 형, 했습니다.

그렇게 그 아이를 때리다가 나는 혼자 밖으로 나와버렸습니다. 뒷골목에서 한때 만난 적이 있는 아이들과 어울려 술을 마시고 깜상과 은수에게 돌아가지 않았습니다. 다 때려부수고 싶었습니다. 길거리에서 손을 잡고 가는 엄마와 아이, 나란히 걸어가는 연인들, 교복을 입고 걸어가는 학생들, 누구라도 때려눕히지 않으면 안 될 것만 같았습니다. 행복한 얼굴을 하고 있는 그 누구라도 다 두들겨 패고 싶은 기분이었던 겁니다. 그리고 나는 여자와 함께 걸어가는 남자에게 시비를 겁니다. 왜 기분 나쁘게 쳐다봐, 하는 말로 시작된 싸움…… 나는 다시 경찰서로 끌려갔고, 며칠을 거기서 있다가 나왔습니다. 화가 난 깜상이 나를 보더니 은수를 데리고 여기서 나가라고 말했습니다. 씨팔, 나가라면 못 나가느냐고, 은수를 찾았습니다. 은수는 내가 없는 사이 피골이 상접해 있어서 얼굴이 거의 반으로 졸아들어 있었습니다. 가슴이 철렁 내려앉았습니다. 깜상은 내게 화가 난 듯이 굴었지만 실은 은수에게 무언가를 예감하고 있었고 그래서 그만 우리를 내쫓으려고 한 것이었습니다. 나는 은수를 들쳐업었습니다. 봄날이었습니다. 꽃향기가 그 시궁창 같은 동네까지 공평하게 퍼지고 있는 밤이었습니다. 날이 많이 풀려서 신문지 몇 장만 있으면 지하도에서 자도 얼어 죽지는 않을 것 같았습니다. 은수는 마치 어릴 때 우리가 방에서 이불을 펴고 나란히 누웠던 그때처럼 내 손을 잡고, 형아, 형아가 다시 돌아와서 참 좋아, 했습니다. 그리고는 다시 말했지요. 애국가 불러줘, 그러면 좀 덜 춥거든…… 그냥 자, 하고 내가 말했습니다. 은수가 응, 하고 대답했습니다. 잠이 오지 않아서 뒤척이다가 은수가 추울까봐 그애를 꼭 안았습니다. 그런데 새벽녘 깨어보니까 은수는 죽어 있었습니다.

12

사형, 이라고 나는 자판을 쳤다. 그리고 마우스를 움직여 검색이라는 단어를 눌렀다. 수많은 문서와 기사들이 사형이라는 낱말에 따라 떠올랐다. 사형, 범죄인의 생명을 박탈하여 사회로부터 영구히 격리시키는 가장 무거운 형벌……이라는 말로 시작되고 있었다. 컴퓨터 옆에는 윤수의 편지가 놓여 있었다. '산의 빛깔이 달라졌어요. 모든 건 그대로인데 노란빛이 어리는 것 같기도 하고 무언가 공기가 바뀌는 것을 느낄 수 있어요. 이게 봄인가봐요. 제가 다시 이 봄을 볼 수 있을까, 하는 생각을 했습니다. 아마 제 인생의 마지막 봄이 될지도 모르겠군요. 그런데 제게는 이게 제 인생에 첫 번째 봄인 것만 같은 착각이 자꾸 듭니다' 라고 시작되는 편지였다. 수갑을 찬 채로 이 글씨를 한 자 한 자 써내려가는 그의 모습이 떠올랐다. 손등에 흉터가 가득했던 아이의 얼굴도 따라왔다. 오레스테스의 이야기를 하면서 바로 접니다! 했을 때 눈물을 떨구던 그의 모습이 자꾸 떠올라와서 나는 커서를, 가장 무거운 형벌, 이라는 곳에 놓았다.

다시 한 번 그 할머니를 볼래, 죽을래, 하면 저는 차라리 교수대로 가고 싶어요…… 그러면서 만일 하느님이 계시다면 지금 제게 최고의 형을 내리고 있구나 하고 생각했지요. 죽는 건 내게 아무런 벌도 되지 않는다고 생각했어요. 그건 두렵지 않아요…… 어릴 때부터 그건 조금도 두렵지 않았는데…… 윤수의 말이 떠올랐다. 첫 만남에서 가장 두려운 것은 아침, 이라고 그는 대답했었다.

나는 다시 다른 문서를 열어보았다. 사형제도의 유래와 기원…… 재미있는 글이 있었다. 영국에서 한때 들끓는 소매치기를 없애기 위해 소매치기들을 공개처형하기로 했는데 그 자리에 사람들이 구름처럼 몰려들었고 그 몰려든 사람들 틈으로 소매치기가 그 어느 때보다 극성을 피웠다는 농담 같은 역사가 기록되어 있었다. 1886년도까지 영국 브리스틀 감옥에 입감된 167명의 사형수들 중에서 164명이 공개처형을 구경해본 적이 있는 사람이라는 이야기도 있었다. 미국도 1930년대 말까지 공개처형을 했다. 그리고 그 결과 미국은 강대국 중 세계에서 중국 다음으로 사형수가 많이 양산되는 나라이다.

나는 마시던 커피를 더 채우려고 부엌 쪽으로 갔다가 잠깐 창을 내다보았다. 내가 사는 아파트의 뒤쪽으로 정말 그의 편지대로 노란 기운이 어리고 있었다.

'다녀가신 다음에 꿈을 꾸었어요. 동생이 봄에 죽어서 그런지 봄만 되면 그애가 자주 꿈에 보여요. 아주 어렸을 때 동생이 아파서 약을 사러 뛰어가던 생각이 났습니다. 그때 세상이 온통 연둣빛이었는데 그게 왜 그렇게 슬펐던지. 어제 잠자기 전에는 기도했습니다. 꿈속에서 동생을 만나게 되면 말하고 싶다고. 네가 좋아하는 애국가를 잘 부르던, 네가 우리 엄마처럼? 하고 물었던 그 예쁜 가수를 만났는데, 그분은 이제 훌륭한 교수님이 되셨다고…… 동생은 아마 거 봐, 그분은 예쁘고 훌륭할 거라고 내가 그랬잖아, 할 거 같았습니다. 그런데 어제는 오랜만에 그냥 꿈 없이 잘 잤어요. 보내주신 책도 잘 읽었습니다. 책이라는 게 이렇게 좋은 건지 몰랐어요. 요즘은 하루 종일 책만 보고 있어요. 그래서 그런가 보고 싶군요. 바쁘시겠지만 언제 수녀님 오실 때 한번 오시면 좋겠어요. 제가 너무 염치가 없나요?' 라고 그 편지는 이어지고 있었다. 사춘기 아이가 여선생에게 쓰듯이 삐뚜름한 글씨체였다. 그가 죽음을 앞두고 있는 사람이고 그래서 내가 감상적이 되어가는 것 같아서 나는 머리를 흔들었다. 이건 좋지 않은 징조였다. 가슴속으로 찬 사이다를 붓는 것처럼 가슴이 싸아, 싸아 했다. 요 며칠 운전을 하다 보면 나는 어느덧 그에 대해 생각하고 있었다. 멍청하게 창밖을 보고 있다가 고개를 흔들기도 했다. 어쨌든 그가 수갑을 차고 쓴 편지에 답장을 안 해줄 수도 없는 일이었다. 그런데 무어라고 써야 할지 막막했다. 저는 죽고 싶어하는 사람이었는데 댁도 그랬군요, 라고 쓸 수도 없었다.

그렇게 창밖을 보면서 천천히 커피를 마시고 있는데 부엌 뒤쪽 공원에 이상한 광경이 보였다. 중학생은 좀 더 되고 고등학생보다는 작은 아이들 스무 명쯤이 둘러서 있었다. 무슨 일인가 싶어 좀더 유심히 보니까 한 아이가 매를 맞고 있었다. 십오 층인 내 창가에서도 아이들에게 둘러싸여 매를 맞는 얼굴에 낭자한 붉은 피가 보였다. 섬뜩한 생각이 들었고 가슴이 불안스레 뛰기 시작했다. 한 아이가 다 때리고 나자 다른 아이가 맞는 아이에게 다시 다가가 때리기 시작했다. 그러고 보니 가끔 저 공원에서 아이들이 저렇게 몰려 싸움을 하는 것을 보았던 기억이 났다. 엘리베이터에 반상회결의문이라면서 뒷공원에 경비를 강화해줄 것을 경찰에 건의했다는 안내문을 본 것도 같았다. 뭐랄까, 예전 같으면 관심도 없었을 그 광경이 이제는 그렇지 않았다. 살인사건이라도 목격한 것처럼 무서웠다. 나는 전화기를 들고 112를 눌렀다. 나 때문에 가족들은 119라는 숫자를 몇 번 눌러보았겠지만 태어나서 112라는 전화의 숫자를 눌러보는 건 그때가 처음이었다. 저쪽에서 목소리가 들렸다.

"저 여기는…… 저 여기는 서울시 강남구,"

"예, 서련 아파트시죠?"

참 뭐라고 말해야 하나, 내가 더듬거리고 있는 사이, 저쪽에서 먼저 말했다. 우리 나라 112 시스템이 발달이 잘 되었네, 싶었다.

"저기요…… 이 동네 109동 뒷산에서 아이들이 한 아이를 때리고 있어요. 피를 흘리는 거 같은데……."

나는 수화기를 들고 부엌 뒤창으로 가서 다시 내다보았다. 맞던 아이가 쓰러져 있었다.

"아이가 쓰러졌어요! 빨리 오셔야 할 거 같아요."

"알겠습니다."

전화가 끊겼다. 나는 시계를 보았다. 오후 3시 48분이었다. 귀국한 후 우리 나라를 흉보았던 것이 약간은 후회되었다. 파리에서 동거하던 남자와 싸우느라고 길거리에서 소리를 지르니까, 오 분도 안 되어서 경찰이 다가와 동거하던 남자의 팔을 잡았다. 나도 놀랐고 나와 싸우던 그도 놀라는 것 같았다. 경찰이 내게 물었다.

"마드모아젤, 괜찮으십니까, 이 남자를 연행할까요?"

"아, 아니에요, 우린 장난을 좀 치고 있었던 거예요."

그렇게 우리의 싸움은 끝이 나고 말았던 기억이 났다. 누군가 창문으로 내다보고 신고를 했고 그 신고를 받고 출동한 경찰의 기동력이 하도 놀라워서 우리는, 우리가 절대 한국 사람인 척하지 말자, 하고는 다시 카페로 들어가 술을 마셨던 기억이 났다.

나는 초조한 기분으로 다시 창밖을 내다보고 서 있었다. 맞던 아이는 쓰러져버렸고 몇 분이 지나도 일어나지 못했다. 죽었으면 어떻게 하지, 하는 생각이 났다. 몇 명의 아이들이 쓰러진 아이를 일으켜 부축해서 공원을 빠져나가고 있었다. 싸움이 끝났으니 경찰이 와도 소용이 없을 거 같았다. 그런데 아이들 둘이 다른 아이 하나를 양팔로 잡고 원 안으로 데리고 들어섰다. 마치 사형수를 집행장에 끌고 가는 것 같았다. 그러자 한 아이가 나와 그 아이를 때리기 시작했다. 아파트 앞길과 뒷길을 내려다봐도 경찰은 오지 않았다. 사이렌 소리도 들리지 않았다. 시계를 보니까 4시가 넘어가고 있었다. 나는 다시 112를 눌렀다.

"저기요, 아까 전화했던 사람인데요. 한 아이가 피를 흘리고 나가고 다시 다른 아이가 맞고 있어요. 왜 안 오시는 거예요?"

"예 가겠습니다. 알겠습니다."

전화는 끊겼다. 이번에 맞는 아이는 반항하는 포즈를 취하고 있었다. 그러자 아이들 몇 명이 그 아이를 둘러싸고 순식간에 그 아이에게 몰매를 때리기 시작했다. 반항하던 아이가 맥없이 쓰러지자 아이들이 둘러싸고 그 아이에게 발길질을 하기 시작했다. 죽어가는 짐승을 둘러싼 독수리떼처럼 아이들은 그 아이에게서 떨어질 줄 몰랐다. 시계를 보았다. 4시 15분이었다. 경찰은 그때까지도 오지 않았다. 가슴이 쉴새없이 뛰었고 약간 토악질도 날 것 같았다. 맞고 있는 아이의 절망감이 고스란히 내게 전해오는 것 같았다. 경찰은 올 기미를 보이지 않고 있었다. 방 안을 서성거리다가 무슨 오기였을까, 나는 다시 전화를 걸었다.

"아까 전화한 사람인데요. 왜 안 오시는 거냐구요! 애가 맞고 있어요. 애들이 둘러싸서 발길질을 한다구요, 쓰러진 애한테! 이번이 벌써 두 번째 아이라구요."

"알겠습니다."

전화는 다시 끊겼다. 나는 다시 부엌 창가로 갔다. 쓰러져 있던 아이를 일으켜 세워 두 놈이 양팔을 잡더니 한 아이가 영화에나 나올 법한 이단 옆차기로 기진맥진한 그 아이의 배를 발로 찼다. 내 온몸이 맞고 있는 그애의 아픔에 반응하고 있는 듯했다. 이가 덜덜 떨려오기 시작했다. 나는 고문을 받고 있는 심정이었다. 경찰은 오지 않고 대신 전화벨이 울렸다.

"여보세요."

"예."

"신고하신 분이죠? 저희가 경찰인데요……."

대한민국의 112 시스템이 대단하다 싶었다. 신고한 사람의 전화번호도 알다니, 라는 바보 같은 생각이 들었다.

"왜 안 오시냐구요, 일찍만 오셨어도 한 아이가 더 맞지 않아도…… 지금 또 딴 아이가 맞고 있어요! 여러 명이 한 명에게 몰매를 때리고 있어요. 말려야지요, 제발 빨리요."

"여보세요. 오늘 여기 강남 네거리에서 삼중 추돌사고가 나서 말이지요…… 그래서 저희가 좀 늦을 거 같다구요. 아무튼 빨리 갈 테니까 112에는 더 이상 전화하지 마세요."

경찰의 목소리는 친절한 자동차 서비스반 같았다. 늦는 이유를 설명하고 내 양해를 구하고 있는 것이었다. 그 사이 맞던 아이는 거의 정신을 잃은 거 같았다. 시계를 보니까 4시 20분을 넘어가고 있었다. 대한민국 만세군, 나는 나를 달랬다. 잠시 후 사이렌 소리가 들렸다. 나는 두 주먹을 불끈 쥐고 경찰이 어서 와서 저 나쁜 아이들을 혼을 내주기를 기다리고 있었다. 둘러싼 아이들 몇이 공원 밖으로 나와 망을 보았다. 그들이 만들고 있던 견고한 원이 술렁거렸다. 사이렌 소리를 그들도 들은 거였다. 다시 전화벨이 울렸다.

"저 경찰인데요. 여기 공원에 아무도 없는데요?"

"아저씨 어디 계세요?"

"여기 서런 아파트 공원에요."

"혹시 우리 아파트 단지 안에 있는 그 작은 소공원에 계신 거 아니에요?"

나는 수화기를 든 채로 다시 앞 베란다로 달려갔다. 아파트 단지 안에 분수가 있고, 대리석이 깔린 조그만 공원이 있었다.

그 앞에 경찰차가 사이렌 소리도 요란하게 서 있었다. 그네가 있고 미끄럼틀이 있는 아기 공원에서 유모차를 밀던 여자들이 우르르 서서 경찰차를 보고 있었다.

"이보세요, 아저씨, 경비 아저씨들 지키고 서 있는 아파트 단지 애들 놀이터 안에서 어떤 미친놈들이 누구를 때리겠어요. 거기 아니라 아파트 109동 뒷산 말이에요!"

그러자 경찰이 대답했다.

"아줌마 왜 소리는 지르고 그래요! 알았다구요."

잠시 후 다시 전화벨이 울렸다. 경찰이었다.

"……근데 그 뒷산에 차가 들어갑니까? 길이 없는데요."

아까는 자동차 서비스반이더니 이제는 불친절한 이삿짐센터 같은 목소리였다. 나는 꾸역거리며 올라오는 감정을 누르고 친절한 안내원처럼 대답했다.

"109동 앞에 차를 대고 뒤로 돌아서 걸어가셔야 돼요. 빨리요!"

나는 수화기를 들고 다시 부엌 뒤쪽 창으로 갔다. 어쨌든 경찰인 것이다. 경찰이 가니까 더 맞을 아이는 없겠지 싶었다. 몇 명이 의논하는 듯한 대형으로 서 있다가 그중 몇 아이들이 피투성이가 된 아이를 데리고 숲 사이 길로 빠져나가고 있었다. 마치 연극대본에서 타이밍을 맞추듯이 대한민국 경찰이 그들에게 느릿느릿 다가서고 있었다. 경찰들은 산책이라도 나온 거 같았다. 꼭대기층에서 내려다보려니까 내가 신이라도 되어서 하늘에서 그들을 내려다보고 있는 듯 기분이 이상했다. 다시 전화벨이 울렸다.

"아주머니, 여기 신고받고 왔는데…… 아무도 다친 사람이 없는데요?"

"뭐라구요? 그래서요?"

이제는 나도 더 이상 114 안내원 같은 목소리를 내고 싶지 않았다.

"내가 물어봤는데 애들 친구들끼리 중학교 동창회 한다는데요? 그리고 맞은 놈 나와보라니까 아무도 없구, 맞은 놈 없으니까 때린 놈도 당연히 없을 테구……."

분통이 터졌다. 대체 무어라고 대답해야 할지 아무 생각도 떠오르지 않았다.

"맞은 놈 나와보라구 했다구요? 때린 놈 나와보세요, 도 하셨다구요? 이보세요, 제가 잘못했어요. 대한민국 경찰한테 바란 내가 잘못했다구요. 내가 신고한 시간 지금 벌써 삼십 분도 더 지났어요. 사람이 죽어도 두셋은 죽어나갈 시간이었다구요!"

나는 쾅 소리를 내며 전화를 끊어버렸다. 만일 저기서 맞고 있던 아이가 내 아들이거나 내 동생이거나 그랬다면 내가 저 경찰을 그냥 놔두었을까, 하는 생각이 들었다. 다시 전화벨이 울렸다. 또 그 경찰인 모양이었다. 발자크 소설《고리오 영감》마지막 장면에서 청년 라스티냐크가 언덕에 올라 중얼거린 대로 파리, 이제 너와 나와의 대결이다, 가 아니라, 이제 경찰, 너와 나와의 대결이군, 하는 지경이 되었다는 생각이 들었다.

"여보세요."

"저 경찰인데요. 아주머니 왜 그렇게 화를 내십니까? 우리가 뭐 잘못했냐구요. 제가 말씀을 드릴 테니까 잘 좀 들어보세요. 우리가 늦고 싶어 늦은 것이 아니라 오늘 양재천에 장애자가 빠졌어요. 우리가 가서 그걸 꺼내다가 그 장애자네 집에 데려다주고 오느라고 늦었다 이 말입니다. 그리고 여기는 애들이 그냥 모여서 논다는데, 애들이 그렇다는데, 요즘 세상이 어떤 세상인데 그럼 나보고 애네들 고문이라도 해서 자백이라도 받아내라는 겁니까?"

경찰이라는 남자는 억울하다는 듯 말했다. 내가 자신의 격무를 몰라주고, 할 일은 많은데 인원은 부족하고, 일은 해도 해도 끝이 없고, 그렇게 내게 호소하는 듯했던 것이다. 코미디군, 코미디야, 라고 중얼거리고 싶었는데 화가 치밀어올랐다.

"경찰이 고문해서 자백 받아낼 때 시민한테 허락받고 합니까? 이제껏 그랬어요? 지금 내가 그러라고 하면 하시겠어요?"

"못 하죠."

웃음이 나왔다. 웃을 수밖에 없는 것이었다.

"……적어도 저 어린 애들한테 백주 대낮에, 그래요 적어도 이 환한 낮에 버젓이 주택가에서 사람을 팰 수 없다는 것쯤은 가르쳐주는 게 도리잖아요. 우리가 어른이니까 적어도 그건 안 되는 거라고 말해야 하는 거잖아요. 저런 애들이 커서 더 큰 범죄 저지르고 결국 사형수 되는 거잖아요!"

"아니 말이면 다예요? 아니 뭐라도 잘못되면 그게 다 경찰이 잘못해서 그렇다는 거예요? 이 아주머니 정말 말 안 통하는 사람이군."

이번에는 그쪽에서 먼저 거칠게 전화를 끊었다. 이 사건의 결론은 전화를 건 이 아주머니가 말이 안 통하는 사람인 것이었다. 내가 너무 오버한 걸까, 하는 생각도 들었다. 드는데, 내가 왜 오버하지, 하는 의문이 따라왔다. 나는 중학교 때 죽은 심심이 말고는 남의 일에 무관심한 사람이었다. 거기다 대고 사형수 이야기까지 한 것은 확실히 내 오버였다. 나는 책상 앞으로 돌아와 앉았다. 이건 분명 문유정표, 는 아니었다. 칠 년 만에 돌아와보니까 제일 먼저 느껴졌던 것은 말투가 거칠어졌다는 것이었다. 표현이 세지고 길거리의 사람들의 걸음은 더 빨라져 있었다. 전철에서 발을 밟아도, 어깨를 아프게 치고 지나가도 앞만 보고 갈 뿐, 미안하다는 말 같은 것은 들을 수가 없었다. 아니 처음에는 그게 너무 무례하게 느껴져서 화가 났는데 나중에 나는 그들이 나의 어깨를 세게 치고, 나의 발을 밟았다는 사실조차 모르고 있다는 것을 깨닫게 되었다. 그들은 그냥, 가고 있었다. 어디로? 그건 그들도 나도 모른다. 영화마다 한마디 걸러 욕이었고, 세련되었으나 실은 도저히 눈뜨고 볼 수 없게 잔인한 장면이 넘쳐나고 있었다. 그것도 내가 연애하고 싶어할 만큼 매력적인 사람들이 그랬다. 그래도 한국 영화는 세계 영화제에서 각광을 받기 시작했다고 신문마다 즐거워하고 있었다.

나는 모니카 고모가 보고 싶었다. 봄 화분이라도 하나 사들고 구치소에 가서 윤수를 보고 싶다는 생각도 들었다. 왜 그때 그 생각이 났는지 나도 모르겠다. 왜 오레스테스를 보고 감동받을 수 있는 사람이, 첫 번째 봄과 마지막 봄을 아프게 느낄 수 있는 사람이, 왜 그런 짓을 했느냐고 묻고 싶었다. 사람이란 게 대체 뭔지, 나는 알고 싶었고, 어디까지 악해지고 어디까지 선해질 수 있는지 혼란에 빠진 기분이었다. 내가 그런데 왜 이런 생각을 할까, 불안하기도 했다. 다시 전화벨이 울렸다. 경찰이 또 무슨 소리를 할까 싶어 겁이 났다. 이런 일에 또 큰오빠를 동원할 수도 없는 일이었고 동원한다 해도 뭐 어쩌겠는가 말이다. 나는 전화를 받았다. 큰오빠였다. 순간적이었지만 경찰하고 검찰하고 선이 쭉 그어지면서 우리 나라 112 시스템이 오빠한테까지? 하는 엉뚱한 상상을 하는데 오빠가 무거운 목소리로 말했다.

"병원으로 와라, 엄마 또 입원하셨다."

나는 인생을 즐기고자 신께 모든 것을 원했다.
그러나 신은 모든 것을 즐기게 하시려고 내게 인생을 주셨다.
내가 신에게 원했던 것은 무엇 하나 들어주시지 않았다.
그러나 내가 당신의 뜻대로라고 희망했던 것은 모두 다 들어주셨다.

이태리 토리노에 있는 무명용사의 비

은수가 그렇게 가고 난 후, 저는 홀가분한 사람이 되었습니다. 적어도 몸은 그랬습니다. 그리고 저는 나쁜 친구들과 어울리기 시작했습니다. 나쁜 친구들…… 아닙니다. 적어도 그들은 내가 배고플 때 먹을 것을 주었고 내가 헐벗었을 때 입을 것을 주었고 내가 목마를 때 마실 술을 주었으며 내가 감옥에 있을 때 나를 찾아와주었습니다. 저는 그렇게 교도소를 들락거리며 천천히 어둠에 물들어가고 있었습니다. 초등학교도 제대로 못 나온 저에게 교도소는 종합학교였습니다. 저는 거기서 범죄의 기술을 배웠고, 증오를 배웠고, 보복을 배웠습니다. 죄의식 따위는 버리고 어떻게 하면 좀더 비열하고 뻰뻰스러워질 수 있는가를 강의하는 사람은 그 안에 수천 명씩 있었습니다. 도둑질을 하기 위해 망을 볼 때 공포와 긴장이 팽팽한 줄을 당기던 그 순간이면 저는 속으로 나지막이 애국가를 불렀습니다. 그러면 은수의 말대로 우리가 왠지 훌륭한 사람이 되는 것처럼 생각되진 않았지만 두렵진 않았습니다.

13

방에는 우리 셋뿐이었다. 그와 나와 그리고 교도관이었다. 내가 사온 피자를 먹다가 그가 나를 얼핏 바라보았다. 나는 아직 입을 열지 못하고 있었다. 정말 이게 맞는 일일까, 하는 생각이 내내 나를 놓아주지 않았던 것이다. 내가 하도 말이 없자, 이주임이 안경을 여러 번 올렸다 내렸다 했다. 나는 고모가 늘 가지고 다니는 성서도 가지고 오지 않은 것이었다. 내 백 속에는 담배와 립스틱과 지갑과 작은 콤팩트 그런 것들이 들어 있었다. 그가 무슨 말이라도 하라는 듯, 나를 바라보았다. 이주임도 그랬다. 그러나 나는 아직 입을 열 수가 없었다. 창밖은 봄이었는데 이곳에서 보이는 것은 시멘트 바른 회색빛 담뿐이었다. 이리로 오는 길, 차창 밖으로 보이던 봄날의 화사한 연둣빛 새싹들도, 날이 따뜻해지자 다리 아래서 방금 머리를 감은 듯 넘실거리며 흘러가던 강물도, 푸른 초원 위에 저 혼자 조그맣게 피어

나는 별처럼 흩어진 작은 꽃들도 이곳과는 상관이 없었다. 이곳에는 봄이 와도 별로 깨어나는 것들이 없었다. 오스카 와일드가 말했다. 감옥에서는 시간이 흘러가는 것이 아니라 고통을 중심으로 천천히 회전할 뿐이라고. 두 평 공간, 거기에 건강한 남자 일고여덟 명이 하루 종일 얼굴을 맞대고 앉아 있는 것이다. 사랑하는 젊은 남녀 한 쌍을 좁은 방에 한 달만 그렇게 가둬둔대도 그들은 아마 금방 사랑을 취소하고 서로 가장 미워하는 사이로 변할지도 모르는데, 고모 말대로 착하지도 않게만 살았던 사람들이 하루 종일 서로 얼굴을 마주 보고 앉아 서로에 대해 살의를 느끼지 않는 것만 해도 기적이었다.

"날씨가 많이 따뜻해졌어요. 그래서 그런지 동상 걸린 게 풀려서 귀가 가려워죽겠어요."

하는 수 없다는 듯이 윤수가 입을 열었다. 수갑 차인 두 손을 들어 한쪽 귀를 만지작거리면서였다. 하루하루 달라지는 계절처럼, 봄이 되자 더 이상 공격성을 담지 않은 채 내 옷자락을 나풀거리게 하던 바람의 결처럼, 그의 말에는 이제 가시가 없었다. 그는 봄날 버드나무처럼 내가 그를 만난 이래 하루하루가 다르게 변해가고 있었다. 돌 지난 아기처럼 빠른 변화였다. 나중에 깨달은 것이었지만 마음의 아기는 시간의 법칙을 벗어나 자란다.

"저기요……."

그와 교도관이 동시에 나를 바라보았다. 나는 학생들 앞에 선 기분이 되었다. 아니 고해신부 앞에 선 기분이기도 했다.

"저, 오늘 여기 오고 싶어서 온 거 아니에요. 이제껏 온 것도 오고 싶어서 온 거 아니었어요."

그와 교도관이 동시에 놀란 눈빛을 했는데 그의 얼굴이 순간 어두워지는 것이 확연하게 느껴졌다. 그가 고개를 숙였다. 당신도 위선자군, 하는 말을 하고 싶은 표정이었다. 더 과장하자면, 나는 당신들 같은 위선자들에게 더 이상 상처입고 싶지 않아, 라든가, 역시 그러면 그렇지 뭐, 이런 표정도 어렸다.

"저는…… 거짓말을 하고 싶지는 않았어요. 상투적인 말을 나누는 거 그거 제가 아주 싫어하거든요. 제가 제일 싫어하는 게 상투적인 거라서."

내가 힘겹게 말을 이었다. 윤수는 눈을 내리깐 채로 아무 말도 하지 않았다. 그리고는 무언가 생각하는 눈빛이더니 고개를 들었다.

"괜찮습니다. 저도 수녀님이신가 하고 온 건데. 오늘 암환자가 있어서 수녀님이 여기를 못 오시고 병원에 가셨다니까…… 그 사람도 죽음을 앞둔 사람일 테니까…… 그래서 수녀님 대신 내키지도 않는 발걸음을 하셨다면 시간도 없으실 텐데, 그만 가셔도 됩니다. 교수님…… 솔직하시니까 참 좋네요."

마지막 말을 하면서 그가 자리에서 일어나 차갑게 날 바라보았다. 다시금 그의 얼굴로 조소의 빛이 지나갔다. 짧은 시간들이었지만 잠시 나에게 걸었던 기대를 후회하는 빛이 역력했다. 교수님, 이라는 말을 뱉을 때는 뒷골목에 그가 있을 때 저랬겠구나, 짐작할 수 있는 어두운 그림자가 어리고 있었다. 그러나 거기에는 다분히 쓰라린 표정이 따라왔다. 배반에 익숙하다고 해서 배반이 아프지 않은 것이 아니듯이, 자주 넘어지는 사람이 또 넘어졌다고 일어나는 것이 쉬운 일이 아니듯이 그는 그렇게 느끼는 것 같았다. 갇힌 채로, 누군가 자신을 찾아오지 않으면 만날 수 없는 처지니까, 천주교 만남의 방이 아니면, 설사 어머니가 찾아온대도 어머니조차 구멍 뚫린 아크릴 판을 사이에 두고 십 분만 만나야 하는 그런 처지니까. 그러니 목요일 만남에 대해 그가 일주일 내내 설레이고 있었다는 것은 나중에 안 사실이었다.

"가겠다는 이야기가 아니에요. 제가 오늘 수녀님 대신 여기에 온 것은, 수녀님이 보러 가신, 그 죽음을 앞둔 암환자가 우리 엄만데, 제가 수녀님에게 부탁했어요. 엄마를 보러 가느니 당신을 보러 가겠다고. 그래서 수녀님은 그리로 가시고 제가 이리로 온 거예요."

내가 일어선 그를 올려다보며 말했다. 성질도 급한 인간이군, 화도 좀 났다. 그는 내가 처음 그에게 그랬듯이 놀라운 눈으로 나를 바라보았다. 무슨 말을 하려는 건지 도무지 알 수 없다는 듯 그는 긴장하기 시작했다.

"왜냐하면 나는 엄마를 싫어하거든요. 왜냐하면 내가 엄마에게 가면 저는 또 죽고 싶다는 생각을 할 게 뻔할 거거든요. 그래서 온 거예요. 당신을 좋아하는 것은 아니지만 아직 그렇게 싫어하는 것은 아니니까. 왜냐하면 우리는 아직 미워할 만큼 기대하거나 사랑을 나눈 적이 없으니까…… 그래서 싫어하지도 못하는 사이니까…… 저로서는 이게 편했던, 아니 편했다기보다 차라리 여기가 더 나았어요. 오해하진 마세요. 그게 이유의 전부는 아니에요."

나는 잠시 말을 멈추었다. 대체 이게 무슨 뚱딴지 같은 상황인지 이해하기 힘든 듯했다. 이주임 역시 그랬다.

"이상한 이야기인 것 같지만 당신을 처음 보았을 때 나는 당신이 나랑 참 비슷한 사람이라고 생각했어요…… 왜 그랬느냐고 물으면 잘은 모르겠지만, 얼핏 떠오른 첫 번째 생각은 당신도 엄마를 미워하고 있을지도 모른다고, 오랫동안 그랬는지도 모른다고 생각했기 때문인 거…… 같아요."

윤수가 의아한 눈빛으로 나를 바라보며 다시 자리에 앉았다.

"왜 그런 생각을…… 제 기사를 읽으셨나요?"

"기사를 읽긴 했는데, 그건 당신을 만난 다음이었어요. 왜냐하면 엄마를 싫어하는 사람들은, 달리 말하면 엄마의 정을 잘 모르고 자랐다는 이야기인데, 그건 어린 시절에 마땅히 받아야 할 그 사랑을 받아야만 자라는 어떤 부분이 자라지 못한 채 우리 안 깊숙이 남아 있다는 거…… 뭐랄까 다 크지 못한 미숙아의 흔적 같은 것이 얼굴 어딘가 남아 있어요…… 저는 그것을 당신에게서 보았어요."

이주임이 신경이 쓰였지만 나는 그냥 밀고 가기로 했다. 그러니 그도 내가 더 이상 훌륭한 사람이 아니라는 것을 알 것이었다. 약간 가슴이 쓰려왔다. 그는 오늘 또 부인에게 가서 말할까, 알고 보니 그 여자 전혀 훌륭한 의도로 이곳에 드나든 게 아니야, 라고? 나는 위선자들의 슬픔과 두려움을 이해할 것도 같다고 잠깐 생각했다.

"이런 말 하는 거 처음이에요. 우리 외삼촌이 정신과 의사이신데 삼촌에게도 말한 적이 없어요. 그런데 오늘 여기 오면서 내가 왜 여길 오고 싶었을까 생각해보면서 그런 생각을 했는데 당신에게 말하고 싶다는 마음이 들었어요. 이런 말 하는 거 저로서도 쉬운 건 아니었어요. 하지만 엄마의 입원이 길어진다면 제가 여기 당분간 오게 될 거 같아요. 당신이 날 만나는 게 싫다면 그땐…… 오지 않겠어요."

눈치가 빠른 이주임은 이제 애써 모르는 척하고 있는 편을 택하는 거 같았다. 윤수는 나를 뚫어지게 바라보고 있었는데 거기에는 그동안 한 번도 보이지 않았던 어떤 감정 같은 것이 일어나고 있는 거 같았다. 그리고 거기에는 나를 의심하고자 하는 의지도 보였다. 최대한 귀를 기울여, 움직이는 것의 정체를 알아내려고 촉각을 곤두세운 사슴처럼 고개를 길게 빼고 나를 바라보고 있었다. 그러니 그가 의심의 눈빛을 보낸다는 것은 그것은 실은 그가 나를 믿고 싶어졌다는 이야기도 되는 것이었다. 나는 침을 한 번 삼키고 그를 마주 보았다.

"전에 당신이 편지에다 그랬잖아요. 이게 마지막 봄일지도 모른다고. 그러니까 우리 두 사람에게 마지막일지도 모르는 봄날에 지당도사들이 하는, 당연하고 지당한 이야기 같은 거 하지 않고 싶어요. 시간이 없잖아요. 나는 이왕 우리가 이렇게 만난 거, 당신하고 진짜 이야기를 하고 싶어요…… 일 년에 봄이라는 계절이 한 번뿐이라는 거 당신 때문에 처음 알았어요. 이 봄을 다시 보기 위해 일 년이나 기다려야 한다는 것도 처음 깨닫게 되었어요. 그러자 당신이 말한 대로 이 봄이 첫 번째이자 마지막 봄처럼 내게도 느껴졌다는 거예요. 한 계절을 그게 처음이자 마지막이라고 동시에 느낄 수 있다는 것도 처음 알았죠. 그렇게 늘 오는 계절이, 혹여 그것이 누군가에게는 마지막 계절이 될 수 있다는 거, 그래서 하루하루가 목이 타는 것처럼 애타게 지나간다는 거…… 나무에 물이 오르는 그 찰나도, 진노랑꽃 무더기로 피어서 흔해빠진 그 개나리에게도, 당신은 그 모든 것이 처음 대면하는 기분이고 또 대면하자마자 안녕, 이라고 말해야 한다는 거…… 그래서 이 세상에 널려 있는 수많은 사물들이 널려 있는 게 아니라, 가슴에 처음이자 마지막으로 박혀올지도 모른다는 거…… 그거 당신 때문에 알게 되었거든요. 그리고 결정적으로…… 당신 때문에, 내가 누군가를 죽이고 싶었는데, 그게 나 자신이 아니었다는 것을 알게 되었거든요."

윤수가 다시 긴장하는 빛을 띠었다.

"진짜 이야기라는 게 대체 뭐죠?"

"아직 몰라요. 하다보면 진짜가 되는 이야기가 있겠죠. 나는 모니카 수녀님처럼 당신에게 좋은 말을 할 수는 없어요. 수녀님이 구치소장님께 이야기하셔서 명색이 오늘부터 천주교 종교위원이 되었는데, 그래서 이 패찰을 당분간 차고 다닐 텐데…… 난 성서도 모르고, 기도는 마지막으로 해본 지 십오 년 되었고, 그 후론 성당은 유럽을 여행할 때 엽서를 사러 들어간 게 전부예요. 그걸 회개해본 적은 당연히 없고…… 나는 화가인데 겨우 귀국해서 그림 몇 점 그려서 개인전 한 번 열고는 그림을 그린 적이 없어요. 나는 또 교수인데 프랑스에서 그지같은 학교, 돈만 내면 누구나 들어갈 수 있는 그런 학교 졸업했어요. 학교에 가면 다른 교수들이 저런 여자가 어떻게 교수가 되었나 하는 눈으로 저를 쳐다봐요. 학생들은 교수들보다 영악해서 세상이 뭐 다 그런 거지, 돈 있는 집안 자식이 돈도 백도 얻는 거지, 이사장네 집안이라며, 하는 눈으로 저를 봐요. 그리고 제가 저 스스로를 생각해도 그건 맞아요. 지난번에는 음주운전으로 경찰서에 갔었는데 경찰들이 저를 보고 또라이 아냐, 했어요. 그건 틀려요…… 저는 꼴통이거든요."

긴장하고 있던 윤수가 꼴통이라는 말을 듣다가 바람 빠진 풍선처럼 웃었다. 이주임도 고개를 숙이고 킥킥대며 웃었다. 웃음 때문인지 갑자기 방 안 분위기가 노란 봄빛으로 가득 차는 거 같았다. 말을 하고 나니까 좀 우습긴 했다. 두 사람은 재미있다는 표정이었다.

"……세 번이나 자살을 기도한 적이 있었어요. 그 마지막은 지난겨울이었고, 그래서 정신과 치료를 받느니 여길 오겠다고 모니카 고모님하고 약속을 한 거예요. 하는 수 없이 왔다는 이야기죠. 그렇다고 제가 미쳤다는 뜻은 아니에요. 나는 나 자신이 싫었고 죽고 싶었어요. 왜냐하면 나는 열다섯 살 때……."

왜 내가 그 이야기를 그 앞에서 꺼냈는지 나는 아직도 알 수 없다. 그러나 그때 나는 적어도 동요하지 않고 있었고 담담했다. 적어도 그의 태도에서 그의 온 존재가 내 말에 귀를 기울이고 있다는 것을 나는 알 수 있었던 것이다. 오늘이 처음이자 마지막이 될 수 있는 날이어서 내가 그를 마지막으로 만나는 사람이 될지도 모르기 때문이었다. 내 생애에서 나의 말에 온 존재를 모아 귀 기울여주었던 사람을 내가 가진 적이 있었을까.

"사촌오빠에게……."

잠시 목이 메어왔다. 나는 잠시 감정을 억누르느라고 입을 다

물었다. 가슴이 갈라지는 듯 통증이 느껴졌다. 나는 잠시 입을 다물고 그 통증을 견뎠다.

"강, 간을 당한 적이 있었어요. 큰집에 심부름을 갔다가였죠. 그때 그 사촌오빠는 이미 부인이 있었고 아이까지 둔 가장이었죠."

내 입으로 그 사건을 이야기하는 것은 처음이었다. 강간이라는 객관적인 용어를 쓴 것도 처음이었다. 그런데 나는, 내가 누군가에게 이야기해야 한다면 살아서 보는 마지막 봄을 맞고 있을 그에게 이야기하고 싶었다. 모르겠다, 내가 그에게 느꼈던 동질감은 무수히 많았다. 실은 처음부터 그랬다. 그리고 그중 가장 중요했던 것은 우리가 인생의 어떤 시기부터 내내 죽음의 열차를, 쫓겨서 그랬든, 자발적으로 그랬든, 타고 싶어했다는 것이었다. 그리고 그 죽음의 열차라는 것을 타고 싶다고 생각하고 나면, 세상의 가치들이 모두 헤쳐 모여, 했다. 중요하다고 생각했던 것이 중요해지지 않고, 중요하지 않다고 생각했던 것이 중요해졌다. 죽고 싶다는 생각 때문에 왜곡된 것도 많았지만 제대로 보이는 것 또한 많았다. 죽음은 이 세상의 가치 중에서 최고의 영예를 누리고 있는 모든 소유와 모순되기 때문이다. 돈, 돈, 돈 하면서 돌아버린 이 세상에서 그것을 비웃을 수 있는 어쩌면 가장 유일한 수단이었기 때문이고, 누구나 한 번은 겪어야 하는 일이었기 때문이다. 나는 그가 나를 이해할 수 있다고 믿었다.

방 안이 텅 빈 것처럼 아무 소리도 들리지 않았다, 이주임과 윤수는 숨소리 하나 내지 않고 내 말을 듣고 있었다. 나중에 생각한 것이었지만 판사가 선고를 내리는 순간에도 그는 아마 이처럼 긴장해서 귀를 기울이지는 않았을 거란 생각이 들었다. 강간, 이라는 말을 듣고 그가 어떤 반응을 보일 거라고 미리 생각해두었던 것은 아니었다. 그가 열일곱 살 소녀를 강간살해한 사람이라는 것은 말을 다 하고 나서 다시 떠올랐었다. 그런데 뜻밖에도 그는 나를 가만히 바라보았는데 거기에는 무수한 연민과 동정의 빛, 그리고 어쩔 수 없이 과거를 회상할 때 오는 쓰라린 후회의 빛 같은 것이 버무려져 있었다. 그의 눈에 지독한 회한 같은 것이 어린다고 느꼈다. 내 상처를 꺼내는 것이 그의 상처를 건드리는 것이 된 셈이었다. 하지만 나는 더 밀고 나가기로 했다.

"그 후로 나는 남자와 정상적인 관계를 맺을 수 없었어요. 사랑하지 않는 사람하고는 되는데 사랑하는 사람하고는 그럴 수 없었어요…… 그래서 사랑하는 사람을, 사랑하기 때문에 떠나보내야 했어요…… 다들 그렇게 나를 떠나갔어요."

마지막 말을 할 때 눈이 몹시 아파왔다. 이렇게 간결하게 나를 설명해보긴 처음이었다. 내가 왜 이런 말까지 하나 싶었다. 수치심이 귓가로 훠익 몰려왔다. 나는 내가 소위 쿨한 사람이라고 생각하고 있었다. 조금도 개의치 않는 듯한 이별들을 했었다. 그래야만 한다고 생각했던 것이다. 그런데 나는 내가 그 사실들에 계속해서 상처입고 있었다는 것을 그제야 깨달았다. 그게 진짜였구나, 싶어졌다. 나는 그가 내 진심을, 내가 느끼는 수치심까지 해면처럼 빨아들이고 있다는 것을 느낄 수 있었다. 왜냐하면 나는 내 진심이 거부당하는 것에 익숙한 사람이었고 그래서 그것에 대해 예민한 사람이었기 때문이다. 내가 마지막 말을 마쳤을 때 그의 눈빛이 출렁, 했다. 출렁, 하는 그의 눈빛을 보자 내 가슴도 따라 출렁했다. 먼 계곡 양 가장자리에 서 있는 두 사람을 이어주는 어떤 밧줄 같은 것이 우리 사이에 놓여지는 것 같았다. 그것을 잡은 이쪽에서 파르르 떨면 저쪽에서 잡은 손도 파르르 떠는 것 같은 기분…… 이제야 회상하건대 나는 그를 좀 위로해주고 싶었던 것 같다. 당신만 힘든 게 아니라구요, 그러니 그렇게 이미 죽어버린 것 같은 얼굴을 하고 있지 마세요…… 같은…… 그게 진짜였을 것이다.

"나는 당신에 대해 쓴 기사를 모두 보았어요."

나는 될 수 있는 대로, 감정을 싣지 않으려고 천천히 말했다.

"저기 잠깐만."

이주임이 나를 제지했다. 윤수의 얼굴이 몹시 이지러졌다.

"저기 이곳에서 사건이나, 거기에 관련된 상황을 말씀하시면…… 안 됩니다."

이주임이 미안하다는 얼굴로 나를 바라보며 말했다. 잠시 침묵이 계속되었다. 나는 말을 멈추었다. 그럼 무슨 이야기를 하나요? 라고 나는 묻고 싶었다. 그 '사건'이라는 것이 결국 그와 내가 만난 가장 치명적인 계기이고, 실은 그 '사건'을 빼고 나면 그가 종교위원들을 만날 이유도 사라지는데, 구치소의 규율이 그렇다는 것이다. 나는 지당한 이야기, 뜬구름 잡는 이야기, 예수님이 그래서 오셨고, 너는 귀중하고 이런 이야기 같은 것은 조금도 하고 싶지 않았다. 말하자면 나는 예수님이 그래서 어떻게 '내게' 오셨고 '네게' 오셨는지, 나는 누구고 너는 누구인지, '너'는 '어떻게' 귀중한 사람일 수 있는지 이런 이야기를 하고 싶었던 것이다. 내 말의 진의를 아직은 다 소화하지 못하겠다는 듯 고개를 떨군 윤수의 머리 뒤로 렘브란트의 그림, 〈돌아온 탕자〉가 걸려 있었다. 저 탕자는 저 그림 속에 들어간 이래로 어제도 오늘도 돌아와 저렇게 무릎을 꿇고 있었다. 나는 무릎 꿇은 탕자의 신발을 바라보았다. 신발은 다 해어지고 맨발이 드러나 있었다. 저 아버지는 어제도 오늘도 돌아온 아들을 저렇게 어루만지고 있었다. 렘브란트가 그린 것은 돌아온 그 순간이었다. 렘브란트는 그 이후 아버지가 그를 용서하고 나서 베푸는 잔치는 그리지 않았다. 그 아버지가 그를 어루만지고는 있지만, 그리고 저 탕자는 돌아왔지만, 백년이 넘도록 꿇려진 저 무릎을 펴지 못하고 있었다. 돌아온 탕자는 끝끝내 일어서 제발로 그 집 안을 걸어다니지 못하고 마는 것이다. 이 방에서 돌아온 탕자처럼 저렇게 무릎을 꿇은 아들들은 이제 사형장에서 그렇게 무릎이 꿇린 채로 목에 밧줄을 감게 될 것이다.

"이주임님 저는 그냥 내 이야기를 하려는 거예요. 제가 검사도 아니고 기자도 아니고, 비난하려는 의도는 아니에요……."

이주임이 잠시 생각하다가 말없이 고개를 끄덕였다. 나는 다시 윤수를 바라보았다. 윤수의 눈은 초등학교 일학년 교실의 아이들처럼 긴장감과 호기심에 차 있었다. 몹시 긴장해 있었고 실은, 두려워 보였다. 이 세상에서 한 번도 보지 못했던 종족을 보는 것처럼 약간 멍청해 있는 것도 같았다.

"솔직히 말하면 나는 당신을 몰라요. 기사가 당신을 다 말해준다고 생각해본 적 없어요. 신문 기사에는 사실은 있는데 사실을 만들어낸 사실은 없어요. 사실을 만들어낸 게 진짜 사실인데 사람들은 거기에는 관심이 없어요. 사실은 행위 전에 이미 행위의 의미가 생겨난 것인데. 내가 어떤 사람을 죽이려고 칼로 찔렀는데 하필이면 그의 목을 감고 있던 밧줄을 잘라서 그가 살아나온 경우와 내가 어떤 사람의 목을 감고 있는 밧줄을 자르려고 했는데 그 사람의 목을 찔러버리는 거…… 이건 너무나도 다른데, 앞의 사람은 상장을 받고 뒤의 사람은 처형을 당하겠죠. 세상은 행위만을 판단하니까요. 생각은 아무에게도 보여줄 수도 없고 들여다볼 수도 없는 거니까, 죄와 벌이라는 게 과연 그렇게나 타당한 것일까. 행위는 사실일 뿐, 진실은 늘 그 행위 이전에 들어 있는 거라는 거, 그래서 우리가 혹여 귀를 기울여야 하는 것은 사실이 아니라 진실이라는 거…… 당신 때문에 나는 이런 생각을 하게 되었다는 거지요. 생각해보았는데 누가 지금 나에 대해 기사를 쓴다면 나는 당신보다 형편없을 수도 있어요. 문유정이라는 여자는 세 번이나 자살을 기도했었다. 정신과 치료를 받았는데도 또 자살을 기도했다. 이유는 아무도 모른다. 끝, 인 거예요……."

검은 뿔테 안경 속 그의 눈으로 반짝, 하는 빛 같은 것이 지나갔다. 그를 만나지 않았더라면, 모니카 고모가 없었더라면, 나도 그를 그 기사로 기억했을 것이다. 나쁜 놈, 끝, 이라고 말이다. 하지만 끝은 없었다. 죽음도 끝이 아닐지도 모른다는 생각을 그즈음 나는 하고 있었다. 릴케 식으로 말하면 죽은 후에도 어떤 자는 가끔 성장하는 것이다.

"우리는 세 살 차이, 같은 또래예요…… 우리는 아마 이 나라 어디선가 잠깐 스쳐 지나갔을 수도 있었겠죠. 그런데 나는 지난 겨울 이곳에 처음 온 날부터 여기에 있는 사람들이 정말 나와 같은 나라에서 태어나 함께 살았던 사람들이라는 걸 믿을 수가 없게 되었어요…… 더 솔직히 이야기를 하자면 저는 이 세상에서 나만 불행하다고 생각했어요. 다들 행복한데 왜 나만 불행할까 하는 게 날 더 불행하게 만들었지요. 그런데 이곳에 와서 나는 나 자신에 대해서도 실은, 어리둥절하게 되었어요. 나도 불행한데 내가 왜 이곳에 갇혀 있지 않은지 이해할 수가 없었던 거예요…… 여기는 이 세상의 모든 불행의 집합소 같아요. 이렇게 많은 사람 하나하나에마다 그렇게 많은 죄라는 게 있을 수 있다는 게 놀라웠고, 그 죄 뒤에도 그 수만큼 많은 가지가지의 불행들이 있었겠지요. 하루도 빠짐없이 그렇게 죄를 지어 불행한 이들이 여기로 들어온다는 게 또 놀라웠어요. 나는 그걸 알고 싶었어요. 나는 왜 밖에 있고, 당신은 왜 여기 있는지, 그래서 뭔지는 모르겠지만 진짜, 이야기를 하다보면 나는 나 자신을 알 수 있다고 생각했어요. 내가 왜 불행한지, 내가 왜 행복할 수 없었는지…… 내 말을 이해할 수 있나요?"

윤수가 조각상처럼 굳어져서 나를 응시하고 있었다. 그는 천천히 고개를 끄덕였다.

"내가 여기 오는 거 시간 남아서 오는 거 아니에요. 목요일에 수업이 있었다면 오늘 여기 올 수도 없었겠지요. 그런데 이번 학기엔 우연히 목요일에 수업이 없었고, 엄마가 입원했고 그래서 그렇게 많은 우연이 작용해서 내가 여기 있는 거예요. 나는 자선 같은 거, 봉사 같은 거 해본 적 없어요. 그리고 그런 거 하기도 싫고, 실제로 그런 순수한 마음이 있다고도 생각 안 해요. 아니 그런 마음 가지신 분들 있어도 어차피 나는 그런 거 못 해요. 난 손해 보는 거 싫어해요. 그래서 나도 여기서 당신에게 무언가 얻어가고 싶어요. 그게 공평하잖아요? 그러니 이제 당신이 말할 차례예요……."

그해 봄날에 우리의 만남은 그렇게 시작되었다. 그와 나와의 만남은 언제나 마지막 만남이었다. 사형이 언제 집행될지 모르기 때문이었다. 사형수는 미결수, 그들이 처형당하는 날, 형은 집행되는 것이다. 그래서 교도소로 가지 못하고 미결수들이 있는 이곳 서울구치소에 있는 것이었다. 서울구치소는 서울구치소라는 이름부터가 실은 행정적 거짓을 내포하고 있다. 서울구치소는 서울에 없고 의왕에 있기 때문이다. 그래도 그 구치소는 서울구치소이다.

그렇게 마지막이라는 말을 서로 괄호를 쳐놓고 우리는 만났지만 한 번도 그 괄호 속에 마지막이라는 단어가 있다는 것을 잊은 적이 없었다. 그와 나와의 만남은 목요일 오전 열 시부터 한 시까지 세 시간에 걸친 것이었는데 고모가 말한 대로 내가 쓰레기통에 버려도 된다고 생각하는 삼십 분이 여섯 번씩이었다. 다음 목요일 우리는 다시 마주 앉았다. 세상은 온통 달콤한 연유를 엷게 풀어놓은 것처럼 뽀얀 봄빛이었지만 구치소 안은 여전히 춥고 어두웠다. 누군가 말한 대로 이곳은 죽음이 서식하는 곳, 세상의 빛이 강하면 강할수록 짙은 그림자에 휩싸인 곳인지도 몰랐다.

윤수는 밝은 얼굴이었다.

"처음에 대법원에서 사형이 확정되고 나서 제 가슴에 이 빨간 딱지가 붙게 되었어요. 한번은 복도를 걸어가는데 저 멀리서 누군가 오는 거예요. 보니까 그 사람 가슴에 빨간 딱지가 선명했어요. 순간 가슴이 철렁했지요. 세상에, 대체 얼마나 나쁜 놈이길래 저렇게 빨간 딱지를 달고 있을까…… 나는 될 수 있는 대로 시선을 마주치지 않으려고 그를 피해 걸어갔어요. 무서워서…… 방에 가서 밥을 먹고 잠깐 누워 있는데, 생각해보니까 그 빨간 딱지가 내 가슴에도 붙어 있는 거예요."

우리는 웃었다. 윤수는 수갑 찬 두 손을 모아 커피잔을 들고 함께 웃었다.

"최고수가 되면, 아무도 건드리지 못해요. 지난번 명절 무렵이던가, 아침에 떡국이 나왔는데, 사람들이 떡국을 다 못 먹더라구요. 지난번 말씀하신 대로 다들 불행하고 다들 집에 두고 온 가족들이 생각나고, 다들 제 처지가 기막혀서 울먹거리는 거예요. 누구는 엄마 없이 두고 온 애들 때문에 울먹이고, 누구는 앓아누운 마누라 때문에 울먹이고…… 누구는 마누라가 고무신 거꾸로 신었다고 울먹이고…… 그러다가 저를 보더니, 눈빛이 달라지는 거예요. 저 사람은 곧 죽을 건데, 싶으니까 자기들 걱정이 아이들의 재롱처럼 느껴졌는지, 먹자, 먹자 하더니 활기차게 밥들을 먹더라구요. 그때 저는 알았어요. 내가 사형수라서 남들에게 좋은 것도 줄 수가 있는 거구나…… 평생 남한테 좋은 일 한 번 못 해봤는데 사형수가 되어서 이제야 좋은 일을 하는구나…… 이거 진짜 이야기가 맞나요?"

웃어야 할지 어째야 할지 사실 나는 잘 모르겠는 기분이었다.

"지난번에 당신이 오셔서 난 손해 보는 거 싫다고, 공평하게 하자고 했을 때, ……당신이 내게 얼마나 많은 기쁨을 주고 가셨는지 아셨으면 해요. 나는 누구에겐가 줄 수 있는 게 하나도 없는 놈, 아니 죄송해요. 그런 사람이라고 생각했는데, 이렇게 수갑을 차고 돈이라고는 영치금조차 없고, 아는 것도 없고, 배운 것은 더더욱 없고, 남들 다 가진 목숨까지 내놓고 있는 놈, 아니 또 죄송해요. 그런 사람한테 손해 보기 싫다고 공평하자고 하다니…… 정말 저 여자는 꼴통이 맞나보다."

우리 세 사람은 다시 웃었다.

"그러면 이제 진짜 이야기할게요…… 위선자가 되기로 했어요. 생각만 해도 구역질나는 신자라는 게 한번 돼보기로 했어요. 살아 있다면 이번 크리스마스에 영세를 받기로 하고 교리공부를 시작했어요. 김신부님이라는 분이 오셨더군요. 아시겠지만 우리 최고수 형제들이 점심을 먹지 않는 희생을 바치며 낫기를 기원한 그분이 기적처럼 나아서 다시 오신 거예요. 머리칼은 다 빠지고 좀 야위셨지만 나으셨다고 해요. 모두들 기적이라고 야단이었지요. 그래서 새로 교리공부한 사람들도 생겨났구요. 저도 기적이라는 것에 대해 처음으로 한번 생각해보게 되었어요. 모니카 수녀님께서 지난주에 편지를 하셔서 돌이 빵이 되고, 물고기가 사람이 되는 건 마술이고 사람이 변하는 게 기적이라고 말씀하셨어요…… 저는 기적을 믿지는 않지만, 나라는 인간이 다른 생을 살 수 있는 그런 기적이 일어나나 좀 시험해보고 싶은 기분이 들었어요. 나도 꼴통이거든요."

좀 뜻밖의 말이기도 했다. 그리고 그가 말끝에 저도 꼴통이거든요, 했을 때 우리 세 사람은 누가 먼저랄 것도 없이 배를 잡고 웃기 시작했다.

"하지만 당신이 싫어하실 테니까 종교 이야기는 이제 하지 않겠어요. 그게 공평하잖아요. 저도 손해 보는 거 싫어하고, 남이 손해 보는 것도 싫어요."

윤수가 지난번에 했던 내 말을 기억하는 듯 그대로 말했다. 좋아요, 하고 내가 대답했다.

"지난번에 만나고 나서 돌아가 곰곰 생각해봤는데, 진짜 이야기, 진짜 좋은 거 같아요. 나도 진짜 이야기가 무엇인지 모르겠지만, 하고 싶다고 생각했어요. 세상에는 진짜 이야기가 있고 가짜 이야기가 있는지 당신 때문에 처음 알았어요. 대학도 나오고 그것도 모자라 멋있는 나라 프랑스에 유학도 갔다 오고 화가이고 교수이고 집이 부자인 사람도 행복하지 않다는 사실도 처음 알았어요……."

그가 나를 바라보았다. 미안하다는 눈길이었다. 나는 가만히 웃었다. 그건 내 친구들도 하는 말이었다. 대체 뭐가 부족해서 그러니? 엄마도 그렇게 말했다. 오빠도 그렇게 말했다. 그 말을 하지 않은 것은 모니카 고모뿐이었다. 고모는 가끔, 가진 자들의 가난이 더 끔찍해, 하고 중얼거렸었다.

"그래요, 그건 상상도 못 한 일이었어요. 나는 그런 자들을 증오했고, 그런 자들을 죽여도 그놈들, 아니 죄송해요, 그런 사람들 벌써 누릴 거 다 누려봤으니까 죽어도 여한도 없을 거다, 생각했었는데…… 가진 게 너무 많은 젊은 여자에게도 그런 아픔이 있어서…….”

윤수는 잠깐 내 눈치를 살폈다. 강간, 이라는 단어를 꺼내지 못하고 그는 잠깐 머뭇거리다가 말을 이었다.

“죽으려고 했다는 것이 믿어지지 않았어요.”

그의 말은 진심인 듯했다. 그는 연민이 가득한 눈으로 나를 바라보고 있었다. 그가 누구든 남자에게 이런 연민 가득한 눈길을 받아보기는 처음이었다. 그가 잠시 고개를 떨구었다.

“저도 당신을 만나고 나서 당신 같은 부류의 여자가…… 나랑 같은 세상 다른 장소에서 죽고 싶어하며 괴로워한다는 것을 처음 알게 되었어요. 부자도 괴로울 수 있고, 많이 배워도 모르는 게 많을 수도 있다는 거…… 한 여자를 강제로…… 범하는 일이 사람을 죽이는 것보다 더 잔인한 일일 수도 있다는 사실도 남자로서 처음 알았어요. 그날 돌아가서 당신에게 미안하다고, 그 남자를 대신해서 정말 잘못했다고 혼자서 며칠 동안 중얼거렸어요. 그렇게 당신한테 미안하고 나니까…… 그날 죽었던, 그 열일곱 살짜리…….”

그는 말을 멈추었다. 반짝이는 수갑을 차고 있던 두 손을 입가로 올려 거기에 얼굴을 숙였다. 그의 두 손은 수갑으로 인해서 언제나 모아진 상태였기 때문에 그는 얼핏 기도하는 것처럼 보였다.

“정말…… 미안했어요. 미안하다는 말로 다 할 수 없지만…… 미안했어요, 미안했어요. 죽어서라도 그 잘못을 속죄할 수 있다면…… 열 번을 더 죽으라고 해도 죽을 수 있을 텐데…… 검사가 으르렁거릴 때도 미안하지 않았는데…… 날 바로 목매단대도 절대로 미안해하지 않으려고 했는데…… 나도 모르게 미안해져버린 거예요…….”

그가 눈을 감았다. 감은 눈에서 눈물이 떨어지고 있었다. 감히 말할 수 있는데 그건 상투적이지 않았다. 그에게 설교를 늘어놓으려고 했던 것은 아니었는데, 그가 자꾸 좋은 이야기들을 하니까 불안해졌다. 나는 내가 검색했던 단어, 이문동 살인사건의 주인공 정윤수와 내가 만나고 있는 정윤수를 같은 사람이라고는 생각할 수 없게 되어가고 있었다. 그를 만나는 도중 문득, 이 사람이 정말 소녀를 강간하고 사람을 죽일 수나 있었을까, 하는 생각에 소스라친 적도 있었다. 얼굴을 마주 보고 웃고 커피를 마시고 있으면 마음이 아팠다. 바보 같은 소리지만 그러지 않을 수는 없었나요, 묻고 싶기도 했다. 모니카 고모가 날 한참 바라보다가 꼭 그래야만 했니, 하고 물었던 그 물음을 내가 윤수에게 하고 싶었던 거였다.

“그 시간들을 기억하면…… 믿으실지 모르겠지만 내가 왜 그런 짓을 했는지 나도 알 수가 없어요. 꼭 영화에 출연한 나를 보는 것만 같이 느껴져요. 인질극을 벌일 때도 잡혔을 때도 그건 내가 아닌 것 같다는 생각을 실은, 그때도 나는 하고 있었어요. 그런데 문제는 그게 나였다는 거예요. 돌이킬 수도 없고 이제 잘못했다고, 용서해달라고 말할 수도 없는데…… 이제야 나는 알게 된 거예요…… 그게 나였다는 걸!”

그는 몹시 떨고 있었다. 이주임이 휴지를 꺼내서 그에게 내밀었다. 그는 그것을 받아서 이마에 밴 땀을 닦았다.

“그리고…….”

그가 땀으로 젖어버린 휴지를 물끄러미 바라보다가 다시 말했다.

"사람하고 사람이 존댓말로 이야기하는 거, 처음이었어요. 당신이라고 부른다는 거…… 우리 말이 참 좋다고 처음으로 생각했어요."

나는 그날 도시락으로 사가지고 간 김밥을 폈다. 그가 젓가락질을 못할까봐 가지고 간 포크를 내밀었다. 그는 잘 먹지 못했다. 이주임도 나도 그도 끓여놓은 녹차만 마시고 있었다.

"이주임님도 진짜 이야기 한마디 하세요. 우리는 둘 다 돈도 안 받고 이야기하는데 이주임님은 진짜 이야기 들으시고 월급도 받으시잖아요."

내가 말을 돌리자 이주임이 빙그레 웃다가 말했다.

"제가 말 주변이 없어서…… 뭐 진짜 말할 것도 없는데…… 한 가지 진짜로 말할 수 있는 게 있다면 그건 저도 두 분과 마찬가지로…… 진짜 꼴통이라는 겁니다."

우리 세 사람은 그 순간 누가 먼저랄 것도 없이 웃었다. 그러자 우리 세 꼴통은 친구처럼 다정해지는 것 같았다. 죽음도, 불안도, 살인의 기억과 공포와 저주의 시간들도 그 순간만은 비껴가는 것 같았다. 분명 그들이 우리들의 만남 뒤에 견고하게 진을 치고 있었지만 우리는 애써 그 이야기는 하지 않았다. 나는 무서웠다. 그렇게 한 계절이 일주일에 세 시간씩, 갔다.

•

사형제도는 그 벌을 당하는 자들 이외의 사람들에게는
있으나 마나 한 제도이다. 정신적으로 수개월 내지 수년 동안 육체적으로
생명이 다하지 않은 채 몸뚱이가 둘로 잘리는 절망적이고도
잔인한 시간 동안 그 형벌을 당하는 사형수에게만 의미가 있는 것이다.
다른 품위라고는 아무것도 없으니, 오직 진실이라는 품위라도
회복할 수 있도록 이 형벌을 제 이름으로 불러서 그것이 본질적으로
어떤지 인정하자. 사형의 본질은 복수라는 것을.

•

알베르 카뮈 <단두대에 대한 성찰>

그러던 어느 날 저는 한 여자를 만나게 됩니다. 그 여자는 내가 살던 곳 근처 미장원에서 일하고 있었습니다. 우리 패거리들에게 인기가 있는 여자였습니다. 누가 아무리 꼬셔보려 해도 꼼짝도 하지 않았지요. 머리를 깎으러 갔다가 여자가 맘에 들어 돈을 좀더 내려고 하니까, 당신네들같이 나쁜 사람들한테 돈을 더 받을 수는 없어요, 했습니다. 말하는 폼새가 당돌했고 그래서 어디서 좀 굴러먹은 모양이라고 생각했는데 의외였습니다.

저는 그 여자를 사랑하게 되었습니다. 물론 그 여자도 싫은 기색은 아니었습니다. 내가 함께 살기를 원하자 그 여자가 뜻밖의 제의를 했습니다. 함께 살려면 결혼을 해야 하고, 결혼을 하려면 모든 것을 버리고 자기와 함께 떠나 정말 새 생활을 시작할 수 있겠느냐고요. 자기는 나쁜 놈을 싫어한다고…… 많이 망설였습니다. 나는 할 줄 아는 게 없었습니다. 솔직히 몇 번만 도둑질을 하면 될 것을 노동을 해서는 그것의 십분의 일도 안 되는 돈을 받는 것도 걱정이 되었습니다. 결혼을 하려면 집도 있어야 하는데 막노동을 해서 백년이 지나도 그런 집을 살 수가 없을 거 같았습니다. 그러나 그녀와 함께라면 세상 어디든 갈 수 있을 것만 같았습니다. 우리는 함께 떠났습니다. 그녀는 미장원에서 일했고 저는 동네 슈퍼에서 배달 일을 했습니다. 힘이 들었지만 행복한 나날이었습니다. 그러던 어느 날 여자가 임신을 합니다. 기뻐했던 것도 잠깐, 어느 날 밤, 여자가 배가 아파 병원으로 급히 업고 갔더니 자궁외임신이라고 했습니다. 당장 수술하려면 삼백만 원이 필요하다구요. 여자의 생명이 위험하니까 서둘러야 한다고 했습니다. 여자가 나를 보면서 무서워, 하고 말했습니다. 저도 무서웠습니다. 여자를 다시 은수처럼 죽어가게 할 수는 없었습니다. 저는 하는 수 없이 여자를 입원시켜놓은 채 옛 친구를 찾아갔습니다. 한때 제가 잘나가던 시절에 한탕을 해서 그 돈을 빌려준 친구에게 돈을 받으려고 말입니다. 그런데 그 친구는 없고, 그 친구와 친한 선배가 제게 한 가지 제의를 했습니다. 딱 한탕만, 하자고 말이지요. 방법이 없었습니다. 저도 생각했지요. 마지막으로 딱 한 번만, 이라고.

14

분수는 아름다운 음악에 맞추어 춤을 추고 있었다. 손에 아이스크림을 든 아이들이 그 분수 가에서 뛰고 있었고, 음악회에 가려고 정장을 입은 사람들이 쌍쌍이 곁을 지나가고 있었다. 나는 약속보다 일찍 예술의 전당에 도착했다. 시간이 좀 있어서 나는 우선 노천카페에 앉았다. 계절은 빠르게 흘러가고 있었다. 학교가 종강을 한 지도 일주일이 지났다. 나는 내 곁을 스쳐가는 사람들을 보면서 가방 속에서 작은 스케치북을 꺼내 무심히 그들을 스케치하고 있었다. 발레리나처럼 허리에서 퍼지는 레이스 원피스를 입은 여자아이들과 반바지 차림으로 오색빛 풍선을 든 남자아이들, 선이 고운 팔을 드러낸 민소매차림의 여자들과 그들의 손을 잡고 가는 남자들, 꽃이 져버린 숲에서는 살아 있는 나무들만이 뿜어내는 짙은 향내가 풍겨오고 있는 여름 저녁이었다. 나는 그들을 스케치하다 말고 문득, 그들은 행복할까 생각했다. 예전 같으면 나는 어두운 뒷골목에서 불 켜진 창문을 바라보는 방랑자처럼 그들이 그럴 것이라고 생각했을 것이었다. 저 창 안으로만 들어가면 행복은 식탁 위에 놓여진 은빛 수저처럼 얌전히 그 자리에 있을 거라고 생각한 적도 있었다. 나 혼자만 벌판으로 쫓겨나 끝이 보이지 않는 밤길을 맨발로 걷는 것 같은 서러움으로 밤마다 뒤척이기도 했었다. 그런데 그즈음 나는 어떤 사람도 행복의 나라나 불행의 나라 국경선 안쪽에 있지 않다는 사실을 새삼 알게 되었다. 모두들 얼마간 행복하고 모두들 얼마간 불행했다. 아니, 이 말은 틀렸을지도 모른다. 세상의 사람들을 두 종류로 나눌 수 있다면 얼마간 불행한 사람과 전적으로 불행한 사람 이렇게 나눌 수 있을지도 모르겠다. 그리고 그 종족들은 객관적으로는 도저히 구별해내지 못한다는 것이다. 카뮈 식으로 말하자면 행복한 사람들이란 없고 다만, 행복에 관하여 마음이 더, 혹은 덜 가난한 사람들이 있을 뿐인 것이다.

스케치북 한 장을 다 채우고 다음 장을 넘겼다. 문득 예술의 전당 뒤쪽 보이지 않는 저 너머에 윤수가 있다는 생각이 들었다. 감옥에서는 겨울이 인간적인 계절이라고 쓴 장기수 출신 교수의 글이 떠올랐다. 여름은 곁에 있는 동료를 증오하게 만드는 계절이라고. 좁은 방에서 수갑을 찬 채로, 옷을 갈아입을 때 외에는 그 수갑을 풀지 못하고 다른 이들의 체온을 견디고 있을 윤수의 젊은 근육이 떠올랐다. 제가 더위를 좀 많이 타요, 워낙 추운 데서만 자 버릇해서 그런가봐요, 그는 그렇게 말했었다. 땀을 닦으려고 해도 수갑을 찬 손이 자꾸만 걸려서…… 수갑을 찬 언저리에 붉은 상흔들은 더운 날씨를 견디지 못하고 짓물러 있었다. 지금은 좀 나은 거예요. 예전에 선배들 말씀 들어보면 어떤 최고수 손목에서는 여름에 구더기가 들끓었다고도 해요. 이주임이 내가 가져간 약을 윤수의 손목에 발라주며 그렇게 말했었다. 나는 나도 모르게 행복의 표상처럼 움직이고 있는 그 광장의 분수와 아이들과 아이스크림 대신 윤수의 손을 그리고 있었다. 24시간 중에 운동시간 삼십 분 외에는 햇볕을 보지 못해서 정맥이 다 비치도록 희게 바란 그의 푸르스름한 손목과 은빛으로 빛나는 수갑과 그의 상처투성이 손등을, 가끔 나를 바라보다가 얼른 내리깔리던 그의 시선을. 내가 얼마나 목요일을 기다리는 줄 알아요? 이 세상에 목요일만 있었으면 좋겠어요, 라고 그는 편지에다 썼었다. 아이 같았다. 그 아이 같음이 나를 속수무책으로 만들기도 했다. 그를 만난 후 나는 따뜻한 햇살과 시원한 바람과 서늘한 여름 실내가 언제나 미안했다. 얼음이 잔뜩 들어간 레몬소다를 마실 때나, 냉동실에 얼려서 하얗게 성에 낀 잔에 따른 생맥주를 마실 때, 그의 얼굴이 영락없이 나를 가로막았고, 그때마다 나의 감각적 쾌락의 충족도는 그 지불한 돈과 반비례해서 형편없이 떨어져내렸다. 아들이 사형수가 된 후, 구치소 앞에 아들이 갇힌 방만큼 작은 방을 얻어 겨울이면 불기 없이, 여름이면 창문을 닫고 산 어머니가 있었다. 그녀는 독실한 불교 신자였는데 날마다 구치소를 향해 삼천 배를 했고 날마다 아들을 면회 갔다. 하늘이 감동한 것일까. 그가 결국 무기수로 감형된 일은 서울구치소에서 전설이 된 실화였다. 언젠가 군대 이야기가 꺼내졌던 술자리였던가, 남자친구 하나가 그런 이야기를 했었다. 대한민국 군대 우습게 보지 말라고 하면서, 전방 부대에 근무할 때 자신은 정보부 장교였는데 DMZ에 들여보내서는 안 될 병사의 조건 1번이 어머니가 없는 자였어, 라는 말을 한 것이 기억났다. 그 모든 어머니는 결국, 사랑의 다른 이름이리라.

그때 누군가가 다가와 내 어깨를 가볍게 건드렸다. 큰오빠는 짙은 감색 양복 차림이었다. 이 더운 여름에 넥타이까지 메고 있는 것이 좀 딱해 보였다. 저것도 결국 제복인 것이다. 일찍 왔네, 하던 오빠는 그러나 내가 그리고 있던 손목과 수갑을 보자 금세 표정이 굳어졌다. 나는 스케치북을 덮었다. 큰오빠가 들고 있던 서류 봉투로 가볍게 부채질을 하면서, 너 아직도 거기 다니니, 했다. 오빠의 말투에는 다분히 힐난이 스며 있었다. 그리고 그 의미를 모르는 바도 아니었다. 나는 대답도 없이 큰오빠의 팔짱을 꼈고 에어컨이 서늘한 레스토랑으로 갔다.

주문을 해놓고 오빠가 들고 온 서류 봉투를 힐끗 보니까 연주회 티켓을 예매했나 보았다. 내 시선을 느꼈는지 오빠가 네 새언니가 가는 길에 예매 좀 하라고 해서, 라고 말했다.

"대한민국 검사들 참 좋은 남편들이네."

내가 말하자, 오빠가 웃었다.

"어쩌겠냐, 연주회 앞두면 신경이 어찌나 곤두서는지 내 재판은 어떤 때는 아무 일도 아니라고 느껴지기도 한다니까…… 그저 하라는 대로 하는 게 편하니까."

우리 집 남자들은 돌아가신 아버지를 비롯해 모두 여자들에게 친절했다. 엄마의 표현에 따르면 뭐가 아쉬워서 쩔쩔매는지 모르겠는 지경인 것이다. 우리는 어쨌든 우리의 본론이 될 엄마의 이야기를 최대한 미루고 있었다.

"유찬이 댁 말이야."

큰오빠는 막내오빠 이야기를 꺼냈다. 아니, 그 부인인 영화배우 출신의 올케, 예명은 서리나였지만 본명은 서영자인, 서영자씨 이야기를 하고 있는 것이었다. 어차피 음식도 아직 나오지 않았고, 우리는 서로 음식을 맛있게 먹는 것과 엄마 이야기를 병행할 수는 없다는 것을 알고 있었다. 우리는 말하자면 비무장지대부터 시작하고 있는 셈이었다.

"검찰청으로 날 찾아온 거야. 전화도 없이……."

나는 연어 카나페를 하나 찍어 먹으며 오빠를 바라보고 있었다. 우리 집안의 호구, 서영자씨 이야기라면 피아니스트인 큰올케나 의사인 작은올케 이야기보다 우선 마음이 편했다.

"그러더니 다짜고짜 지난주에 자기 집에 도둑이 들어서 그 도둑이 지금 경찰에서 조사를 받고 있는데 그 사람을 좀 풀려나게 해달라는 거야."

"서영자씨한테 그런 일이 있었대? 근데 서영자씨가 왜? 그 범인이 서영자씨 옛 애인이라도 된대?"

큰오빠가 이야기를 하다가, 잠깐 혀를 찼다. 나는 좀 진중해지기로 했다.

"문제는 이놈이 패물을 가지고 나가다가 현장에서 잡힌 거라. 그런데 서영자씨가, 아이쿠 나까지 이러네…… 니가 자꾸 서영자씨, 서영자씨 하니까."

오빠는 나무라는 표정을 지으며 잠깐 웃었다. 그러자 오빠와 나는 예전의 오빠와 나로 돌아간 것 같았다. 열다섯 살 되기 전, 오빠가 사법 연수원에 다니면서 처음 월급을 타던 그때, 집 앞으로 나만 데리고 나가서 보드랍고 달콤한 아이스크림을 사주던, 지금은 전설 같기만 한 희미한 그때로.

"그런데 막내제수씨가 그놈을 신고하지 않은 거라. 신고하기는커녕, 잡아서 밥 먹이고 목욕시키고 신발까지 하나 사서 돌려보낸 거라. 유찬이는 자기 부인이 그런 줄 모르고 있었는데, 그 일이 있고 며칠 뒤에 어느 날 집에 돌아와 보니까 그 어린놈이 서영자씨, 아이쿠…… 막내제수씨…… 그래 아무튼 거실 소파에서 서영자씨 목을 조르고 있는 걸 본 거야. 임신까지 한 사람을…… 그래서 유찬이가 달려가서 그놈을 잡아 후려치고 보니까 이게 말만 열다섯 살이지 꼭 생긴 건 초등학교 삼학년만 한 녀석인 거라. 유찬이는 그때 그애가 지난번에도 도둑질을 하려다가 서영자씨에게 잡힌 것까지 처음 알게 된 거야. 니 셋째오빠가 가만히 있었겠니. 그래서 경찰서로 끌고 갔는데…… 그걸 좀 풀어달라고 온 거야."

도대체 무슨 이야기인지 모르겠는 기분이었다. 큰오빠는 잠깐 웃더니 아페르티프로 나온 셰리주를 한 잔 마셨다.

"얘길 들어보니 니네 셋째올케 서영자씨가 동네에서 유명한 여자더라구. 거지 지나가면 불러다가 목욕시키고 밥 차려주고 동네 인부들 공사하다가 땅바닥에서 노가다 밥 먹구 있으면 불러다가 자기 집 식탁에다 차려주고…… 아무튼 그 집을 스쳐간 떠돌이가 대대까진 안 돼두 중대 병력쯤은 되나 보더라구. 한번은 하도 부인이 그러니까 유찬이가 이혼하자구 집까지 나갔다더라."

큰오빠가 담배를 한 대 물면서 잠시 입을 다물었다.

"찾아왔는데 화장도 하나도 안 하고, 옷도 평범하고…… 검찰청에서 아주버님, 하는데 나도 몰라볼 뻔하긴 했어. 참 나이가 들어서 그런가, 그 여자가 그전에 그렇게 이쁘고 깜찍하던 서리나라니……."

큰오빠는 잠시였지만 여자로서 서리나의 아름다움이 사라진 것에 마음이 쓰이는 듯했다. 경제학과 교수인 막내오빠가 나 결혼할 거야, 이름은 서리나, 했을 때의 일이 떠올랐다. 큰오빠와 작은오빠는 엄마가 너 미쳤니, 하는 말도 들리지 않는 듯, 경탄과 부러움이 가득한 표정으로 앉아 있었다. 그리고는 기껏 한다는 말이, 언제 집에 데리고 올 건데, 였다.

"그래 이야기를 들어보니까 예전에 신혼 초에도 이 비슷한 그런 일이 있었는데…… 그때는 좀도둑이었던 모양인데 신혼 패물을 몽땅 훔쳐간 걸 나중에 경찰이 잡은 모양이야. 그런데 그 패물 확인하러 경찰서 가서 네 올케 서영자씨가, 경찰이 그 여배우 서리나를 알아보기까지 한 모양이어서 그런지, 울며 애원을 했대. 원래 알던 애니까 자기가 책임질 테니 아이를 한 번만 방면해달라고. 아마 피해자가 그렇게 나오고 아이도 좀 어리고 그러니까 경찰이 놓아준 모양인데…… 지난해인가 우연히 서영자씨가 택시를 탔는데 택시 운전사가 자기 알겠느냐고 묻더래. 그래 누구시냐고 하니까, 그 택시 운전사가 암말도 안 하더래. 목적지에 내려서 일을 보고 나오는데 그 택시 운전사가 기다리고 있더래. 그 운전사가 무릎을 꿇으면서 저 그때 경찰서에서 풀려난 아무개입니다, 하더라나. 그래 영업이고 뭐고 다 때려치우고 자기 집에 가자고 하더래. 그래 따라갔더니 부인이랑 돌 된 아기랑 사는데 그 부인이 자기 남편이 매일 그 고마운 분 이야기를 했다고, 그때 경찰에게 매달려 울고불고하면서 풀어달라고 했던 그 아주머니 은혜를 잊지 말자고…… 해서 자기가 사람이 되었다고…… 그 후로 어려운 일 생기면 그 아주머니 눈물 생각하면서 이겨나왔다고…… 그 이야기를 하는 거라."

주문한 음식이 나와서이기도 했지만 우리는 잠시 침묵했다.

"참 희한한 사람이야. 그래도 한때 그렇게 화려한 배우였는데, 참 그래도 무던히 엄마 신경질 참아가면서 다른 며느리들 안 하는 제사랑 그런 살림 잘한다, 뭐 그렇게만 생각했는데…… 그러니 이야기의 결론은, 나이도 어린데 아주버님이 손을 좀 써주셔서 이번 한 번만 봐주시면 또 아냐구, 그애 잡아넣어서 전과자 하나 더 만들면 뭐 하겠냐구…… 하는데…… 참 난감하더라구. 그래 내가 좀 조치를 취해놓고 유찬이한테 전화를 했지. 그래, 어떻게 이렇게 훌륭한 부인을 다 두셨냐고 하니까…… 참, 그놈 한숨을 이리 쉬고 저리 쉬면서 형, 성인 한 사람 나오려면 그 밑에 열 명이 죽어 나자빠진다더니, 내가 그 꼴이야. 내가 노숙자 되겠다구, 하더라……."

우리는 함께 웃었다. 웃으면서 나는 내가 이제껏 셋째올케를, 대학도 변변히 못 나오고, 언제나 예, 예 하고 그러는 막내올케 서영자씨를 실은, 경멸하고 있었음을 깨달았다. 그리고 그것이 엄마의 눈이었다는 것도 알게 되었다. 내가 그토록 못 견뎌하는 엄마가 재는 그 속물의 저울로 나는 사람들을 재고 있었던 것이다. 그래놓고도 나는 우리 집안 식구들을 향해 속물이라고 경멸하고 있었던 것이다. 그녀가 확실히 엉뚱하고, 경우에 따라서는 위험하고, 함께 살면 확실히, 셋째오빠의 말처럼 죽어 나자빠질 만큼 피곤하긴 하겠지만, 그래도 나는 내 눈이 얼마나 틀려먹었었나를 인정하는 수밖에 없었다. 나는 새삼 막내올케한테 미안했다.

"검사한테는 아주 안 좋은 식구다. 사람들이 모두 그랬다가는 검찰청 문 닫을 거잖아."

큰오빠는 좀 웃다가 나를 보더니 말했다.

"야, 임마, 너 검찰이 그렇게 만만하게 아무나 잡아넣는 줄 아니, 우리도 사정 볼 거 다 봐줘. 지난번엔 애를 안고 도둑질한 여자가 왔는데 하도 딱해서 내가 정말 이제 다시 안 할 거요? 하고는 기소유예로 내보냈어."

"안 믿어!"

나는 파스타를 포크로 돌돌 말면서 말했다. 큰오빠는 웃고 말았다. 하지만 나는 거의 먹지 못하고 있었다.

"엄마는……."

큰오빠가 스테이크를 썰다 말고, 나를 힐끗 보더니 힘없이 입을 열었다.

"많이 사셨어. 그리고 검사했는데 암이 재발한 것도 아니구. 본인이 그냥 병원에 계시겠다구 해서 VIP룸에 계시는 거야. 당신이 재발했다구 우기시는데 어쩌겠니, 그게 맘 편하다구 하시는데…… 한번 찾아가보고 그래라. 내가 그냥 매일 저녁 퇴근길에 잠깐씩 들른다. 그래도 엄마야, 재발했든 아니든 어쨌든 얼마 못 사실 건 확실하니까."

큰오빠는 타이르듯 말했다. 뜻밖이었다. 나는 큰오빠가 엄마를 찾아보지 않는다는 걸 나무라려 날 만나자고 했다고 짐작했던 것이었다. 큰오빠는 나이프와 포크를 제자리에 놓고 새로 주문한 포도주를 한 잔 마시더니 한숨을 쉬었다. 이제 윤수와 나의 표현대로 진짜 이야기가 나오려나보았다. 문득 나는 오빠가 검사 생활을 오래 했구나, 생각했다. 그때 검사인 오빠의 얼굴은, 내가 검사라는 사람과 범인이 되어 마주쳐본 적은 없었지만 꼭 저럴 거 같았다.

"지난번 이태원에서 술 취해서 네가 했던 말……."

가슴이 덜컹했다. 나는 포도주 잔을 들어 될 수 있는 대로 천천히 그걸 마셨다.

"유정아, 사실이니……?"

나는 눈을 내리깔았다. 더 이상 말도 꺼내고 싶지 않았다. 그러니 살인 사건의 피해자들이 모니카 수녀님을 만나주지 않는다는 것이, 사건에 관해서 누구의 위로도 듣고 싶지 않아 해서 피해자 만나는 일이 사형수들 교화시키는 일보다 어렵다고, 그게 제일 힘들다고 말한 것이 이해가 갔다. 들을 때는 이해가 안 되었었는데 내가 그 당사자가 되고 보니까 이해가 가는 것이었다.

"미안하다. 그 후로 잠을 잘 못 잤어…… 난 정말 몰랐었다, 정말. 엄마가 네가 좀 짓궂은 놀림을 당했는데 사춘기이고 워낙 성적인 일에 민감한 시기라 그렇다는 그 말만 듣고…… 하지만 아직도 믿을 수가 없어. 그 사촌형으로 말하자면 밖에서 그렇게 점잖고……."

"그만해 오빠."

내가 말했다. 담배를 집는데 손이 덜덜 떨려왔다. 그래서 담배를 거꾸로 물었고, 불이 붙은 담배를 또 떨어뜨리고 말았다.

"그래 엄마 말이 맞아, 그만해……."

나는 다시 담배를 집을 생각도 없이 말했다.

"사실이었구나."

오빠는 검사였다. 거짓말을 하는 범인을 수천 명도 더 만나보았을 것이었다. 오빠의 눈이 천천히 충혈되고 있었다.

"내가 변호사 친구에게 알아보았는데 네가 원한다면…… 민사소송을……."

오빠는 말을 마치고 담배를 입에 가져갔다. 힘든 일이었을 것이다. 세계적으로 이름난 대기업의 임원이 되어 있는 그를, 인격자로 유명한 그를, 독실한 그리스도교 신자인 그를, 사촌동생을 십오 년 전 강간한 범인으로 손해배상을 한다? 세상이 떠들썩할 것이었다. 누가 거짓말을 하는지 모르기 때문일 것이다. 증거라고는 내 진술뿐이다. 그리고 아마도 자살기도를 한 경력이 있고, 알코올 중독에 가깝고 그래서 정신과 치료를 받은 경력이 있는 내가, 무고죄가 될 가능성이 컸다. 오빠가 그걸 모를 리가 없는 것이다.

"생각해봤는데…… 오빠는 네가 원한다면…… 한다. 설사 내가 그 일 때문에 옷을 벗게 된다 해도, 그럴 일도 없겠지만, 엄마가 펄펄 뛰신대도, 오빠가 옷 벗고 변호사 개업해서라도…… 한다. 유정아, 만일 사실이라면 오빠가 그 인간을…… 어떻게…… 어떻게…… 그건, 그래서는 안 되는 일이었어."

오빠는 감정이 복받치는 듯 입을 다물었다. 내가 미안했다. 내가 그런 일을 당해서, 엄마 말대로 다 큰 기집애가 어떻게 꼬리를 쳐서 그런 일을 당했는지, 그래서 십오 년이 지난 지금 큰오빠 마음을 이렇게 아프게 하는지, 내가 미안했다. 오빠가 옷을, 동생을 지키기 위해 황금박쥐처럼 스무 번씩 벗어도 그건 안 되는 일일 텐데, 그걸 알면서, 그러고 싶다는 오빠에게 고맙고 미안했다.

"오빠는 대한민국 검사로서 부끄럽지 않게 살았다. 오빠는 네 셋째올케나 네가 생각하는 대로 그런 불쌍한 좀도둑들 전과자 만들려고 검사 된 게 아니야. 오빠는 다른 사람들 앞에서 정의라고 말했고, 그래서 가슴이 아프지만 구속하고 형을 매겨야 했던 때도 많았어. 그래도 오빠를 부끄럽지 않게 했던 것은 누군가는 악역을 맡아야 한다는 거, 그래야 정말 착한 사람들이 법의 보호를 받을 수 있다는 거…… 정의라는 게 있다는 거, 나쁜 짓 하면 돈이 있어도 백이 아무리 세도 안 되는 것도 있다는 거, 그런 거 보여주려고 여기서 버틴 거야."

가슴이 삐걱삐걱 소리를 내는 거 같았다. 너무 오래된 상처를 오빠가 헤치고 들여다보는 거 같았다.

"됐어, 오빠. 오빠가 그렇게 말해주는 거로 됐어…… 괜찮아."

그건 정말이었다. 나는 충분하지는 않지만 정말 큰 위로를 받은 것 같았다. 정말 견딜 수 없었던 것은 피해자인 내가 거짓말쟁이가 되는 것이었다. 그것도 날 보호하고 날 사랑하고 날 위해 누구든 물리쳐줄 거라고 믿었던 사람들이 날 조롱하고 날 비웃었다는 거였다. 사건도 충격이었지만 그 후의 사람들의 반응은 씻을 수 없는 상흔이었다. 사랑했고 믿었던 사람들이어서 더 그랬다. 그런데 큰오빠는 몰랐다고 한다. 그랬을 것이다, 나도 몰랐으니까. 셋째올케를 비웃었으니까. 아무리 돈 많이 못 버는 교수 부인이라지만 옷 입고 다니는 게 그게 뭐니, 엄마가 셋째 올케를 비웃을 때, 나도 그랬으니까. 큰오빠가 그동안 어떤 아픔을 가졌는지, 둘째오빠와 셋째오빠는 어떤지, 나도 몰랐으니까…… 그리고 앞으로도 아마 쭉 그럴 테니까. 구치소에 들어갔을 때의 그 놀라움…… 그 사람들 가난해서, 그렇게 거기 들어와 영치금 천 원도 못 가지고 사는지 몰랐으니까…… 사람을 셋이나 죽이고 강간한 파렴치범인 윤수가 그렇게 맑게 웃고, 그렇게 아프게 울 수 있는 사람이라는 것도 몰랐으니까. 몰랐으면 하는 수 없는 것이었다. 그래서 예수의 말대로 우리는 지금 자기가 무슨 짓을 하는지 모르는, '저들' 이고, 심지어 우리가 '저들' 인지조차 모르는 것이니까.

오빠는 한참을 침통한 표정이었다. 나는 달래듯이 오빠의 손을 툭툭 치며 억지로 좀 웃어 보였다.

"오늘 결정하지 말고…… 좀 생각해보자."

오빠는 진정 괴로운 듯 말했다.

"오빠, 재심이라는 거 어떻게 하는 거야?"

나는 말을 돌렸다. 내가 말하자 오빠는 뜻밖이라는 듯한 표정이었다.

"사형 선고받은 사람 말이야…… 재심 받으면 살 수 있나?"

오빠의 얼굴에 괴로움과 연민의 빛이 순간적으로 사라지고 그 자리에 피로감 같은 게 어렸다. 엄마가, 너는 꼭 네 고모야,

할 때의 표정이었다.

"재심…… 그건 진범이 잡혔을 때나, 아니면 상황을 뒤집을 만한 결정적 증거가 나타나야 되겠지, 왜?"

나는 좀 머뭇거렸다.

"오빠, 내가 만나는 사형수…… 저기 정윤수라고 이문동 모녀 피살사건…… 그 범인, 그 사람인데…… 자기는 말을 안 하는데 주변 사람들이 그래. 공범의 죄를 자기가 다 뒤집어쓴 거라고. 그 말도 그 사람 입에서 나온 게 아니라 공범 입에서 나온 거니까, 공범이 무용담 늘어놓듯이 말한 거라니까 확실하잖아. 그 공범은 지금 대전인가 원주에 있다는데 그 사람은 겨우 십오년 형 받고 잘하면 감형되어서 곧 나갈 수도 있다는데……."

오빠가 갑자기 겨우 그거였어? 하는 얼굴로 피식 웃었다.

"왜 웃고 그래? 만일 길이 있다면 내가 그 사람보고 진실을 말하라고 해볼게."

오빠가 어리고 한심한 동생을 쳐다보는, 꼭 그 눈길로 나를 물끄러미 바라보았다.

"진실? 유정아, 그 사건 이미 끝난 거야. 그리고 대한민국 사법부, 그렇게 어리숙하지 않아. 그 사람들이 하는 거짓말하고 대한민국 사법부하고는 아무 상관도 없어."

오빠는 더 말하기 싫다는 듯 담뱃갑을 집어 톡톡 두드리며 딴청을 피웠다.

"그 사람, 내가 그동안 만나봤는데…… 거짓말 안 해. 그 말도 교도관이 내게 귀띔한 거야. 그리구 내가 만나봤는데, 그 사람, 잡힐 때 그냥 죽고 싶었대. 처음 고모랑 만났을 때, 고모보고도 그랬어. 그냥 죽게 내버려두라고. 그러니까 죽고 싶어서 자기가 다 했다고 했을 거야. 난 믿어. 나 원래 사람 안 믿는 거 알지 오빠? 그런데 내가 죽고 싶어봐서 알아. 나라도 그랬을 거야…… 그 사람에게는 그런 게 없어. 나쁘긴 하지만 거짓은 없다구!"

"그만하자."

단호하게, 불쾌함을 참을 수가 없이, 몹시 화가 난다는 듯이 오빠가 말을 잘랐다. 장난을 치며 재미있게 놀다가 갑자기 정색을 하고 나를 확 밀치는 상대방에 의해 뒤로 나자빠진 것 같은 기분이었다. 오 분 전까지 나를 위해서 옷을 벗고 사회적 물의도 감수하겠다던 오빠는 어디로 가고 대한민국 검사, 문유식이 나타나는 것 같았다. 페르소나, 인격, 그건 역할이고 가면이라는 그리스 연극용어에서 유래되었다고 했던가. 그렇다면 오빠의 가면은 어느 쪽일까 하는 생각이 들었다.

"대한민국 사법부, 뭐가 그렇게 대단해? 하느님도 아니면서 어떻게 다 알아?"

오빠가 엄한 얼굴로 나를 바라보았다. 다른 건 용서해도 그거 용서 못 해, 하는 얼굴이었다.

"요즘이 어느 시댄데, 범인 말만 듣고 사람을 사형 선고 내리니? 자백만 가지고 판사가 어, 그러냐? 하고 판결 내리는 줄 아니?"

오빠의 언성이 높아졌다.

"그래도 알 수는 없잖아. 사건의 진실은 사실 그 당사자들하고 하느님만 아시는 거잖아. 미국 같은 나라에서도 일 년에 오심이 열 건씩 나와서 사람 벌써 죽여놓고 나서야 진범이 밝혀지기도 한다는데 어떻게 오빠가 그걸 장담을 해? 억울하게 죽는 사람들 있잖아? 아니라고는 못 하잖아?"

"죽이는 게 아니라 집행이야!"

오빠는 정말 화가 난 듯했다.

"죽이는 거지."

"집행이라니까!"

"그래두 죽이는 거잖아!"

오빠는 잠시 한숨을 쉬었다. 나는 계속했다.

"어쨌든 죽이는 거잖아. 한강 다리 폭파한 최머식인가 하는 사람도 잘못 죽인 거였잖아. 오휘웅이라는 유명한 사람도 있고, 인혁당 사람들도 있고, 그리고 대법원까지 가서 거의 사형 확정될 판에 진범 잡혀서 석방된 사람들도 많잖아. 그 진범들도 다 우연히 잡힌 거잖아. 검찰이랑 사법부가 그 사람 진실 위해서 뛴 게 아니라!"

오빠가 다시 한숨을 쉬었다. 어서 이 자리를 피하고 싶은 듯했다. 나는 애원하듯 말했다.

"전에 애인 살해범으로 잡힌 경찰도 있었잖아. 오빠도 그 이야기 알지? 내연녀랑 여관에서 자고 일곱 시에 출근했는데, 그 내연녀가 여관방에서 죽은 시체로 발견되어서, 그 경찰 분명 자기가 범인으로 몰릴 줄 알고 출근부에 출근시간 앞으로 당겼다가 구속된 거. 그 사람, 살인사건에 증거조작까지 했는데, 그래서 영락없이 사형이었는데…… 그 경찰, 그냥 자기가 죽였다고 했어, 왜 그랬다고 했겠어? 경찰 생리 너무 잘 아는 경찰이니까, 어차피 이렇게 된 거 빠져나가지 못한다는 거 알았을 거 아냐. 그러니까 순순히 자백하고 무기형이라도 받아보려고 그런 거 아냐. 그 무렵 우연히 동네 똘마니가 좀도둑으로 잡혔는데 거기서 그 내연녀가 죽은 여관 열쇠가 나와서, 그래서 진범이 된 거구, 그 경찰 풀려났잖아. 또 있지? 경주에선가 살인범으로 잡힌 사람, 아니라구 안 죽였다구 하도 발뺌을 하니까, 검찰이 머리 써서 그 사람 꼼짝 못 하게 증거 찾아내서 구속했잖아. 그래서 그거 사법 연수원 교과서에 검찰의 훌륭한 수사의 예로 그 교과서에 실리기까지 했는데, 그것도 진범 잡혔잖아. 그것도 우연히!"

큰오빠는 어이가 없다는 표정이었다.

"언제 그렇게 공부를 했니?"

나는 머리를 흔들었다. 왜 사람을 그렇게만 생각하느냐고 소리라도 치고 싶었다. 그리고 그게 모니카 고모가 가끔 내게 하던 말이라는 생각도 들었다. 나는 정말 고모와 닮은 거 같았다. 갑자기 요즈음 변화된 문유정이 아니라, 예전에 레코드판을 때려부수던 그 문유정으로 돌아가고 싶어졌다. 그러니 나의 페르소나도 어느 쪽이 진실일까? 지금 내가 생각해도 나는 앞뒤가 맞지 않았다. 불과 오 분 전에 사촌오빠를 용서 못 하겠다고 말했으면서 이제는 정윤수의 엄마라도 된 듯 나서고 있었다.

"오빠……."

"글쎄 내가 대통령이라도 그건 안 되는 거야. 그리고 막말로 그 자식이 자기가 안 죽였다고 하니? 그리고 그 인간들은 거짓말을 그야말로 밥 먹듯 하는 인간들이야. 유정아, 내 말 들어.

니 마음이 뭔지는 알겠는데 오빠가 적어도, 너보다는 그 인간들을 더 잘 알잖니."

"그래도 안 그런 사람도 그중에 있는 거잖아. 사람이 죽고 싶을 때도 있는 거고, 제정신이 아닌 때도 분명 있는 거잖아. 그 사람들 거짓말하겠지마는 그 거짓말은 실은 나도 하고 오빠도 하잖아. 누가 대한민국 검찰 모두 다 나쁜 놈들!……이라고 하면 그것도 진실은 아닌 거잖아. 세상에 살인자보다 더 나쁜 검사도 있고 천사 같은 죄수도 있는 거잖아. 단일 종족은 없는 거잖아. 사람들 하나하나의 사연은 얼굴 다르듯 다 다른 거잖아."

오빠가 시계를 보았다. 피곤한 듯했다. 어서 이 자리를 빠져나가고 싶은 거 같았고, 왜 자신의 동생이, 인간쓰레기들을 변호하는지 도무지 이해하지 못하겠다는 표정이었다.

"……살려만 주면 안 돼?"

오빠가 다시 웃었다. 그리고 피곤한 듯 눈을 비볐다. 오랜만에 동생의 아픔을 위로해주러 나온 자리에서 이야기가 어쩌다 이렇게 흘러갔나, 하는 피곤함이 어린 것이었다.

"살려만 주자는 거지, 석방하자는 게 아니야."

오빠는 팔짱을 낀 채로 천천히 고개를 저었다. 어림도 없는 이야기라는 듯했다.

"어차피 죽잖아. 그래봤자, 살려놓아봤자, 기껏 오십 년도 안 돼서 다 죽잖아…… 오빠는 사는 게 그렇게 좋아? 그래서 살려주는 게 그렇게 배 아파?"

나는 악을 썼다. 내가 이렇게까지 가슴 아파하고 있었나, 하는 생각이 말을 하면서 들었는데 말을 마치면서, 아니 악을 쓰는 입을 다물면서 나는 내가 그들의 처지를 가슴 아파하고 있다는 것을 인정해야 했다. 눈물이 나와버릴 것 같아서였다. 오빠의 얼굴이 약간 질린 채로 하얗게 굳어갔다. 나는 다시 오빠를 바라보며 천천히 말했다.

"오빠, 나 그 자식 죽이고 싶었어!"

오빠가 나를 바라보았다. 충격을 받은 듯했다.

"그래, 그랬어…… 여러 번, 칼을 들고 그 집에 들어가서, 그 부인이랑 애들이 보는 앞에서. 그 딸내미 아마 지금 열다섯 살쯤 되었지? 나 그 앞에서 그 자식, 칼로, 가장 고통스럽게 찔러 죽이고 싶었어…… 아무리 생각해도 그 자식, 그 새끼, 사람도 아니었으니까. 그러고도 그 새끼 가족사진이 잡지에도 나오고 교회에 가서 기도하는 것도 나왔을 때…… 그 잡지 봤을 때, 나 그 자식네 집에 가서 바로 찔러버리고 싶었다구."

"유정아!"

오빠가 무서운 얼굴로 말했다. 나는 목소리를 낮추었다.

"그래, 알아. 죽이는 거 나쁜 거야. 그래서 못 했어. 그럴 용기도 없었고 기회도 없었어. ……그런데 만약 내가 그랬으면 어땠을까. 내가 그 자식은 인간쓰레기니까, 죽어 마땅하다고 생각하고, 그 자식 목을 매달아놓으면, 그건 살인이고, 그렇게 살인한 나를 데려다, 살인자라고 목을 매달면 그건 정의인가? 똑같이 인간이 인간을 죽어 마땅하다고 판단하고 똑같이 인간이 인간을 죽이는데, 그래 오빠 말대로 하나는 살인이 되고, 하나는 집행이 되고, 하나는 살인자가 되어 그 죄값으로 죽고, 하나는 승진을 하는 거…… 그게 정의인가?"

오빠는 굳은 얼굴로 나를 물끄러미 바라보았다. 그리고는 잠시 웃더니,

"우리 유정이가 교도소 다니더니 참 착해졌구나……."

하고는 계산서를 들고 자리에서 일어나버렸다.

•

우리는 곰팡내 나는 지하실과 비좁은 감옥에 앉아서
굶기고 파괴적인 운명의 기습을 받아 신음한다. 우리는 결국 사물에
그릇된 광채와 잘못된 존엄성을 더 이상 부여하지 않고 사물을
있는 그대로 구제받지 못한 삶을 그대로 받아들이기 시작해야 한다.

•

나치의 감옥에서 죽은, 알프레드 델프

운명이라는 게 정말 있을까요. 그럴지도 모르겠습니다. 그날 선배와 나는 의정부에 있는 한 금은방을 털기로 하고 장소를 보러 전철을 타고 떠났습니다. 동대문에서 전철을 갈아타야 했는데 우리는 이야기에 열중하고 있다가 그만 동대문운동장 역에서 잘못 내리고 말았습니다. 그리고 저는 거기서 운명의 그 여인을 만납니다. 만일 제가 그날 전철 갈아탈 곳을 제대로 기억했다면 저는 어떻게 되었을까요? 그러면 저는 구원받았을까요?

그 여자는 제가 나쁜 친구들과 어울려 다니던 그때, 우리가 자주 가던 조그만 술집을 경영하는 마흔 살 가량의 여인이었습니다. 그 여자를 잘못 내린 전철역에서 마주쳐버린 것이었습니다. 그녀는 원래 나를 동생처럼 예뻐했고 가끔 용돈도 집어주었습니다. 여자는 별로 행실이 좋지 않은 거 같았는데 (글쎄요 행실이 좋다는 것이 과연 무슨 의미일까요?) 실은 저에게 계속 추파를 던지고 있었습니다. 거의 큰 누님뻘 되는 그 여자와 그럴 수도 없었지만 저는 그 여자가 왠지 싫었습니다. 모르겠습니다. 어떤 악연을 느낀 것이었을까요? 그날은 마침 자기 가게가 쉬는 날이라며 저와 함께 집에 가서 술이나 한잔하자는 것이었습니다. 저는 그 여자가 이제 노골적으로 제게 추파를 던지는 것이 몹시 싫어서 그러지 않으려고 했는데 선배가 눈짓으로 가자고 하는 것이었습니다. 여자가 돈이 많다는 것은 그 선배도 알고 있었지요. 하지만 저는 그 눈짓이 술을 먹으러 가자는 것인 줄만 알았습니다. 그래서 별로 내키지 않았지만 이문동 그녀의 아파트로 갔습니다.

여자는 집에 들어가자마자 얇게 비치는 치마로 갈아입고 술을 내오더니 잠시 자기와 이야기를 하자고 했습니다. 저는 선배에게 잠시 기다리라고 하고 안방으로 들어갔습니다. 내 아이를 잘못 임신해서 생사를 헤매고 있는 사랑하는 여자를 생각하면 그 여자와 술이나 먹으면서 노닥거릴 시간이 없었습니다. 저는 그녀에게 삼백만 원만 빌려주면 어떻게든 갚겠다고 애원했습니다. 여자는 자초지종을 듣더니 한 가지 제의를 했습니다. 자기가 사랑하는 그 여자를 살려줄 테니 대신 수술을 시키고 나서 자기와 살자는 것이었습니다. 그런 제의를 하려고 이 절체절명의 순간에 우리를 불러 시간을 끌고 있는 여자를 보자 화가 치밀었습니다. 그럴 수는 없다고 화를 내며 일어서는데 건너편 방에서 비명소리가 들렸습니다.

15

그렇게 비가 내리고 바람이 불면서 여름이 가고 있었다. 나는 오후 네시가 되면 어린 왕자를 기다리는 여우처럼 목요일을 기다렸다. 목요일이면 될 수 있는 대로 아무 약속도 잡지 않았고 수요일 밤이면 윤수와 무슨 이야기를 나눌지 궁금했다. 그가 일주일 동안 아무도 면회 와주지 않는 감옥에서 날 기다릴 것을 생각하면 목요일에는 아플 수도 없었다. 윤수는 무서운 속도로 책들을 읽어내려가기 시작했다. 어떤 날에는 내가 모르는 시인의 이름을 대기도 했다. 그런 윤수를 바라보면서 나는 기쁨과 두려움을 동시에 느끼고 있었다. 가끔 신문지상에 또 다른 범죄자의 기사가 실리면 가슴이 덜컹했고, 사람들이 지나치는 말로 죽여야지, 저런 놈들은…… 했을 때는 윤수의 얼굴이 거기에 겹쳐왔다. 몇 번 모니카 고모와 통화를 하면서 나 그만 하고 싶어, 하는 말을 꺼내려고 했지만 어쩌면 다음 목요일이 마지막일지도 모른다는 생각이 들었고 그래서 나는 그 말을 하지 못했다. 그를 두고 나는 아무 데도 갈 수가 없었다. 고모가 이래서 삼십 년 동안 그곳엘 다니는구나, 라는 생각이 들었다. 윤수와의 만남을 마치고 나는 구치소 복도를 걸어나왔다. 구치소 앞뜰은, 저쪽에 마지못해 장미가 몇 송이 피어 있긴 했지만 여우가 어린 왕자를 기다리는 그런 황금빛 밀밭이 아니었다. 이주임이 내가 싸가지고 간 도시락 가방을 들고 나를 따라 걸었다. 구치소 저편에 일찍 시든 나뭇잎들 몇이 벌써 떨어져내리고 있었다. 빛깔은 아직 푸르렀지만 바람이 불 때마다 파스스 파스스 하는 소리가 가을이 오는 것을 알린다고, 오늘 만남에서 윤수는 말했다. 보이는 것이 같아도, 소리가 달라요. 똑같은 초록이라도 봄나무하고 여름나무하고 가을나무 소리가 다 달라요…… 보이는 게 전부가 아닌가봐요.

윤수의 목소리는 아주 차분했다. 말도 천천히 했다. 무언가가 가을 호수처럼, 똑같은 호수인데도 가을이 되면 물빛이 저 깊은 곳에서 가라앉듯이, 윤수에게는 무엇인가가 가라앉고 있었다.

"그거 아세요? 저도 목요일이 기다려진다는 거……."

이주임이 말했다.

"그래요?"

나는 머리를 귀 뒤로 쓸어올리며 웃었다. 좀 쑥스러운 기분이 들었다. 문선생님 요새 참 많이 변하신 거 같아요…… 좋아 보여요. 좋은 일 있으신가봐, 예전에는 참 불안해 보였는데…… 학교에서 마주치는 선생들이 내게 그렇게 말을 건넸다. 뒷이야기만 안 했으면 더 좋을 텐데 싶었지만 좋다니까 좋은 거였다.

지금 생각해보면 윤수와 나는 거울처럼 서로를 바라보고 있었다는 생각이 든다. 그가 편안해진 만큼 나도 편안해지고 그가 불안해진 만큼 나도 불안했다. 가을이 오고 연말이 오고, 우리는 다시 죽음을 생각하지 않을 수가 없었던 것이다. 그 불안함의 강도로 본다면 사형수들에게, 그리고 그들의 가족이나 친구들에게 사형은 이미 매일매일 집행되고 있는 셈이었다. 그건 마치 거대한 괴물에게 내가 너를 죽이러 갈 테니 기다려라, 하는 협박장을 받은 사람의 심정과 같을 거였다. 하루하루가 이미 그 괴물의 손아귀에 들어가 있는 걸 테니까.

"첨엔…… 그냥 공무원 시험이나 볼 생각으로 들어온 곳이었는데…… 지금은 참 감사하게 생각하고 있어요. 여기 와서 인간이 산다는 게 뭔지, 죽는다는 게 또 뭔지, 그런 생각하게 되었거든요."

이주임은 처음으로 내게 긴 말을 했다. 이것도 진짜 이야기 같았다. 이곳에서 십 년, 그는 자신이 이렇게 윤수처럼 데리고 오고 데리고 갔던 사형수들 몇 십 명을 보낸 사람인 것이다.

"가을이 되니까, 내가 겁이 나고 내가 잠이 안 와요. 지난해에 집행이 없어서 올해는 있을 거 같은데…… 내가 이런데 사형수들 심정이 오죽하겠어요. 이맘때부터 연말까지 예민해져서 사고도 많이 일어나요. 밤에 비명소리 들려서 가보면 꿈들 꾸고 있고, 꿈속에서까지 처형을 당하나봐요……."

"윤수는 요즘 어때요?"

이주임이 잠깐 웃었다.

"이야기 들으니까, 거의 수도자가 다 된 거 같아요. 밤새 책

보고 기도하고 넣어주시는 영치금 여기에서 젤 불쌍한 사람들 누구인가 물어서 나누어주나봐요. 전에 모니카 수녀님이 천주교 미사할 때 오셔서 천주교에는 철창 속에 평생을 들어가 사는 수도자들이 있고 스님들은 일부러 토굴에도 들어간다고 하시면서 윤수보고 수도자 같다고 칭찬해주셨어요. 제가 여기 근무하면서 전직 대통령들도 여기 왔었고 또 이번에 대통령 후보로 나갈 분도 여기 있었죠. 국회의원들, 장관들, 재벌들…… 전 정치는 잘 모르는데 여기는 투명 유리창처럼 서로의 삶을 발가벗겨 보는 곳이니까…… 참 많은 생각이 들었어요."

나는 그게 무슨 생각이었느냐고 묻지는 않았다. 물을 필요가 없었던 것이다. 우리는 문을 지나고 또 문을 지났다. 입구에서 헤어질 무렵 내가 물었다.

"저기요…… 그 집행이요…… 미리 통고가 오나요?"

이주임은 잠깐 망설이다가 대답했다.

"그 전날 저녁에요…… 그리고 나면 우리 교도관들 술 안 먹고는 못 배겨요. 죄인들인데…… 그 사이 밉다 밉다, 하면서 정들어버렸고, 신문에서 보았을 때는 짐승이었는데 알고 보면 인간인 거고, 인간은 알고 보면 다 거기서 거기, 비슷한 거고…… 그리고 집행 있고 나면 또 한 달쯤 술 없이 못 살게 되죠. 그런 말 있어요, 살인 현장을 목격한 사람은 사형제 존치론자가 되고, 사형 현장을 목격한 사람은 사형제 폐지론자가 된다…… 다 못 할 짓이라는 이야기죠. 아까 교도관 된 거 감사하다고 했는데 그러고 나면 정말 때려치우고 싶거든요. 교도관 출신들 중에 의외로 전도사나 스님이 된 사람 많아요. 그게 다 그런 이유

때문인가봐요."

"전에 처음 뵈었을 땐가, 윤수보고 악질……이라고 하시지 않았어요?"

이주임은 웃었다.

"악질이라도 사람인 거죠. 맨날 악질인 사람이 있나요. 저도 가끔 악질인데…… 그러고 보니 이것도 진짜 이야기 같네요."

입구에서 헤어져 내 차까지 걸어가면서 뒤돌아보았더니 그가 거기 서 있었다. 나는 손을 흔들었다. 그도 손을 흔들었다. 갑자기 윤수가 죽고 나면 그와 나는 어떻게 하나, 하는 생각이 들었다. 과연 그를 빼고 우리는 서로를 제대로 마주 볼 수 있을까 하는 생각이 들었다. 그러자 우리는 죽음은 꼭 사형수들에게만 오는 거라고 착각하고 있다는 걸 알게 되었다. 실은 나도 죽고, 그게 언제인지도 모르지만 이주임도 죽고, 그리고 죽을병이 재발하지도 않았는데 엄마 역시 병원에 누워 오지도 않는 죽음을 막으려고 하고 있었다.

검은 색깔의 대형차들이 즐비한 곳에서 양복을 입은 사람들이 검은 가방을 들고 분주히 내려 들어서고 있었다. 변호사들인 모양이었다. 그리고 저들도 죽는다. 서두르지 않아도 백년 후엔 이곳에 오늘 있었던 사람 중 단 한 명도 남아 있지 않을 것이었다. 그런데 서두르려고 하는 것이다. 어서 죽여야 한다고…… 아니 큰오빠는 이 이야기를 들으면 화를 낼 것이다. 그건 집행일 뿐이야, 하고.

휴대폰이 울렸다. 모니카 고모였다. 고모를 만난 지도 좀 오래였고 가을이 마른바람으로 몰려오고 있어서 나는 고모가 보고 싶었다. 나는 성남으로 차를 몰았다. 누가 돌아가셨는데 그리로 오라는 거 같았다. 또 죽음이었다. 하기는 석가모니의 말대로 이 세상에서 제일로 놀라운 일은 우리가 언젠가 죽는다는 그 사실을 모두가 잊고 사는 일이었다. 나는 성남으로 가기 위해 분당 쪽으로 차를 몰았다. 길 왼쪽으로 가파른 산에 공동묘지가 보였다. 구치소에서 집으로 돌아갈 때 가끔 이쪽 길을 이용하기도 했는데 그게 눈에 들어온 것은 처음이었다. 대한항공 여객기가 괌에서 떨어졌다는 뉴스를 신문에서 보았어요. 오늘 만남에서 윤수가 말했다. 그런 생각이 들었어요. 이백 명이나 죽었더라구요. 잠이 안 왔어요. 하느님, 죄 많은 저를 데려가시지 왜 죄도 없는 그들을 데려가시는지…… 마음이 아팠어요. 그 사람들, 사랑하는 사람들이 있을 텐데 얼마나 가슴이 아플까요. 묘지와 추락한 비행기…… 그 가을은 무언가 불길한 느낌으로 시작되고 있는 거 같았다.

다닥다닥한 집들이 모여 있는 시장 뒷길 공터에 흰 차일이 여러 개 쳐져 있었다. 내가 시장 어귀에 차를 세워놓고 들어서서 모니카 수녀님을 찾자, 한 여자가 나를 모니카 고모에게 안내해 주었다. 모니카 고모는 흰 차일 밑에 사람들과 앉아 있었다. 내가 들어서자 고모가 나를 끌었다.

영정이 놓여 있다는 방 앞에는 줄이 길게 늘어서 있었다. 대체 이 남루한 동네에서 누가 죽었는데 이렇게 많은 사람들이 몰려 있는지 의아한 기분도 들었다. 그리고 그 줄을 서 있는 사람들이 대개는 울고 있었다. 진심으로 슬픈 얼굴이었다.

모니카 고모는 내 손을 잡고 내 얼굴을 올려다보았다. 투명한 가을 햇살 아래서 고모의 귀밑머리가 하얗게 보였다. 고모가 죽으면 어떻게 하지, 하는 생각이 다시 들었다. 내 손에 전해져오는 고모의 손은 까칠한 나무토막처럼 거칠고 작았다. 우리는 얼결에 맨 앞줄에 서게 되었다.

영정 속에는 곱게 한복을 차려입은 여자가 웃고 있었다. 앞가르마를 탄 머리에 쪽을 진 머리, 한복 차림이었다. 영정이 놓여 있는 방은, 그걸 방이라고 해야 옳을까, 한 평 반이라고 했는데 관이 놓인 자리를 빼고 나면 한 사람이나 앉을까 말까 했다. 방 밖에는 사람들이 길게 줄을 서 있었다. 꽃을 놓고 내가 절을 했다. 내가 절을 하는 동안 좁은 방에서 고모는 벽에 붙어서 있었다. 그리고 고모가 붙어서 있는 벽 한 귀퉁이에는 천장까지 높다랗게 편지들이 쌓여 있었다. 방을 빙 둘러 그랬다.

실컷 곡을 하고 나서 누가 죽었느냐고 묻는다더니 내가 꼭 그 꼴이었다. 고모가 나를 데리고 다시 밖으로 나왔다. 그 영정에 분향하려는 사람들의 줄은 그새 더 늘어나 있었다.

"이 사람들이 다 전국에서 온 사람들이야. 구치소하고 관련된 사람 중에 이분 모르는 사람이 없지. 젊어서, 마흔인가 좀 넘어서 과부 되신 분인데, 영감이 재산 좀 물려주신 모양이야. 자식은 없고. 이 양반 가진 거 다 팔아서 이 한 평 반짜리 월세 방으로 이사 오신 다음에 재산을 다 지폐로 만들어서 아까 그 방에 있던 장롱 속에 넣어두셨다. 그 돈으로 전국 교도소 다니면서 영치금 넣고 수용자들 만나고…… 아까 그 방에 쌓인 편지들 봤지? 그게 다 전국에서 온 편지야. 한번은 내가, 할머니 그러다

돈 떨어지고 병들면 어떻게 하려고 그러세요, 물었더니, 뭐가 걱정이에요, 내가 더 할 일이 있으면 하느님이 돈을 더 채워주실 거고 아니면 데려가실 텐데요, 하더구나. 속으로 나는 참 대책이 없는 사람이군, 했는데, 오늘 아침 돌아가셨다. 어제 대구 교도소에 다녀오셨다는데, 사람들하고 저녁 잘 먹고 헤어져서 주무시다가…… 아침에 사람들이 장롱을 열어보니까 정말 딱, 장례비 할 만큼의 돈만 남아 있었어."

나는 그 작은 방을 다시 돌아보았다.

"정말?"

"이 녀석, 정말이지……."

"근데 왜 신문에 안 나왔어?"

묻고 나서 내가 생각해도 그건 바보 같은 질문이긴 했다. 하지만 솔직히 믿을 수가 없었다. 무슨 아이들에게 들려줄 동화도 아니고, 언제나 뻥이 약간 들었겠지, 의심했던 기적 이야기도 아니고. 그런데 소름이 등골을 타고 내렸다. 옛날 옛적도 아니고, 중세도 아니고, 서양도 아니고, 한국에, 요즈음에 정말 이런 사람이 있을 수 있었을까, 하는 생각에서였다.

"그분이 한사코 질색을 하셨지. 그래도 한 번인가 두 번 나왔어. 인터뷰는 안 하셨지만 기사로 말이야."

고모는 내 손을 놓지 않은 채 말했다.

"근데 나는 왜 몰랐어?"

고모는 대답하지 않았다. 그러고 보니 그녀가 신문에 나든 그렇지 않든 나는 그런 사람이 있다는 사실조차 모르고 살았다. 알고 싶지 않았을 것이다. 왜냐하면 외삼촌이 슬픈 어조로 내게 충고했듯이 깨달으려면 아파야 하는데, 그게 남이든 자기 자신이든 아프려면 바라봐야 하고, 느껴야 하고, 이해해야 했다. 그러고 보면 깨달음이 바탕이 되는 진정한 삶은 연민 없이 존재하지 않는 것 같았다. 연민은 이해 없이 존재하지 않고, 이해는 관심 없이 존재하지 않는다. 사랑은 관심이다. 정말 몰랐다고, 말한 큰오빠는 그러므로 나를 사랑하지 않았는지도 모른다. 나를 업어주고, 나에게 아이스크림을 사주고, 언제나 나를 걱정한다고 말했지만, 내가 왜 그렇게 변해가는지 그는 모르겠다, 라고만 생각했을 뿐이었다. 그러므로 모른다, 라는 말은 어쩌면 면죄의 말이 아니라, 사랑의 반대말인지도 모른다. 그것은 정의의 반대말이기도 하고 연민의 반대말이기도 하고 이해의 반대말이기도 하며 인간들이 서로 가져야 할 모든 진정한 연대의식의 반대말이기도 한 것이다.

"그나저나 내가 너를 오란 것은 윤수도 이분을 알아. 지난겨울에 너 없을 때 이 양반 이야기를 하면서 꼭 한번 뵙고 싶다고 하더라. 그래 내가 알아보마, 했는데 그만 이 양반이 윤수보다 먼저 가시고 말았구나…… 그렇지, 죽는 데 무슨 순서가 있겠니. 늙으니까 머리가 나빠져서 내가 요즘은 그걸 자꾸 깜빡하는구나."

우리는 차일 한쪽으로 가서 앉았다. 앞치마를 두른 여자들이 먹을 것과 술을 나르고 있었다. 곁에 있던 중년의 남자가 고모와 내게 와서 아는 체를 했다. 그는 우리가 앉은 자리로 다가와 모니카 수녀님, 오랜만입니다, 했다. 남자는 머리에만이 아니라 얼굴에까지 기름을 바른 것 같았다. 혈색이 아주 좋고 건강해

보였다. 예전에 서울구치소장님이셨던 분이다. 지금은 정년퇴직하셨지. 고모가 말해 내가 인사를 하자 남자가 반색을 했다.

"저번에 종교 교화위원으로 등록을 하신다는 이야길 듣고, 안 그래도 뵙고 싶었습니다. 우리 집 아이들이 어릴 때 그 〈희망의 나라로〉라는 노래를 얼마나 좋아했는지……."

나는 왠지 그가 마음에 들지 않았다. 그건 나처럼 머리가 안 좋고 감각이 발달한 사람이 가지는 본능 같은 것이었다. 특히나 나는 남자들에 대해 지나치게 발달한 촉수 같은 것을 가지고 있었다. 그것이 맞든 그렇지 않든, 남자라는 사람들을 보면 우선 판단해버리는 것이다. 그 기준은 어쩌면 내 사촌오빠라는 그였다. 누구든 그가 내게 주었던 것과 비슷한 느낌을 주면 우선 거부감이 들었다. 생각해보면 그것 역시 상흔이었는지도 모른다. 그러니 모니카 고모가 이제 그만 그 사실로부터 너 자신을 놓아주라는 말은 어쩌면 옳았다. 그는 그 일 한 번으로 내 인생 전체를 지배하고 있었던 것이다. 아마 모든 종교의 성자가 다가온대도 나는 그런 식으로 판단했을 거라고 생각하니까 조금은 그 사내에게 미안한 기분이 들었다. 사내는 모니카 고모에게 소주를 한 잔 따랐다. 고모는 잠시 망설이더니 잔을 들었다.

"그럽시다. 한잔합시다, 까짓 거…… 돌아가신 저 양반 소주를 그렇게 좋아해서 나보고 언제 한번 한잔하자고 그렇게 졸랐는데 이 늙은이가 명색이 수녀라고, 그 계율에 얽매여서 그 한 잔을 피하느라고, 더 좋은 기회를 다 놓치고 말았군요."

고모의 얼굴은 정말로 회한에 가득 차 있는 거 같았다. 고모는 천천히 잔을 들며 다시 말했다.

"저 양반이 나보고 자기도 수녀가 되고 싶었는데 그렇게 되지 못한 게 소주 때문이라고 말했어요. 그래도 자기는 수녀복보다는 소주가 더 하느님하고 가깝다고 생각한다면서 나를 놀렸지요. 사람이 만든 것 중에 젤 평등한 게 소주라나, 뭐라나, 하면서…… 재벌도 육백 원짜리 소주를 마시고, 막노동꾼도 육백 원짜리 소주를 마신다고…… 다른 나라 위스키나 포도주나 모두 다 계급이 있는데 소주만 계급이 없다고…… 그래 소주 맛도 모르면서 어떻게 나이를 먹었느냐고 놀렸는데…… 먹어보니까, 소주 맛이 좋네요."

반 잔도 마시지 않고 고모는 벌써 취한 듯했다.

"저분이 전에 명절에만 소주 딱 한 잔씩만 우리 수용자들에게 넣어주자고 하시는 바람에 얼마나 진땀을 뺐던지…… 물론 당신도 농담이셨겠지만…… 그래요, 그때도 그 이야기하시면서 그 평등한 소주도 못 먹는 우리 형제들…… 그러셨던 거 같아요. 참 우리 시대에 저런 분과 제가 함께 했다는 걸 하느님께 감사할 따름입니다."

고모는 대답하지 않았다. 잠시 말이 끊겼다.

"그래 우리 최고수들 만나보니 어떻습니까. 교화를 한다고 하는데 실은 인원이 절대적으로 부족해요. 게다가 요즘은 조금만 어떻게 해도 인권이다 뭐다, 골치가 아파요. 그래 교도관들이 애깨나 먹고 있지요…… 정윤수 만나신다면서요? 참 골치 아픈 인간인데 좀 반성은 하고 있나요?"

뜻밖의 질문이었다. 갑자기 저 사람은 예전에 교도소에 있지 않고 어디 정부 부처에서 근무했나, 하는 생각이 들었다. 초면만 아니면, 나는 그렇게 궁금하시면 직접 만나보시지 그래요? 하고 문유정 식으로 대꾸했을지도 모르겠다.

"예, 덕택에 제가 잘 교화되고 있습니다."

내가 대답하자 그가 하하, 하면서 웃었다. 그리고 웃긴 했지만, 그게 별로 자신이 듣고 싶은 대답은 아니었는지 말을 돌렸다.

"김신부님 참 나으셨더라구요. 참 기적이 아닙니까?"

"요새 의학이 발달하니까…… 약도 좋고, 본인도 투병 의지가 있었고."

고모가 소장 출신 같고, 사내가 수녀 같은 말투였다. 약간 우스운 기분이 들었다.

"실은 제가 지난번 신부님 문병 가서 말씀드렸죠. 신부님, 다른 거 말고 시편 23장의 말씀만 꼭 붙들고 계십시오. 그러면 나으실 겁니다…… 지난번에 제 친구도 암에 걸렸는데, 제가 그렇게 하라 그랬더니 정말 나았거든요."

그가 말했다. 고모가 왜 그를 두고 의학이니 어쩌니 하는지 알 것 같았다. 그런데 나는 그 주문 같은 성서의 구절이 무엇인지 호기심이 생겨났다.

"시편 23장이 뭔데요? 그게 그렇게 효험이 있나요?"

사내가 놀랍다는 눈으로 나를 쳐다보았다. 명색이 종교위원인 사람이 그것도 모른다? 하는 눈치였다. 게다가 효험이라는 말은 좀 그렇긴 했다. 갑자기 좀 걱정이 되기는 했다. 당신 성당 잘 다니는 거 맞아? 그가 그렇게 물어보면 어떻게 하나, 걱정이 된 것도 사실이었다. 하지만 시편 23장이 뭔지 가르쳐주면 될 걸, 뭘 저렇게 빼기나 하는 기분이 없는 것도 아니었다. 그는 약간 거만한 표정으로 그렇게 궁금하면 집에 가서 찾아보라는 표정으로 대답이 없었다.

"그거…… 야훼 나의 목자 아쉬울 것 없노라. 파아란 풀밭에 이 몸 뉘어주시고 고이 쉬라 물가로 나를 이끌어주시네…… 내가 죽음의 어두운 골짜기를 간다 해도 두렵지 않아라…… 그거 말이다."

모니카 고모가 분위기를 수습하려는 듯 말했다. 어려운 것도 아닌 구절이었다. 그리스도교 신자가 아니더라도 그런 구절 한 번은 다 들어보았을 것이었다.

"아, 그 음식점에 들어가면 붙어 있는 그리스도교 표 부적 말이구나!"

"저기……."

모니카 고모가 내 말에서 또 심상치 않음을 느꼈는지 말을 끊었다. 하기는 난 늘 이런 식으로 말썽을 피웠으니 고모가 곤란해하는 것도 무리는 아니었다.

"저기 우리 천주교에서 불교랑 기독교랑 공동으로 사형제 폐지 운동을 좀 본격적으로 할까 하는데…… 참여하시겠어요?"

사내의 얼굴이 잠깐 이지러졌다. 가뜩이나 자기가 반색을 하고 아는 체를 했던 내게 부적 어쩌구 소리까지 들었으니 자존심도 좀 상한 얼굴이었다.

"사형제 폐지요? 글쎄요, 저는 잘 모르겠습니다. 어차피 해도 국회를 통과해야 될 일이고…… 국회위원들 진보적이라는 소리 들으려고, 인기 좀 얻으려고 솔깃해할지도 모르겠지만…… 저로서는, 좀 그렇습니다, 수녀님. 그러면 우선 교도소 예산 문

제가 생겨요. 사형수 일인당 일계호인데, 그럼 교도관들 더 늘려야 해요. 그 비용을 누가 다 감당합니까? 그리고 이건 극단적인 이야기이긴 합니다만, 그 사건의 피해자들, 결국 자기네 세금 내서 자기네 가족 죽인 놈들 먹여살리란 말밖에 더 됩니까?"

"그래요, 피해자들 생각하면 참…… 언제나 문제가 난감해지니까요."

고모가 말하는 데 내가 끼어들고 말았다.

"그러면 돈 때문에 그 사람들을 죽여야 된단 말인가요?"

그는 돈이 아니라, 비용이에요, 하는 낯빛으로 나를 빤히 바라보더니 나를 그냥, 외면하고 말았다.

•

너무 늦게 당신을 사랑했나이다.

이토록 오래되어도 늘 새로운 아름다움이시여.

이다지도 늦게야 당신을 사랑하게 되었나이다.

•

성 아우구스틴

여자와 제가 달려가보니까 선배가 건넌방에서 자고 있던 그녀의 아이를 강간하고 이미 칼로 찌르고 나온 뒤였습니다. 선배의 와이셔츠가 온통 피로 물들어 있었습니다. 그는 나중에 전철에서부터 우리가 서로 했던 눈짓이 가서 해치우고 돈을 훔쳐 나오자는 이야기인 줄 알았다고 했습니다. 그래서 내가 안방에 그녀와 이야기하러 들어간 것이 그녀를 해치러 간 것인 줄 알고 자신은 건넌방으로 들어가 딸을 해쳤다는 것이었습니다. 너무나 기가 막혔지만 이젠 어쩔 수가 없었습니다. 저는 이미 전과 5범이었고 전과 5범은 무슨 말을 해도 이 상황을 빠져나갈 길이 없었습니다. 여자는 하얗게 질려 있었습니다. 비명도 지르지 못했습니다. 순간 망설여졌지만 여자가 방 안으로 뒷걸음질치는 것을 보니 겁이 났습니다. 선배가 방 안으로 들어가 살려달라고 애원하는 여자를 목졸라 죽였습니다. 그동안 그녀가 남자로서 나를 희롱한 일과 돈깨나 있다고 거들먹거리던 일들이 생각나자 그녀 같은 인간은 죽어도 된다고 저는 생각했던 것 같습니다. 음탕한 벌레에게 동정심 같은 것은 조금도 느끼지 않았습니다. 저는 태연하게 다가가 죽은 여자의 손에서 반지부터 빼냈습니다. 저는 오히려 제 속에서 오래 전부터 저를 키워오던 악마가 이제야 잘했다고 저를 부추기는 듯, 없던 용기까지 솟았습니다. 돈이 얼마나 있을까 하는 생각뿐이었습니다. 많았으면 좋겠다, 저라는 인간은 이런 생각을 하고 있었습니다. 장롱에서 카드와 돈과 패물을 훔쳐 달아나려고 하는데, 거실로 그 여자의 딸이 기어나오고 있었습니다. 그 아이는 아직 죽지 않은 것이었습니다. 선배가 그 아이를 칼로 찌르고 얼결에 죽었다고 생각한 것일 뿐이었던 겁니다. 운명에 희롱당하는 듯한 기분을 혹시 아시는지요? 설상가상으로 열쇠로 문이 열리는 소리가 들렸습니다.

16

"제발, 좀 이제는 나이 값을 하거라. 게다가 너는 교수잖아. 나 있는 데서나 가족들 있는 데서는 그렇다고 쳐도, 사람들 있는 데서 그렇게 입바른 소릴 해야겠니? 요즘 누가 봐도 차분해지고 좀 좋아진다 했더니…… 그 사람들이 우리를 얼마나 도와주고 봐주는 줄 아니? 규정대로 하면 내가 빵 사가지고 가는 거, 네가 도시락 싸가는 거 다 불법이야…… 나이는 서른이 넘어가지고 언제 철이 들래? 니 말대로 영영 꼴통으로 살 테냐?"

청파동 수녀원 앞길에는 벌써 낙엽이 날리기 시작했다. 고모가 몸살을 심하게 한 끝이라서 내가 청파동까지 고모를 모시러 간 길이었다. 아무리 내 입으로 내가 꼴통이라고 해도, 내가 윤수에게 그 이야기를 했더니 윤수랑 교도관이랑 우리 꼴통끼리 친구가 되었다고 전화로 말을 했었다고 해도, 그걸 가지고 또 한 달이나 지난 지금 나를 비난하는 고모가 나는 싫었다. 아마 아까 전화로 고모와 잠깐 이야기했지만 그날 이후 무슨 소리가 귀에 들어갔는지 구치소장이 종교위원들에게 규율 적용을 엄격히 시키는 모양이었다.

"그래도 나는 돈 때문에 사형시켜야 된다는 말은 정말 싫었어. 큰오빠라면 돈이 아니라 비용이라구 한참 우겼겠지. 똑같애. 공무원들 똑같다구. 아무튼 나는 화났어…… 고모는 화 안 났냐구, 그게 전임 소장으로서 할 말이냐구!"

고모가 한숨을 쉬었다.

"화나지. 화, 당연히 나지…… 니네 엄마가 왜 너보고 나 닮았다구 하겠니? 내가 네 나이 때 누가 내 앞에서 그런 말 했었으면, 나는 그냥 가서 머리로 콱! 박아버렸지!"

나는 하마터면 운전대를 놓칠 뻔했다.

"그럼, 나보고 왜 그러지 말라는 건데?"

고모가 잠시 말을 멈추었다.

"내가 그렇게 해보니까, 효험은커녕 역효과만 나더라는 걸 알았기 때문이지. 수녀원에서도 몇 번 쫓겨날 뻔했지. 그러니까 너는 그렇게 하지 말아라."

"고모, 수녀 맞아?"

고모가 웃었다.

"모르겠다. 유정아…… 실은 고모도 그걸 모르겠어. 검은 옷만 입었다고 수녀가 아닌데, 성경만 들었다고 그리스도교 신자가 아닌데…… 고모도 가을이 되니까, 마음이 이상해. 저 아이들 혹시 올해 또 떠나보내면 고모도 이제는 더 못 살 거 같애. 지난번 집행 때 들어가셨던 김신부님 석 달 동안 그 충격으로 아무것도 못 하셨어. 아마 그래서 암에 걸리셨는지…… 그 신부님도 나도 이제는 저애들 위해서가 아니라 우리를 위해서 사형제 폐지운동을 하는 거야."

고모가 한숨을 쉬었다. 나 역시 윤수를 만날 때마다 가끔 그의 눈앞에 둥그런 올가미가 내려지는 상상을 했다. 그럴 때 하얗게 질릴 그의 얼굴이 보이는 듯도 했다. 어찌 보면 윤수의 얼굴은 평소에도 늘 그렇게 조금씩은 질려 있었다. 그리고, 그때마다 내 마음은 비명을 지르고 있었다. 안 돼, 절대로 안 돼! 그럴 때 나는 솔직히 내가 어쩌다가 이 사람들하고 관계를 맺어서 이렇게 안 해도 될 상상까지 하게 되었을까 가끔 한심했다. 누가 누구를 보고 형장의 이슬로 사라졌다고 말했을까. 형장의 올가미는 까맣게 절어 있다고 이주임은 말했었다. 사형수들의 목이 졸려지고 아마 거기서 진액이 짜여지는 거 같다고, 그걸 새것으로 바꾸라고 해도 선뜻 그걸 하는 사람이 없다고…… 형장의 이슬이 아니라 형장의 피기름이 되는 거지요? 내가 이를 갈듯 대꾸하곤 했었다. 가끔 사형 이야기가 나오면 친구들은 물었다. 그래도 교수형이 가장 고통이 없다면서…… 니가 물어봤니? 죽는 방법 중 이게 제일 낫죠? 하고 죽은 사람에게 물어봤어? 나는 괜히 핏대를 올리기도 했지만, 선진국 중 일본과 함께 거의 유일하게 사형이라는 제도가 남아 있는 미국의 경우도 사형제도로 교수형이 사라진 지 오래였다. 전기의자와 약물주입, 그리고 올가미 중에 택하라고 하니까 아무도 그걸 택하지 않았던 까닭이었다.

"윤수가 얼마 전에 안구 기증을 했다. 죽으면…… 자신의 안구를 다른 사람에게 주라고…… 앞 못 보는 사람이 자신의 각막으로 빛을 보는 걸 생각하면 조금은 속죄하는 기분이 든다고…… 내게 그걸 사인해달라는 편지를 했더구나. 가족이 없어서, 엄마를 찾았는데, 엄마가 사인을 해야 하는데, 행불로 처리하고…… 우리 신부님들이 그 엄마를 수소문하고 있는데, 나타나지를 않아."

우리는 낙엽이 휘날리는 길을 걸어 다시 그 방으로 갔다. 윤수는 모니카 수녀를 보자 이번에는 먼저 다가와 수녀님을 얼싸안았다. 두 사람은 잠시 그러고 서 있었다. 조그만 모니카 고모는 커다란 윤수의 품에 안겨서 울고 있었다. 미안하다, 내가 늙으니까 자꾸 주책처럼 눈물만 많아지는구나, 했지만 울고 있는 모니카 고모를 보는 윤수의 얼굴도 어두웠다.

우리는 커피를 마시며 이야기를 나누었다.

"신문을 보니까 사람들이 단풍구경을 간다고 하는 기사가 있었어요. 문득 단풍은 사실 나무로서는 일종의 죽음인데 사람들은 그걸 아름답다고 구경하러 가는구나 싶었어요…… 저도 생각했죠. 이왕 죽을 김에, 단풍처럼 아름답게 죽자고, 사람들이 보고 참 아름답다, 감탄하게 하자고."

우리는 말없이 커피를 마셨다. 윤수는 오랜만에 모니카 수녀님을 만나서 그런지 좀 들떠 있었다. 아니면 안구 기증을 해버리고 나서 이제 제 육신조차 홀가분한 것이었을까. 윤수는 그날따라 말이 좀 많았다.

"전에 제가 사고치고 첨 왔을 때 여기 열일곱 살짜리 녀석이 단순절도로 들어왔다 집행 유예로 나갔는데, 녀석이 참 똘똘하고 예뻤어요. 그래서 제가 동생처럼 여기고 데리고 있었는데, 나갈 때, 다시는 나 만나지 말라고, 너도 자꾸 그러면 나처럼 된다고 타일러서 내보냈는데…… 그 녀석이 지난주에 또 들어온 거예요. 이번에도 단순절도였다는데 휴대폰을 훔치다가 들어온 모양이에요. 검사가 기록을 보더니 전과 한 번 있는 거 보고 그냥 구속시켜버린 거죠. 그래 물어보니까, 지난번 여기서 나갔을 때 이 앞길에서 혼자 세 시간을 서 있었다는 거예요."

모니카 고모가 혀를 찼다.

"어떻게 했겠어요. 갈 데라곤 없으니 늘 공범이 되는 녀석들을 또 만났고 그래서 또 들어온 거예요. 그래서 제가 이번에는 안 되겠어서, 여기 계시는 사장님에게 이번에 저 녀석 나가면 기숙사 있는 사장님네 공장에 꼭 취직 좀 시켜달라고, 부탁했어요. 그 사장님께서 평소에 저를 이쁘게 보셨는지 그러겠다고 약속하셨구요."

"사장님도 알아요?"

내가 물었다. 유수가 빙그레 웃었다.

"이 안에 대통령도 장관도 재벌도 있잖아요. 사장 한 명쯤 없겠어요."

윤수는 자랑스레 웃었다. 그러고 보니 맞는 말이긴 했다.

"얼마 전에는 시집을 읽고 있는데, 언제나 절 보면 괴롭히던 교도관이 사형수 주제에…… 하고 지나갔어요. 순간, 저 새끼, 다음번 운동시간에…… 생각하다가……."

그가 우리 두 사람을 쳐다보았다. 그리곤 고개를 떨구었다.

"성질 같아선 그랬을 텐데, 하필 그때 두 분의 얼굴이……."

윤수는 잠시 고개를 숙였다. 이야기가 너무 무겁다고 느꼈는지 주머니에서 어렵게 편지 몇 통을 꺼내들었다.

"수녀님 저 요새 요 꼬맹이들하고 편지질하고 있어요."

편지를 펴보니까, 강원도 태백의 아이들에게서 온 것이었다. 잡지를 보다가 태백 어느 분교의 아이들이 학용품이 모자라서 고생한다는 기사를 읽고 우리가 넣어주는 자신의 영치금 얼마를 떼어서 매달 그리로 보내는 모양이었다. 그래서 그 아이들이 고맙다는 답장을 한 모양이었다, 그렇게 먼 산골에서 외로운 아이들과 이렇게 죽음을 기다리는 사형수가 편지로 여러 번 오간 모양이었다. 편지마다 절절했을 것이라는 것은 보지 않아도 뻔했다. 그 아이들도 윤수도 모두가 우리 속의 사슴들처럼 외로웠을 테니까.

모니카 고모와 내가 편지들을 읽고 있는데 윤수가 겸연쩍은 듯 말을 꺼냈다.

"수녀님…… 그리고 실은 부탁이 하나 있어요. 제가…… 사고를 좀 쳤어요."

편지를 뒤적이던 고모와 내가 놀란 눈으로 그를 바라보았다.

"아이들하고 약속을 해버린 거예요."

말 좀 곱게 해라, 사고라고 하니까, 놀랐다…… 고모가 대꾸하며 가슴을 쓸어내렸다.

"너희들은 이 세상에서 제일 해보고 싶은 게 뭐니? 하고 제가 물었더니, 그 아이들이 바다가 보고 싶다는 거예요. 산 넘어가도 산이고 산 넘어가도 산인데, 바다가 한 시간만 기차 타고 가면 있다는데 바다를 보고 싶은 게 소원이라고. 그래서 제가 꼭 그 소원 들어주겠다고 했더니, 이 녀석들이 제가 누군지도 모르고, 주소가 군포우체국 사서함으로 되어 있으니까 이 녀석들이 내가 무슨 군포시에 사는 돈 많은 사장쯤 되는 줄 알았는지, 지네들끼리 작전을 짰다면서 내년 일월 일일 강릉에서 떠오르는 해를 보기로 결정했다고 편지가 온 거예요. 수녀님…… 어떻게 하죠?"

나는 윤수가 가끔 말을 꺼내던 그 동생을 생각하고 있다는 것을 알았다. 동생이 눈이 멀었다고 했었으니까, 안구를 기증할 때 그 생각을 했다는 것도 알았다. 그가 말을 꺼내기 전까지 먼저 물어보지는 않았지만 그런 느낌이 들었다. 그 동생이 길거리에서 죽은 것까지만 알고 있는 나로서는 아이들에게 바다를 보여주고 싶다는 윤수의 그 소원을 들어주고 싶었다.

"내가 해줄게요. 공평하진 않지만, 약간 내가 손해지만, 내가 그 아이들이 가는 비용 댈게요."

내가 말했다. 그가 그럴 줄 알았다는 듯이 빙그레 웃었다.

"그리구 이왕 공평치 않은 김에 하나만 더요. 사진 찍어서 보여주세요. 떠오르는 해랑, 아이들 얼굴이랑 다 선명하고 크게 찍어주세요. 저도 바다가 보고 싶거든요, 아이들이 기뻐하는 거랑. 그러면 제가 거기 가지 못해도 저는 기쁠 거 같아요."

나는 수첩에 적힌 주소를 받아적었다. 적으면서 윤수는 이제 살아서 다시는 바다에 가지 못하겠구나 하는 걸 깨달았다. 그러면서 또 윤수가 이 아이들이 바다에 가고, 1998년의 해가 떠오르고 그리고 이 사진이 인화될 때까지 살아 있을 수 있을까 잠깐 생각했다.

"하지만 공평할 수도 있어요."

그리고 윤수는 어린아이처럼, 짠, 하고 탁자 아래 두었던 것을 내밀었다. 자세히 보니까 십자가였다. 투박한 나무가 십자로 겹쳐져 있고, 그 위에 진한 회색빛으로 빚어진 예수가 매달려 있었다. 고모와 내가 의아한 표정을 짓자, 윤수가 웃었다.

"대신 저는 이거 드릴게요. 식사 때마다 밥풀 조금씩 아껴서 만든 거예요."

우리는 그 십자가를 들여다보았다. 진한 회색빛을 띠었던 것은 그 밥풀들을 짓이긴 손의 때였다. 십자가 위의 예수 얼굴은 놀랍게도 윤수를 닮아 있었다. 길쭉한 얼굴에 흩어진 고수머리…….

"그거, 그 할머니…… 그 할머니 전해주셨으면 해요."

우리는 모두 삼양동 할머니를 떠올렸다.

"지난번에 편지를 드렸는데…… 아프신가봐요. 눈길에 넘어지셔서 허리를 다치셨다고 했어요. 지금 하나 더 만들고 있는데…… 그건 수녀님 드릴게요, 그리고 유정이 누님."

윤수가 제 주머니에서 목걸이를 하나 꺼냈다. 푸른 아크릴에 붉고 가는 고무줄이 달린 목걸이였다. 내가 손을 내밀자 그가 아주 잠시였지만 내 손에 그것을 놓고 잠시 그대로 있었다. 그의 손은 아주 뜨거웠다. 내가 겸연쩍게 손을 뺐다.

"두 개 만들어서 하나는 제가 찼어요."

나는 고맙다는 표시로 그것을 목에 걸었다. 그는 그것을 칼도 없이 시멘트 바닥에 갈아서 만들었다고 했다. 플라스틱 재질을,

수갑 찬 손으로 갈았던 것이다. 하루 종일 갈고 그 다음날 갈고 호호, 불어서 가루를 날리고 또 갈았을 것이었다.

"두 분이 커플 목걸이 하셨네요."

이주임이 말했다. 우리는 웃었다.

모니카 고모는 아무 말도 없이 그가 만든 십자가를 제 품에 안고 있었다. 그리고 잠시 기도하는 듯했다. 윤수와 내 눈이 마주쳤다. 나는 그 십자가 역시 처형의 도구라는 것을 그때 처음 깨달았다. 십자가형, 로마가 극악한 식민지 백성들을 다스리기 위해 고안해낸 그 형벌. 십자가에 못을 박는 것 자체로는 사람을 죽일 수가 없어서 대개는 그 며칠 전부터 고문이 자행된다. 죽을 만큼 때리는 것은 기본이고 때로는 눈을 뽑기도 하고, 밤새 고문하는 것이다. 십자가에 못 박히는 순간은 거의 죽기 직전이라고 보아도 되는 것이다. 그래도 사람들은 죽지 않고 며칠씩 살아 있는데, 시체를 치우는 것이 원칙적으로 금지되어 있어서 들짐승들과 새들에게 쪼이며 죽어가는 것이다. 예수도 사형수였으니까. 그리고 그때 국민투표를 했대도 예수는 사형당했을 것이었다. 군중들이 성난 목소리로 죽이시오, 십자가에 매다시오, 했다고 기록되어 있으니까. 그러니 만일 예수가 교수형을 당했다면 이천 년 동안 그리스도교 신자들은 동그란 밧줄을 목에 걸고 다니고 동그란 밧줄을 교회 지붕에 올렸을 것이며 목이 대롱대롱 매달린 예수의 형상을 교회에 걸어놓았을 것이었다. 나는 갑자기 예수가 그렇게 사형수로 처형된 것이 고마웠다. 그렇지 않다면 누가 윤수를, 감히 위로할 수가 있었겠는가.

그리고 그해 크리스마스 미사 때 윤수는 영세를 받았다. 그날은 목요일이었다. 나는 윤수의 영세미사에 참석했다. 윤수의 영세명은 아우구스틴, 젊은 그는 이교도였고, 창녀들과 어울려 방탕한 생활을 했고, 그러나 어느 날, 아이들이 부르는 노랫소리에 이끌려 성서를 펴들고 그리스도교 최고의 성자가 된 성인이었다. 그리고 모니카 고모가 그 이름을 딴 모니카 성녀의 친아들이기도 했다. 그날 미사에서 나는 구치소 봉사를 하는 다른 아주머니들과 함께 대강당의 성가대에 앉아 있었다. 멀리서 보니까 윤수는 아주머니들이 가져다준 흰옷을 입고 있었다. 흰옷을 입은 그의 모습은 낯설고 신선했다. 강보에 싸여진 아기처럼 윤수는 그렇게 흰옷을 입고 유치원에 처음 온 아이처럼 들뜬 얼굴이었다.

미사가 시작되기 전 국민의례를 할 때 나는 앞으로 나아가 애국가를 불렀다. 고모의 부탁이었다. 나를 기억하는 사람들이 몇 있어서 수군거리는 소리가 들렸다. 이 사람들 앞에서, 여기서 나가면 전과자인 이 사람들 앞에서, 초코파이를 얻어먹으러 나오는 이 가짜 신자들 앞에서 노래를 부르는 일이, 예전 같으면 어림도 없는 일이었지만 나는 그러마고 했다. 윤수를 위해서 그랬다. 그리고 나서 생각해보니 나는 그 사람들보다 더 가짜였고 위선자였다. 나는 더구나 종교 교화위원이기까지 한 것이다. 이렇게 다 죽은 목숨이 세례를 통해 다시 태어날 수 있다는 생각에 잠을 설쳤다고 그는 말했다. 좋아서 잠 못 자보긴 태어나서 처음이에요, 그는 말했다. 나같이 짐승만도 못한 놈을 받아주시니, 믿을 수가 없어요, 라고 그는 말했다. 그 윤수를 위해서 나는 강당 위로 올라가 십 년 만에 마이크를 잡았다. 전주가 울려 퍼지는 동안 맨 앞자리에 앉은 사형수들 틈에 앉아 있던 윤수와 나의 눈이 멀리서 마주쳤다. 나는 잠깐 미소를 지었는데 윤수는 아주 굳어 있었다. 동생 생각을 하는 모양이었다. 나는 노래를 시작했다. 동해물과 백두산이 마르고 닳도록 하느님이 보우하사 우리 나라 만세…… 노래를 마치고 내려오는데 윤수는 고개를 숙이고 있었다. 보니까 울고 있었다. 지난번 만남에서 윤수는 말했었다. 선고를 받았을 때, 아니 그 사람들을 죽였을 때 저는 이미 죽었어요. 그런데 다시 살아난 겁니다. 도와주시니까, 뛰지 못해도 괜찮다고 걸음마부터 시작하라고 그렇게들 손잡아 주셨으니까…… 실은 나도 울고 싶었는데 가슴만 마른 논바닥처럼 갈라지는 듯 아팠다. 윤수는 울다가 성가대 쪽을 바라보았다. 나를 찾고 있는 것 같았다. 멀리서 그와 나의 눈이 마주쳤다. 그는 흰 이를 드러내고 있는 힘을 다해 나를 향해 웃었다. 그의 흰 이빨이 검은 고수머리가, 새로 태어나는 동안에도 수갑에 묶여 있던 손목이 내 가슴에 와서 박혔다.

미사가 끝나고 잔치가 시작되었다. 윤수는 동료 재소자들의 축하를 받으면서 커다랗게 입을 벌리고 웃고 있었다. 초코파이를 나누어주면서 내가 어때, 하고 물으니까, 유정이 누님도 나 믿고 딱 한 번만 예수님 믿어봐요. 내가 보증할게요. 정말 좋아요, 했다. 나는 대답할 수 없었다. 윤수는 수갑 찬 손으로 초코파이를 먹으며 내게 다시 말했다.

"사형수였던 사람이 대통령 당선되었대요. 그 사람이 자기 재임 기간중에 사형집행 안 할 거라구 했거든. 우리 형제들이,

그러니까 우리 어쩌면 집행 없을지도 모른다고, 그 사람이 이제 대통령 당선자니까…… 그러더라구. 유정이 누님, 나 생각했는데…… 처음으로 살고 싶었어요. 예전에는 아니라고 생각했는데…… 나 수갑 찬 손으로라도 아이들한테 편지 쓰고, 나 수갑 찬 몸으로라도 여기서 있는 힘껏 사람들에게 내가 받았던 사랑 전하면서…… 평생 그렇게 피해자들 위해 기도하고 속죄하면서…… 여길 수도원처럼 생각하면서 살면…… 나 그렇게라도 살아 있으면 혹시 안 될까, 염치없지만, 정말 염치없지만 나 처음 그런 생각했어요……."

그것이 내가 윤수를 본 마지막이었다.

•

신비롭게도 사람이 삶을 배우는 데 일생이 걸린다.

더더욱 신비롭게도 사람이 죽음을 배우는 데 또 일생이 걸린다.

•

세네카

우리는 각자 돈을 나누어 가지고 흩어졌습니다. 저라는 인간은 우선 룸살롱으로 갔습니다. 거기서 여자들에게 돈을 뿌리고…… 놀았습니다. 나중에 안 일이었지만 그 선배는 집으로 들어갔는데 거기서 부인의 설득으로 자수를 하게 됩니다. 먼저 경찰서에 가서 이야기를 털어놓은 겁니다. 제가 한 일은 그가 한 일로, 그가 한 일은 제가 한 일로. 이제 와서 이런 변명이 무슨 소용이겠습니까마는…… 저는 한 아이를 강간하고 세 사람을 죽인 주범으로 지명수배되었습니다. 전국에 제 사진이 뿌려지고 저는 쫓기는 신세가 되었습니다. 사랑하는 여자의 수술비를 부탁하기 위해 마지막으로 제가 돈을 빌려주었던 그 친구를 찾았습니다. 친구는 걱정하지 말라면서 제가 사랑했던 여자를 퇴원도 시켜주고 당분간 보살펴주겠다고 말했습니다. 그리고 그날 밤, 우리는 또 다른 단란주점으로 가서 여자들과 술을 마시고 진탕 놀았습니다. 그리고 그 친구와 함께 잠을 잤는데 아침에 문을 두드리는 소리에 깨어납니다. 그 친구가 저를 신고하고 도망쳤던 것입니다. 아마 그래야 빌려간 돈을 갚지 않아도 된다고 생각해서였을까요?

저는 여관 창문을 뜯고 뛰어내렸습니다. 아무 데나 보이는 집으로 들어갔지요. 부엌에서 칼을 가져다 거기에 있던 여자와 아이를 방 안으로 몰아놓고, 마지막으로 사랑하던 여자에게 전화를 걸었습니다. 제가 사랑하던 여자는 어젯밤 그녀에게 간 제 친구와 함께 있었습니다. 그 친구가 수술비를 대서 퇴원을 했다고…… 했습니다. 이 사람에게 신세를 많이 졌다고 이 사람이 결혼하자고, 오래 전부터 미장원에서 처음 본 순간부터 자기를 좋아했다고 한다고…… 하더군요. 저보고 왜 그런 짓을 저질렀느냐고 물었습니다. 처음에 말한 대로 자신이 나쁜 사람을 얼마나 싫어하는지 알지 않느냐고…… 경찰이 문을 부수고 진입을 시도했습니다. 저는 제가 뛰어들어갔던 집 여자의 목에 칼을 들이대고 인질극을 벌입니다. 그 집에 있던 여자의 아이가 울더군요. 엄마, 엄마 했습니다. 꼭 어린 시절의 은수 같았습니다. 저는 다리에 총을 맞았고 체포되었습니다.

17

연말은 다가오는데 시간이 별로 없었다. 나는 태백에 있다는 분교의 교장선생님과 여러 번의 전화 통화를 해야 했고, 강릉의 콘도를 예약하고, 아이들을 실어다줄 버스를 준비했다. 다른 준비는 대충 끝이 났는데 카메라가 문제였다. 사진을 찍어본 지가 언제인지도 몰랐고 내게 카메라 같은 것이 없었다. 셋째올케에게 전화를 했다. 셋째올케는 만삭이 다 되어 뒤뚱거리며 약속장소로 나와서 카메라를 빌려주었다. 강남에 있는 백화점 로비에서 그녀를 기다리는데 멀리서 그녀가 보였다. 큰오빠가 이야기한 대로, 검소한 행색에 맨얼굴, 게다가 임산부이기까지 한 그녀를 누가 예전의 그 화려했던 배우로 알아볼까. 솔직히 예전보다 얼굴은 많이 상해 있었고 예쁘지 않았다. 그런데 그녀의 얼굴에는 대신 어떤 평화 같은 것이 깃들여 있었다. 자신의 중심이 단전에 잘 놓여져 있는 사람 특유의 진중함과 기품 같은 것이었다. 나는 셋째올케에게 카메라를 받으면서 들고 있던 쇼핑백을 건넸다.

"이게 뭐예요?"

"아기…… 옷이에요. 지나가다 보니까 이쁘길래."

셋째올케는 잠시 놀라는 표정이었다. 그렇게 많은 조카들이 태어났었지만 나는 한 번도 그애들에게 무엇을 사준 일이 없었다. 마주치면 축하해요, 아들이라면서요? 했지만 어디까지나 그건 상대방 기분이 안 좋은 것을 뻔히 바라보면서 안녕하세요? 할 때와 같은 이야기였다. 그러나 나는 그날 셋째올케의 부른 배를 바라보면서 처음으로 엄마가 된다는 일은 실제로 어떤 기분일까 하는 생각을 했고, 나는…… 하고 나 자신에게 물어보았다. 내가 엄마가 되다니, 내가 생각해도 그건 얼토당토않은 일이지만, 내 안에서 어떤 욕망이 톡, 톡, 마치, 시멘트 바른 담 사이에서 피어나는 들꽃처럼 돋아나는 것을 느꼈다.

"아가씨 요새 좋은 일 하고 다니신다는 소리 들었는데 정말 얼굴이 변했어요…… 참 예뻐요."

막내올케는 아무 꾸밈이 없는 말투였다. 나는 그전에 그녀가 말하는 것을 하나하나 의심했었다. 그 뒤에 어떤 음모와 흉계가 있다고도 생각했었다. 아니면 그녀가 바보거나. 그런데 바보였던 것은 그녀가 아니라 나였고 흉계와 음모를 꾸미고 있었던 것도 바로 나라는 생각을 하게 되었다. 어떻게든 상대방을 나쁜 사람이라고 생각하려고 했던 그 음모 말이다. 그리고 결국 그건 바보짓이었다. 오랜만에 선행을 했다가 들킨 불량학생처럼 나는 셋째올케와 함께 있는 것이 불편했다. 돌아서려고 하는데 그녀가 나를 불렀다.

"아가씨, 어머니한테 좀 가보세요. 기다리고 계시는 눈치예요."

또 어머니 이야기군, 하는 생각에 돌아서려는데 막내올케가 외로우시잖아요, 했다. 아니 잘못 들은 말일 수도 있었을 것이다. 나는 피곤한 몸을 이끌고 몇 가지 사무를 더 처리한 다음 집으로 돌아왔다.

새해 첫날, 떠오르는 해를 찍고, 아이들의 채송화 같은 얼굴도 찍고 그 사진을 보여주면 윤수가 얼마나 좋아할까 생각하니까 나도 기뻤다. 윤수 덕에 네가 세상에서 남 위해 좋은 일도 해보는구나, 모니카 고모는 나를 놀렸다. 예전에는 그런 일들을 하는 사람들을 보면 나는 생각했었다. 위선자들, 다 자기들 위안받으려고 하는 거지. 그런데 나는 이제 윤수를 위해 그런 일을 하고 싶었다. 그가 좋으면 나도 좋았다. 위선자가 되는 것도 괜찮은 기분일 수가 있다는 것을 나는 처음 알게 된 것이다.

나는 콧노래를 부르며 가볍게 샤워를 했다. 차를 한 잔 끓여 마시고 학생들의 성적을 처리하고 있는데 갑자기 이상한 기분이 들었다. 무어라고 설명할 수는 없는데 갑자기 안절부절못하겠는 그런 느낌. 어떻게 해도 마음이 가라앉아지지가 않았고 가슴이 이상스러운 리듬으로 뛰었다. 벽들이 붕붕 떠 있는 것 같았다. 이런 일은 처음이었다. 나는 부엌으로 가서 포도주를 한 잔 따랐다. 습관적으로 부엌 창을 내다보는데 뒷공원에 또 아이들이 몰려 있었다. 아이들은 이번에도 우르르 몰려서 누군가를 때리고 있었다. 잠깐 전화기를 보면서 망설이다가 나는 그냥 포도주 잔을 들고 자리로 와버렸다.

짧은 겨울 해가 벌써 서쪽으로 많이 기울어 있었다. 그때 전화벨이 울렸다. 고모였다. 유정아, 하는데 수화기 저쪽에서 고모가 떨고 있는 게 느껴졌다. 그쪽에서 말을 꺼내기도 전에, 어떻게 하지! 하는 생각이 들면서 눈앞이 하얗게 변하고 있었다.

"고모……."

"지금…… 김신부님한테 전화가 왔다. 내일 아침 일찍 구치소로 오라는 연락이 왔다고…… 내일 윤수가……."

나는 물어볼 수가 없었다. 그걸 어떻게 말로 할 수가 있을까 싶었다. 아니 그보다 그냥 아무 생각도 떠오르지 않았고 눈앞의 공간들이 제 형태를 잃고 두부처럼 이지러지는 것 같았다.

"나 내일 새벽에 구치소로 간다…… 유정아, 기도하거라. 기도해."

고모 입에서 나보고 기도하라는 말이 나온 것은 처음이었다. 전화를 끊고 나는 포도주 잔을 들다가 도로 내려놓았다. 그것의 빛깔이 정말 피 같았고 그냥 그것을 마실 수가 없었다. 나는 거실로 돌아와 자리에 앉았다가 일어났다. 안 돼, 라는 생각이 들었나. 안 돼, 안 돼, 안돼…… 윤수는 지금 무엇을 하고 있을까, 하는 생각이 들었다. 그 아이는 아무것도 모르고 있을 것이었다. 전화를 할 수도 찾아갈 수도 없는 곳에서 그는 오늘 마지막 밤을 마지막 밤인지도 모르고 지내고 있을 것이다. 그건 죽는 것보다 더 잔인한 일 같았다. 나는 이주임에게 전화를 걸었다. 이주임도 연락을 받았는지 몹시 침통한 목소리였고 별로 대화를 이어가고 싶어하지 않은 눈치였다.

"지금 갈게요, 가서 만나게 해주세요. 오 분만요, 아니 일

분만."

"안 됩니다…… 그건 안 돼요."

"하실 수 있잖아요. 제가 모든 책임을 질게요. 죽음을 막을 수는 없어도 적어도 제가 죽는다는 것쯤은 알고 있어야 할 거 아니에요! 준비는 해야 할 거 아니냐구요. 이대로 아무것도 모르는 채로 그가 이 밤을 그냥 지새게 할 수는 없잖아요!"

이주임은 아무 말도 하지 않았다. 하기는 윤수는 자기가 죽는다는 것을 알고 있었다. 그것이 오늘인지 내일인지 모르고 이 년 반을 지냈을 뿐. 우리도 알고 있다, 우리가 언젠가 죽는다는 것을…… 그러니 아무리 그가 사형수라고 해도 과연 그에게 이 죽음을 통보하고 그것을 준비시키지 않는 일이 옳다고 할 수 있을까. 하지만 이주임이 무엇을 할 수 있겠는가.

나는 전화를 끊고 방 안을 서성거렸다. 안 돼, 라는 생각이 들었다. 적어도 이건 너무나 비열하고 비인간적이야. 이건 살인이야, 하는 생각…… 우리가 예측할 수 있고, 우리가 막을 수 있는 이 세상의 유일한 죽음인 처형을…… 그러나 우리는 막을 수가 없었다.

무릎을 꿇어보려고 했는데 기도가 나오지 않았다. 그건 너무 오래된 기억이었다. 살려주세요, 제발 살려주세요. 나는 중얼거렸다. 그는 분명 잘못했어요. 하지만 살려주시면, 살려만 주시면…… 그 순간 그 기억이 났다. 십오 년 전 큰집의 이층 그 작자의 방에서 그 작자의 손아귀에서 대체 뭐가 뭔지도 모르고 울고 있을 때, 내가 이렇게 기도했던 것이 생각이 났다. 그때 그 기도는 헛되었었다. 가슴이 콱 하고 막혀오는 기분이었다. 나는 자리에서 일어났다. 시계가 째각이는 소리가 내 귓가로 다가오기 시작했다. 시간을 보니까 다섯 시. 내일 아침 열 시가 처형이었다. 이제 열일곱 시간 후면 그는 이 세상에 없다는 것이다. 아무것도 모르는 시계는 그래도 째각이고 있었다. 나는 시계의 배터리를 빼버렸다. 숨막히는 고요가 밀려오고 내 방에서 시간이 멈추어 섰다. 그러자 그와 만났던 모든 시간들이 나를 스쳐 지나갔다. 그가 이를 악물고 고모에게 대들던 거라든가, 조소하는 빛이라든가 이런 거 말고 그가 웃었던 거, 그가 눈물을 떨구던 거 이런 것들이 나를 스쳐 지나갔다. 잘못했습니다, 잘못했습니다. 삼양동 할머니 앞에서 떨던 그의 모습이…… 처형장에 들어가고 올가미가 내려오면 그는 그렇게 떨까, 불과 나흘 전 그는 내게 말했었다. 나 수갑 찬 손으로라도 아이들한테 편지 쓰고, 나 수갑 찬 몸으로라도 여기서 있는 힘껏 사람들에게 내가 받았던 사랑 전하면서…… 평생 그렇게 피해자들 위해 기도하고 속죄하면서…… 여길 수도원처럼 생각하면서 살면…… 나 그렇게라도 살아 있으면 혹시 안 될까, 염치없지만, 정말 염치 없지만 나 처음 그런 생각했어요…… 하고. 몇 분이 지났을까, 하는 생각이 들었다. 그때 내게서 시간은 모든 박자를 잃어버려 지금 몇 분이 지났는지 알 수가 없었다. 갑자기 이대로 밤이 돼버리고 새벽이 오는 게 아닐까, 하는 불안이 나를 덮쳤다. 나는 휴대폰을 들고 시간을 확인했다. 겨우 삼 분이 지나 있었다. 이 목이 타는 것 같은 시간이 그러나 천천히 지나가는 것이 또 두려웠다. 차라리 윤수가 아무것도 모르고 있는 편이 나을지도 모른다는 생각이 그때 처음 들었다. 그렇지 않다면 그는 견딜 수 없을지도 모른다고 생각하자 조금 위안이 되었다. 나는 내 두 손을 들여다보며 서 있었다. 그리고는 천천히 전화기로 다가갔다.

나는 114에 전화를 걸었다. 문…… 유성이라는 분을 찾습니다…… 말을 하는데 입술이 자꾸 뒤틀렸다. 그 인간의 이름을 발음해보는 것도 처음이었다. 그 일이 있기 전 그는 그냥 오빠였으니까…… 문유성씨요? 주소가 어떻게 되지요? 내가 생각해도 어리석은 일이었다. 큰오빠에게 전화해서 물어볼 수도 없었다. 몰라요…… 문유성이라는 분이 전국에 아주 많은데요. 수화기 저쪽의 안내원은 친절하게 말했다. 서울이에요. 부자 동네에 살 거예요. 어딘지는 나도 몰라요…… 죄송합니다만, 그것만으로는 전화번호를 안내해드릴 수가 없는데요. 여자가 친절하지만 억양이 없는 투로 말했다. 나는 전화를 끊고 집을 나섰다. 차에 올라타 시동을 거는데 손이 덜덜 떨려왔다. 이를 꽉 물고 기어를 넣었다.

엄마는 돋보기를 코에 걸치고 잡지를 보고 있다가 내가 들어서자 눈을 치켜떴다. 나는 병실 문 입구에 서서 그녀를 노려보았다.

"네가 웬일이냐?"

엄마가 물었을 때 나는 돌아서서 다시 그 방을 나가고 싶었다. 엄마가 조금만 더 초췌했었더라면 쉬웠을 텐데, 엄마가 조금만 더 가엾어 보였더라면 좀 나았을 텐데, 새언니 말대로 엄마가 조금만 더 외로워 보이기만 했었더라면…… 유감스럽게도 엄마는 혈색이 더 좋았고 편안해 보였다. 엄마 여기가 아파, 너무 아파, 아무리 엄마지만 다 큰 소녀가 제 성기를 보여주는 일은 힘들었다. 엄마는 잠시 그것을 들여다보더니 내 팬티를 치켜올렸다. 그리고는 차갑게 내뱉었다.

"니가 뭘 안다고 그런 말을 해?"

처음에는 믿을 수가 없었다. 그 집을 나와 퉁퉁 부운 가랑이 때문에 걸음을 옮기는 것이 몹시 힘들었다. 몸이 다 커버린 소녀였던 나는 울면서 길을 걸었다. 걸을 때마다 찢어지는 듯한 고통이 느껴져서 한 걸음도 더 걸을 수 없을 것 같을 때마다 나는 엄마를 만나면, 엄마에게 이 사실을 알리면 그 다음에는 모든 것이 다 잘 될 거라고 믿었었다. 나는 위로받을 것이고 그는 보복받을 거라고 믿었었다. 그런데 엄마의 말과 그 냉랭한 표정을 보는 그 순간, 투명한 차단막이 단두대처럼 철컥, 하고 우리 모녀 사이에 내려꽂히는 듯했다.

"유성이 오빠가, 자기 방으로 오라 그랬는데…… 잠깐만 이야기할 게 있다고, 그래서 올라간 거였는데 내 팬티를 벗기고…… 엄마…… 아파. 무섭구…… 너무 아파."

나는 공포와 아픔에 질려 우느라고 더 말을 할 수가 없었다. 엄마는 아래층으로 내려가더니 잠시 후 올라왔다. 그리고는 손에 들고 있던 흔한 연고를 내게 내밀었다.

"바르고 자. 입 다물고. 다 큰 기집애가 어떻게 꼬리를 쳤으면……."

나는 엄마가 준 연고를 손에 쥔 채로 그 자리에 주저앉았다.

"부끄러운 줄도 모르고 다 큰 오래비들 있는 데서 떠들지 말고 입 다물란 말이다. 알았어? 니가, 아닌 게 아니라 소설책을 너무 많이 보더라!"

"아니야!"

나는 죽을힘을 다해 고함을 질렀다. 엄마가 다가와 내 입을 틀어막았다. 아니야, 아니야 아니란 말이야! 내가 발버둥을 치자 엄마가 내 따귀를 연거푸 갈겼다. 태어나 매를 맞은 것은 그때가 처음이었다.

나는 엄마에게 다가갔다. 엄마가 인상을 잔뜩 찌푸린 채로 읽고 있던 잡지책을 덮고 몸을 일으켜 세웠다. 그런 엄마의 눈은 뜻밖에도 질려 있었다.

"왜 이래! 너 왜 이러니?"

엄마가 소리쳤다. 입이 떨어지지 않았다. 입술이 덜덜 떨려왔다. 지금이라도 돌아서서 그냥 집으로 가고 싶었다.

"할 수 있는 게 없었어. 그래서 왔어…… 엄마를, 용……서한다고 말……하려고."

예리한 칼로 가슴을 잘게 잘게 죽죽 긋고 있는 것처럼 아팠다. 그렇게 갈라지고 마른 그 가슴 한구석에서 오래 응고되어 있던 피가 솟구치는 것처럼 내 눈으로 눈물이 솟아나기 시작했다. 눈이 몹시 아파왔다.

"용서할 수 없었어, 그리고 지금 이 순간에도 용서하기…… 싫어! 그 인간보다 더 용서할 수 없었던 엄마를…… 그런데 오늘…… 용서, 해보려구 온 거야."

엄마는 아직도 무슨 소린지 모르겠지만 뭐 별 거 아니라는 듯 코웃음을 쳤다.

"가지가지로 속을 썩이는구나. 에미가 죽어가는데 문병 한

번 안 오고…… 그래 이제 나타나서 뭐 어째? 누가 누구를 용서해야 하는 건데?"

"내가!…… 엄마를!……"

엄마가 이불을 걷고 자리에서 일어나 앉았다.

"너 미쳤니?…… 유정아, 외삼촌 오시라 할까? 너 정말 괜찮니?"

나는 어린아이처럼 소리내어 울고 있었다. 열다섯 살 그때 울지 못한 울음, 그 후로도 쭉 울지 못한 그 울음이 목구멍으로 차올라서 뱉어내지 않으면 숨이 막혀 죽을 것만 같은 기분이었다. 나는 그가 내게 준 푸른 십자가 목걸이를 잡아당겼다. 그것조차 내 목을 조르고 있는 것만 같아서였다. 교수대에 목이 매달리면 이럴까, 하는 생각이 들었다. 용수라는 흰 천으로 얼굴을 덮어 씌우고 그리고 목에 밧줄을 건다. 제껴! 하는 구호소리가 들리면 다섯 명의 집행관이 레버를 당긴다. 다섯 개의 레버 중에서 한 개만 실제로 작동이 되는 것인데, 그 이유는 그 집행관들의 죄책감을 덜어주기 위한 것이다, 라는 글을 나는 자료에서 읽었다. 그렇게 그중 한 개가 작동되면 사형수가 무릎을 꿇고 앉은 바닥이 꺼지고 그들은 매달린다. 십오 분에서 이십 분쯤 매달리게 두어도 아직 발이 덜덜 떨리는 경우가 많다. 의사가 내려가 가슴에 청진기를 대보고 심장이 멎었다는 것을 확인하고 나면 한 이십 분쯤을 더 매달아둔다. 그렇게 해도 아직 죽지 않았던 사람도 있었고, 실수로 밧줄이 끊어지거나, 밧줄이 너무 길어 그냥 떨어져 피투성이가 된 사람도 있었다. 그러면 처음부터 다시 시작한다…… 그들이 집행, 이라고 부르는 그 의식이다.

내 눈에서 눈물은 멈추지 않았다. 거의 십오 년 만에 울어보는 울음 때문에 목이 많이 아팠다. 목이 졸려오는 것처럼 아팠다. 엄마는 나를 피해 슬금슬금 문 쪽으로 가고 있었다. 입으로는 용, 서라는 소리를 내뱉었지만 어쩌면 내 눈에는 한때 그가 그랬듯, 그리고 내가 오래도록 그랬듯 살기가 넘실거리고 있었을지도 모른다고 나는 이제 생각한다. 그러니 엄마 말대로 그래, 외삼촌이 오시면 차라리 좋겠다는 생각이 들었다. 그러면 외삼촌은 말할까, 유정아 그래, 울어라…… 나는 네가 좀 울었으면 했다. 그러면 나는 말할 것 같았다. 외삼촌 미안해요…… 하고. 외삼촌은 묻겠지, 뭐가 미안하니 유정아. 그러면 나는 대답하고 싶었다. 몰라, 외삼촌 왜 이렇게 내가 미안한지 모르겠어.

"용서하고 싶어서 그러는 거 아니야. 하지만 그래야 된다고 생각했어. 나도 한 가지쯤은 희생을 바쳐야 할지도 모른다고…… 내가 제일 하기 어려운 걸로, 내가 죽기보다 싫다고 생각하는 걸로…… 그게 엄마야!"

그때 퇴근하는 길이었는지 큰오빠가 문을 열고 들어섰다. 엄마가 재빨리 큰오빠에게로 갔다.

"유식아, 유정이…… 쟤 어떻게 하니? 내가 쟤 저런 걸 두고 어떻게 눈을 감니? 저 가엾은 것이…… 대체 왜 저렇게 정신을 못 차리고."

엄마도 그제야 울기 시작했다. 무서워서? 모르겠다. 나 때문에 속이 상해서? 그럴지도 모른다고 나는 생각했다. 엄마도 생각하고 있었을 것이다. 대체 왜 이 세상은 왜 내 약을 올리면서 내 행복과 평안에 협조를 하지 않는 거야 대체! 하고. 짐작컨대 엄마는 분해서 울었을 것이다.

큰오빠는 엄마를 저쪽 의자에 앉히고 좀 진정을 시킨 다음 내게 다가왔다. 내 한쪽 팔을 잡는데 나는 휘청거렸다. 용서할 거야, 나는 중얼거렸다. 큰오빠가 의자를 끌어다가 나를 그 자리에 앉혔다. 용서……하려구 왔던 거야, 나는 고집스레 말했다.

"내일 집행이 있대, 죽일 거라구! 혹시 내가 안 하던 짓을 하면 혹시 내가…… 바보 같은 생각인 줄 알지만, 내가 할 수 있는 일이 하나도 없었어. 혹시 하느님이 계시다면, 내가 이러는 거, 이게 나한테는 죽는 거보다 더 힘든 일이라는 거 알 테니까, 날 이쁘게 봐서 혹시라도, 무슨 기적을…… 일으켜줄까봐…… 오빠, 나 이해할 수 있어?"

오빠가 한숨을 길게 내쉬었다.

"죽을 줄 알았던 신부님도 살아 오셨다는데…… 이거라도 해야 한다고 생각했어. 아니면 우리는 눈을 뜨고…… 오빠 내가 무엇을 해야지? 이건 공평하지 않잖아. 몇 번이나 죽으려고 했던 나를 데려가시는 게 맞잖아. 죄라면 나도 못지 않잖아."

큰오빠가 참음성이 많은 얼굴로 내 두 어깨를 잡았다.

"내가…… 사랑해보려고 했었단 말이야. 난 어차피 아무 남자하고도 사랑할 수가 없는 사람인데, 그래서 그 사람 살아만 있으면 영영 감옥에 있어도 괜찮았단 말이야. 살아만 있으면."

오빠는 모든 것을, 빠르게 이해하는 듯했다. 이해할 수도 없고, 용납할 수도 없었겠지만, 적어도 내가 무슨 소리를 하고 있는지 알고는 있는 듯했다. 아직 끝이 난 것은 아니지만 실은 이미 끝난 일이어서 아마 현실적으로 더 위험하지 않다는 판단도 오빠를 너그럽게 만들었는지도 모른다.

"왜 진작 말하지 않았니?"

오빠가 달래듯 물었다.

"그랬으면…… 살려주었어?"

내가 묻자 오빠는 아무 말도 하지 않았다.

"내 입으로 누구한테도 그런 말을…… 해본 적이 없었어 오빠."

나는 고개를 떨구었다. 또 실패였다. 그랬다. 바보같은 짓이었다.

그렇게 길고 긴 밤이 지나갔다. 나는 아직도 그 밤을 기억한다. 모든 것이 너무도 생생했고 모든 것이 너무도 무감각했다. 그런 극도의 생생함과 극도의 무감각이 째각째각 교차하고 있었다. 그리고 결국 그 새벽이 왔다. 나는 잠깐 쓰러져 잠이 들었다. 깨어나 하늘을 보니까 날씨는 흐렸다. 바람은 싸늘했다. 이런 상황에서 잠이 든 것이 나를 몹시 수치스럽게 만들었다. 그는 이제 죽는데 나는 결국은 살아 있다는 생각이 너무도 생생했던 거였다. 나는 뛰어나가 차에 올라탔다. 지금 생각해보면 나는 그때 작두 위에 올라선 무당 같았다. 피곤하지도 않고 배도 고프지 않았다. 모든 것이 비현실적으로, 마치 한때 프랑스에 있었을 때 잠깐 허시시를 피워보았던 때처럼 모든 시간과 공간이 부유하고 있는 듯했다. 그때와 다른 것이 있다면 그땐 마약의 힘이었고 지금은 고통의 힘이라는 것이었다. 인간은 극에 이르면 결국 같은 것을 느낀다. 그것은 무감각이다.

고모가 벌써 구치소 담 밑에 도착해 있었다. 고모는 까맣게 오그라들고 있는 거 같았다. 집행은 열 시부터였다. 시간을 보니까 아홉 시 오십 분. 고모는 벌써 헝겊으로 만든 꾸러미를 들고 있었다. 그는 아직 죽지 않았는데 우리는 그의 유품을 들고서 있었다. 고모는 묵주를 든 손을 모은 채 눈을 감고 있었다. 나는 고모가 들고 선 꾸러미를 받았다. 그의 나이 스물일곱 해 동안 이 간단한 꾸러미 하나가 그가 가진 것의 전부였다. 나는 그것을 뒤졌다. 성서와 내의와 양말, 그리고 담요와 책들…… 거기에 푸른빛 노트가 한 권 있었다. 꺼내보니까 굵은 사인펜으로 블루노트, 정윤수, 라고 써 있었다. 나는 그것을 그라도 되는 양 꼭 안았다.

목사님과 신부님과 스님들은 그 현장에 들어가시고 가족들과 자매들이 그 자리에 서 있었다. 벌써 실신을 해서 업혀가는 사람도 있었다. 회색빛 승려 복장을 한 여자가 고모에게 다가와 손을 잡았다.

"수녀님 힘내세요……."

고모는 기운이 없는 듯 고개를 끄덕였다.

"교도소에 들어올 때 인간도 아니었던 사람들, 이렇게 천사가 되고 나면…… 죽이네요…… 수녀님 우리 이제 이거 그만해요. 천사같이 되어서 저렇게들 가니까…… 이젠 제가 못 살겠어요."

여자가 울며 말했다. 모니카 수녀가 그녀의 등을 두드려주었다.

보살이라는 여자가 모니카 고모에게 안겨서 울었다. 나는 구석자리로 몇 걸음 자리를 옮겼다. 구치소에서 몇 번 보아 낯이 익은 아주머니가 내게 다가와 괜찮으세요, 입술 빛이 하얘요, 했다. 내가 괜찮아요, 하니까 여자가 말했다. 슬퍼하지 마세요. 저 사람들 오늘 하늘나라 가는 거예요, 했다. 기운만 좀 있었으면, 당신이 직접 데려다주고 오려구요? 쏘아붙이고 싶었지만 대꾸할 기운조차 없었다. 나는 그녀를 피해 몇 걸음을 겨우 옮겼다. 여자는 두 손을 앞으로 모은 채 하늘로 그것을 올리고 무어라 중얼거렸다. 그리고는 밝은 얼굴로 다시 다가왔다. 저 여자만 없었어도 좀 나을 것 같은 기분이었다.

"괜찮아요. 울지 마세요. 저 사람들 오늘 다 하늘나라 들어가요. 이제 고생 끝난다구요. 저 사형수 누나 되시죠? 내가 몇 번 뵌 거 같은데."

"……아니에요, 저 사형수 누나 아니에요!"

나는 얼결에 대답하고 그 여자를 피해 걸음을 옮겼다. 옮기는데 저쪽 편에 누군가가 제복을 입고 서성이는 것이 보였다. 차마 이리로 와서 합류하지는 못하지만 떠나지도 못하고 있는 듯한 모습, 이주임이었다. 나와 눈이 마주친 순간 그는 고개를 떨구고 시선을 피했다. 그의 눈은 몹시 충혈되어 있었다. 갑자기, 내가, 저 사형수 누나 아니에요, 했다는 생각이 났다. 나는 구치소 담 밑에 서서 울었다. 세 번이나 예수를 모른다고 한 베드로처럼 울었다. 시간은 열 시였다.

•

그가 못된 행실을 한 자라고 해서 사람이 죽는 것을 내가 기뻐하겠느냐?

주 야훼가 하는 말이다.

그런 사람이라도 그 가던 길에서 발길을 돌려 살게 되는 것이

어찌 내 기쁨이 되지 않겠느냐?

•

구약,《에제키엘서》

블루노트 18

이 글을 쓰기 전에 원주교도소에 있는 나의 공범 선배에게 편지를 썼습니다. 용서하겠다고. 당신이 한 일을 내가 한 일처럼 말하고 당신은 변호사를 사서 나를 주범으로 몰았던 것도, 검사도 제대로 하지 않고 제게 강간살인의 누명을 씌운 경찰도, 세 번의 재판이 진행되던 팔 개월 동안 나를 두 번만 찾아왔던 그 국선변호사도, 나를 언제나 벌레처럼, 한 번도 나를 인간으로 대해주지 않았던 검찰도, 실은 내 살인 행각에 분노하고 있었으면서 실은 자신이 신처럼 객관적인 듯 냉정한 척하던 판사도 모두 용서하겠다고 썼습니다. 가엾은 짐승처럼 생을 마감했던 아버지를 용서하고…… 그리고 저는 자비로우신 주님 앞에서 저 자신을 용서했습니다. 은수를 때리고 은수의 마지막 소원인 애국가를 불러주지 않았던, 아픈 그 아이에게 욕설을 퍼붓고 뛰쳐나갔던 나를, 무고한 세 사람의 살인에 가담했던 나를 용서하겠다고…… 그러고 나니까 비로소 저는 저로 인해 죽었던 그 두 여인과 그 가엾은 소녀에게 무릎을 꿇을 수 있었습니다. 대지에 입을 맞추고 저는 사람이 아니었습니다. 저는 살인자입니다, 하고 외칠 수 있었습니다.

왜냐하면 이곳 구치소에 들어와서 저는 처음으로 인간다운 대접을 받아보았기 때문입니다. 인간이라는 게 무엇인지 처음으로 알았고, 사랑이라는 게 무엇인지 처음으로 알았기 때문입니다. 사람과 사람이 어떻게 서로를 존중하고, 존댓말을 쓰면서 떨리는 마음으로 사랑할 수 있는지 처음 알았기 때문입니다. 제가 살인자로 이곳에 오지 않았더라면 제 육체적 생명은 더 연장될 수 있었을지 모르지만 제 영혼은 언제까지나 구더기 들끓는 시궁창을 헤매었을 것입니다. 그것이 차마 구더기인 줄 모르고 그것이 차마 시궁창이었는지 모르고…… 저는 이곳에 와서 처음으로 행복한 시간이라는 것을 가져보았습니다. 기다리는 것, 만남을 설레며 준비하는 것, 인간과 인간이 진짜 대화를 나눈다는 것, 누군가를 위해 기도한다는 것, 서로 가식 없이 만난다는 것이 무엇인지 알았습니다.

사랑 받아본 사람만이 사랑할 수 있고, 용서 받아본 사람만이 용서할 수 있다는 걸…… 알았습니다.

아마 제가 죽고 난 후에야 이 노트가 발견되겠지요. 사형수였던 대통령이 약속대로 형을 집행하지 않는다면, 제가 이 진짜 이야기를 차마 떨어지지 않는 입으로 해야 하겠지만, 그래도 만일 제가 죽는다면 이 노트를 읽으신 분은 이 노트를 문 모니카 수녀님의 조카 분이신 문유정씨께 전해주십시오. 진짜 이야기를 나누면서 여러 번 털어놓고 싶었으나 그러지 못했던 것은, 행여 그분이 이로 인해 저에게 실망하실까봐 두려워서였습니다. 실망해서, 또 모든 사람들이 그랬듯 저를 떠나가실까봐…… 그리고 그분이 이 노트를 거부하시면 한마디만 전해주십시오. 우리가 만나던 그 시간, 우리가 마셨던 인스턴트 커피, 우리가 나누었던 작은 빵, 일주일에 그 몇 시간으로 인해 저는 어떤 모욕도 참아낼 수 있었고, 어떤 고통도 견딜 수 있었으며, 원수를 용서할 수 있었고, 저 자신의 죄를 진정으로 신께 뉘우치며 참회했다고 말입니다. 당신으로 인해 진정 귀중하고 또 따뜻하고…… 행복한 시간을 가졌었다고. 혹여 허락하신다면, 말하고 싶다고…… 당신의 상처받은 영혼을 내 목숨을 다해 위로하고 싶었다고 말입니다. 그리고 신께서 허락하신다면 살아서 마지막으로 내가 이 세상에 태어나 내 입으로는 한 번도 해보지 못했던 그 말, 을 꼭 하고 싶었다고…… 사랑한다고 말입니다.

18

광탄리 묘지는 추웠다. 장례미사가 진행되는 동안 나는 그 미사에 참석하지 않고 뒤쪽에 서 있었다. 나는 평생 두 번의 간절한 기도를 바쳤었다. 두 번 다 살려달라고 했었다. 신은 적어도 그 두 번 중 한 번은 내 기도를 들었어야 했다. 그러나 그는 듣지 않았다. 윤수 손에 죽어간 그 여자도 기도했을 것이다. 그런데 그렇게 당하고, 그렇게 죽고, 그런 다음 미사란 무슨 소용이란 말인가. 그것은 산 자들이 벌이는 자기 위로는 아닐까. 유정이 누님 나 믿고 한 번만 예수님 믿어봐, 윤수는 그렇게 말했었다. 그의 기도를 한 번도 들어주지 않았을 신을, 나는 믿어야 하나, 하는 생각이 들었다. 나는 윤수가 묻힐 곳을 바라보았다. 광탄리 천주교 공원묘원. 진보적인 신부님이 겨우 자리 한켠을 내주셔서 그곳은 사형수들이 묻힐 곳이 되었다. 따스하고 양지바른 곳 아니고, 어두운 북향, 햇볕조차 비껴가는 곳…… 윤수는 평생을 추운 곳에서 살고 이제 죽어서도 저렇게 추운 곳에 묻히는 것이었다. 윤수가 묻힐 자리 근처에 성모상과 천사상이 서 있었다. 고모, 왜 가난한 사람들 묻힐 자리에 있는 성모님하고 천사는 꼭 저렇게 더러워야 돼? 청소 좀 하지…… 성모님두 더럽고 천사도 더러워. 나는 그게 너무 화가 나…… 내가 말했을 때 고모는 울기만 했다.

윤수와 마지막 시간을 보내고 온 김신부는 빠진 머리카락 때문에 검은 모자를 덮어쓰고 있었는데, 집행이 끝나고 우리에게 왔다. 이미 죽음을 통과해본 자가 가지는 공포와 경외를 그는 아직 다 소화해내고 있지는 못한 듯했다. 모니카 고모가 다가가서 신부님, 하니까 그가 딱히 모니카 고모를 바라본다고도 할 수 없이 고개를 들었는데 나는 이 세상에 태어나서 그토록 괴로운 남자의 얼굴은 처음 보았다.

"잘 갔어요……."

신부님은 기다리고 있던 우리들을 위해서 힘겹게 입을 열었다.

"들어오는데, 내가 떨고 있으니까, 신부님 그렇게 떠시면 모니카 수녀님한테 혼나요, 사내답지 못하다구, 했어요."

모니카 고모가 휘청했다. 나는 모니카 고모를 붙들었다.

"기도를 하고 영성체를 주고 마지막 말을 하라니까, 그 말을 했어요…… 먼저 저로 인해 희생당한 분들에게 마지막으로 진정 용서를 구합니다. 그리고 그 가족 분들에게도 진정 용서를 빕니다. 제가 잘못했습니다. 삼양동 할머니 정말 죄송합니다. 그리고 감사하구요. 당신의 용기로 저는 진정 다시 태어날 수 있었습니다. 그리고…… 어머니를 용서합니다. 아니 이건 용서가 아니지요. 실은 보고 싶었다고, 너무나 그리워했었다고, 죽기 전에 한 번이라도 꼭 보고 싶었다고…… 그게 진짜, 였다고 전해주십시오, 했어요."

봉사를 하러 구치소에 오래도록 다녔던 자매들의 입에서 울음소리가 커지기 시작했다.

"그리고 중얼거리듯 말했어요. 너무나 간단했는데, 신부님. 사랑했으면 되는데…… 저는 그걸 어떻게 하는지 너무 늦게서야 알았어요, 했지요. 제가 다른 종파 사람들처럼 너도 노래 하나 부를래, 성가 뭐 아니? 하니까 저는 영세받은 지 얼마 되지 않아서 성가는 몰라요. 대신 애국가를 부르고 싶어요, 하길래……."

나는 더 듣고 있을 수가 없었다. 모니카 고모가 내 손을 꽉 잡았다.

"불렀어요. 애국가를……."

김신부는 더 말할 수 없다는 듯 잠시 입을 다물고 울먹였다.

"그리고 교도관들이 그애를 무릎 꿇리자 윤수는……."

우리는 모두 김신부를 바라보고 있었다.

"발버둥치기 시작했어요. 그 마지막 눈빛은 공포로 질려 있었어요. 집행관들이 서둘러 그애의 얼굴에 용수를 씌우자, 윤수가 소리쳤어요. 신부님, 살려주세요, 무서워요. 애국가를 불렀는데도 무서워요…… 나는 더 이상 그애를 쳐다볼 수가……."

김신부는 마치 제가 올가미에 걸린 것처럼 하얗게 질려 말했다.

우리는 지하실로 갔다. 집행이 있기 전, 이미 대기하고 있던 앰뷸런스가 집행 직후 윤수의 눈을 가져가버려서 그애의 얼굴은 동공이 텅 비어 있었다. 윤수는 죽어서 동생처럼 눈이 보이지 않게 된 것이었다. 아니다, 그 각막은 은수처럼 어느 앞 못 보는 아이의 눈에 들어가 빛을 보게 될 것이었다, 라고 우리는 서로 위로했다. 모니카 고모가 달려가 아직 다는 굳지 않은 그 애의 시신을 안았다. 그리고 그의 목을 어루만졌다. 그의 목에는 아스팔트에 난 스키드 마크처럼 검은 자국이 있었다. 고모는 그의 목을 마치 산 사람의 상처를 어루만지듯 어루만지다가 그의 뺨을 부비며 작은 소리로 기도했다. 나는 그 곁에서 그의 손을 잡았다. 죽어서야 수갑이 풀린 손이었다. 손은 양초처럼 차가웠다. 언젠가 내게 십자가 목걸이를 건네줄 때 윤수의 손이 잠깐이었지만 내 손 위에 머물렀던 때를 나는 기억했다. 그때 뜨거웠던 그의 손이…… 왜 그때 웃으면서 그의 손을 마주 잡지 못했을까…… 왜 사랑한다고 말하지 못했을까…… 윤수의 말대로 너무나 간단했는데, 그냥 사랑했으면 됐는데…… 이제 그 온기가 사라져버렸다. 온기가 사라지는 것이 죽음이라면, 인간의 영혼에서 온기가 사라지는 순간 또한 죽음이었을 것이다. 나도 그도 한때, 그것도 모르고 살면서 죽고 싶다고 생각했던 것이다. 그것이 이미 죽음이었는지도 모르고.

고모와 나는 미사를 마치고 서둘러 강릉으로 떠났다. 고모는 내가 운전을 하는 동안 잠들어 있었다. 이틀 동안 잠도 못 자고 먹지도 못했지만 하나도 피곤하지 않았다. 운전을 하고 가는데 문득 이상한 느낌이 들었다. 등 뒤가 따뜻해오는 느낌, 나는 뒤를 돌아보았다. 뒷좌석에는 아무도 없었다. 그러나 분명 그건 다른 느낌이었다. 그는 내 차를 타본 적도, 심지어 본 적도 없었다. 윤수? 내가 작은 소리로 불렀다. 아무 대답도 없었다.

우리는 바닷가에 도착했다. 연말이라 콘도는 북적거렸다. 태백 분교에 있는 아이들 여덟 명을 데리고 교장선생님이 도착해 있었다. 아이들은 처음 보는 바다 앞에서 물제비들처럼 조잘거리며 뛰고 있었다. 셋째올케에게 빌린 카메라를 가져오지 않았다는 생각이 그제야 들었다. 그리고 나자 카메라를 가져올 필요가 없다는 생각이 따라왔다. 나도 바다가 보고 싶거든요, 라던 윤수는 아마도 바다를 보고 있을 것이었다. 그렇게 생각하고 싶었다. 날은 흐렸다. 바다는 음울한 빛이었다. 하지만 내일 날씨는 모른다. 그건 아무도 모르는 것이었다.

몹시 마르고 작은 키의 사람이 고모와 내가 선 자리로 다가왔다. 저는 태백분교의 교장입니다, 했다. 그는 잠시 우리에게 이런 일을 마련해주어서 감사하다고 인사를 한 다음, 곤란하다는 듯이 머리를 긁적였다.

"오늘 서울구치소에서 연락이 왔어요. 정윤수라는 사람이 제게 돈을 보낸다고 말이지요. 그래 제가 그 사람은 어제 처형된 걸로 안다고 했더니, 그 사람이 미리 교도관에게 갑자기 형이 집행되면 남은 영치금을 모두 저희 학교로 보내라고 했다는 거예요. 그래, 제가 이 귀중한 돈을 함부로 쓸 수도 없고…… 그래서 수녀님께…… 의논을 드리러 왔습니다."

교장은 안주머니에서 통장을 꺼내 우리에게 보여주었다. 액수는 작았다. 교장이 다시 말을 꺼냈다.

"저 괜찮으시다면 저희가 지금 운동장 가에 스탠드 지붕을 없는 공사를 하고 있는데…… 거기 혹여 보태면 안 될까 싶어서요. 교실은 횅하니 넓긴 한데, 아이들이 운동장에서 놀다가 비를 피하거나, 여름에 그늘 아래 책을 읽거나 할 경우 언제나 불편했거든요. 그래 이 돈을 그 지붕 공사를 하는 데 보태면 어떨까 말씀드리려고."

고모가 작은 소리로, 오오 하느님, 했다. 고모와 나는 어젯밤 잠 못 자고 읽은 그의 노트를 생각했던 것이다. 어린 은수가 학교에 간 형을 기다리며 어미 잃은 제비처럼 울며 비를 맞던 그 장면을 동시에 떠올린 것이었다. 고모가 작게 성호를 그었다.

"죄송합니다. 그게 아니라면 어떻게 돈을 쓸지……."

교장이 우리 두 사람의 표정을 보고 난처해하며 말했다. 우리가 기가 막히다는 듯이 울고 있으니까 마음에 안 들어서 그런 모양이라고 생각한 것이었다.

"아니에요, 꼭 거기에 써주셔야 합니다. 교장선생님 다른 데 말고 꼭 거기에 써주세요. 비가 오면 비를 맞지 않게, 여름이면 해가 너무 뜨겁지 않게, 거기에 지붕을 덮어주세요. 혹시 형을 기다리고 서 있는 어린 동생이 비 맞지 않도록…… 그래서 그걸 바라보는 형이 가슴 아프지 않도록……."

모니카 고모는 말을 다 마치지 못하고 다시 울기 시작했다.

나는 며칠 동안 제대로 먹지도 자지도 못해서 쇠약해져버린 고모를 모시고 콘도 쪽을 향해 걸었다. 날이 어둑해오고 있었다. 아이들하고 내일 새벽에 일어나려면 일찍 자자, 고모가 말했다. 내일 해가 뜰까, 내가 고모에게 물었다. 뜨겠지, 고모가 대답했다. 애들이 참 좋아한다, 고모, 내가 말했다. 그래 애들이 좋아하는구나, 고모가 대답했다. 건물 입구로 들어서다 말고 나는 문득 뒤를 돌아보았다. 윤수와 은수가 부르던 노래, 애국가의 시작이 저 바다였다. 동해물과 백두산이 마르고 닳도록…… 파도소리였겠지만 그 파도소리 너머 어디선가 아주 희미하게 어린 두 형제가 도시의 뒷골목 쓰레기통 옆에 앉아 부르는 소리가 들려오는 것만 같았다. 형 우리 나라 좋은 나라지? 나는 이 노래를 부르면 왠지 우리가 훌륭한 사람이 된 것만 같아. 속삭이는 눈먼 은수의 목소리가 그 파도소리를 따라 내 귀로 아주 엷게 들려오는 것 같았다. 아이들이 뛰어노는 모래사장 너머 흐린 바다는 대지에 고인 눈물처럼 일렁이고 있었다.

•

나는 항상 이것만은 말하고 싶었습니다.
지금까지 내가 틀림없다고 확신하는 것은
우리들은 언제나 어려움에 의지해야 한다는 사실입니다.
그 어려운 쪽이 바로 우리들의 몫이지요.

•

라이너 마리아 릴케 <젊은 시인에게 보내는 편지>

추신 : 참 문모니카 수녀님, 김신부님께도 전해주십시오.

감사드린다고, 죄송하다고, 그리고…… 사랑한다고.

그분들은 어떤 시인의 말처럼 당신들의 눈물로 사랑의 풀빵을 굽는 분들,

그 풀빵을 뒤집을 줄도 아셨던 분들,

우리에게 그 따뜻한 빵을 나누어주셨던 분들,

결국, 저의 생 모두가 은총이었음을 가르쳐주신 분들이셨습니다.

19

병실에는 이미 몇 사람들이 와 있었다. 김신부님은 나를 보더니 아는 체를 하셨다. 그새 살이 많이 올랐고 머리카락은 다시 자라 있었다. 살이 많이 찌셨어요, 신부님, 하고 내가 물으니까 그는 나온 배를 어루만지면서, 글쎄 자꾸 살이 찌네, 하면서 웃었다. 살아 있으면 그렇게 변하는 것이다. 더 나빠질 수도 있고 더 좋아질 수도 있다. 나는 그가 떠난 후 칠 년 동안 다른 많은 윤수들을 만나면서 그것을 순진한 환상이라고는 생각하지 않게 되었다. 검은 승용차를 타고 다니는 재판관이나 극악무도한 살인자나 더 큰 심판관의 입장에서 보면 똑같이 가엾고 똑같이 삶에 있어서의 채무자인 것이다. 어떤 인간도 본질적으로 선하지 않고, 어떤 인간도 본질적으로 악하지 않기에 우리는 늘 괴로운 하루를 보낸다는 것을 말이다. 다만 본질적으로 한 가지 같은 것도 있는데 그것은 누구나 죽음에 맞서서 싸운다는 것이다. 이

것은 끊어버릴 수 없는 인간 공통의 오래되고 처연한 연대의식이었다.

모니카 고모는 베일 대신 하얀 모자를 쓰고 있었다. 서양 영화에 나오는 레이스가 자잘하게 달린 둥그런 잠 모자 같은 것이었다. 그래서 그런지 고모의 몸은 아주 작아서 요람에 누워 있는 아기 같았다. 고모의 얼굴이 그렇게 늙어버리지만 않았다면 문득 아기의 탄생을 축하하러 사람들이 빙 둘러싸여 있는 듯도 했다. 그런데 그렇게 누워 고모는 김신부님과 방금 전까지 또 무슨 이야기를 하고 있는 중인 것 같았다. 고모는 눈짓으로 나보고 좀 앉으라고 하더니 김신부를 향해 말했다.

"그러니까 걔가 성서를 넣어달라고 하더라구요…… 김신부님을 만나겠다고 했단 말이지요? 만나보시니까 어때요?"

언젠가 눈이 많이 오는 날, 고모가 넘어졌다는 소리에 달려가 보니, 분홍 꽃무늬가 있는 손수건으로 머리를 싸매고 있었던 그 모습이 겹쳐져왔다. 그때 나는 그런 고모를 보면서 내가 졌어, 하고 싶었는데, 실은 오늘도 마찬가지였다.

고모는 김신부와 새로 사형이 확정된 당대의 살인마 이야기를 하고 있는 거 같았다.

"글쎄요, 뭐 별 말은 안 하는데…… 어릴 때 그리스도교를 좀 접해본 모양이에요. 일부러 희생자들을 교회 십자가가 잘 보이는 창가에 놓고 죽였다고 하더라구요. 그리고 또…… 자기는 솔직히, 자기가 그냥 나쁜 놈인데, 그런 생각이 흐트러질까봐 그게 두렵다고 하더라구요. 만나보니까 그냥 사람이었어요."

김신부는 말을 마치면서 씁쓸하게 웃었다. 고모는 힘에 겨운

지 잠시 눈을 감았다.

그 살인마라면 2004년 대한민국에서 모르는 사람이 없었을 것이다. 그로 인해 1997년 12월 대통령에 당선된 사람의 약속대로 집행되고 있지 않았던 사형이 다시 집행되어야 한다는 목소리가 힘을 얻었고, 국민들의 법 감정은 사형수들에게 싸늘해졌다. 윤수가 떠난 다음에도 내가 만나곤 했던 다른 사형수들까지 그 기사를 읽고 자신들도 모르게, 이런 놈은 정말 죽여야 하는 거 아냐, 해서 웃지 못할 웃음을 웃은 적도 있었다.

내가 병실로 들어섰을 때 모니카 고모는 김신부와 그의 이야기를 하고 있는 것이었다.

"누구도, 극악무도한 인간이라 해도, 설사 악마의 화신이라 해도 그를 포기할 권리가 우리에게는 없지요. 우리는 모두 전적으로 선하지 않으니까, 우리는 누구도 결백하지만은 않으니까, 우리는 다만 조금 더 착하고 조금 더 악하니까, 산다는 것이 속죄를 하든 더 죄를 짓든 그 기회를 주는 것인데 그래서 우리한테는 그걸 막을 권리가 없는 거니까…… 김신부님이 어려운 일을 하시게 되었어요. 제가 도와드리지 못하고 저는 이제 그만 갈 것 같아서……."

고모의 말투는 담담했다. 김신부는 고모가 그만 갈 것 같다는 말을 했을 때 무언가 상투적인 위로의 말을 하려다가 마는 거 같았다. 고모가 나를 바라보았다. 그 눈빛은 여전했다. 가끔씩 장난꾸러기 같은 눈빛도 어른거렸는데 아마 기운이 없어서 더는 농담을 오래 하기가 힘든 거 같았다. 김신부가 떠나고 내가 고모 곁에 앉았다.

"노박사가 연락했니?"

나는 고개를 끄덕였다. 그리고 오래 전 겨울 고모가 내게 했던 것처럼 그 곁에 앉아서 고모의 얼굴을 가만히 쓸어내렸다. 고모도 그 겨울을 떠올렸는지 가만히 웃었다.

"그래, 그때 안 죽고 이제껏 사니까 소감이 어떠냐?"

"……그래서 어쩐지, 더 살아봐야 할 거 같아."

내가 대답했다. 눈물이 나올 거 같았다. 고모는 정말 꺼져가는 심지 같아 보였다. 오래도록 생각했던 것, 고모가 죽으면 나는 어떻게 하지, 하는 생각이 났다. 하지만 이제 한 가지는 안다. 그래도 산다는 것, 죽을 것 같지만. 죽을 것 같다, 이건 사는 게 아니야, 라고 되뇌는 것도 삶이라는 것을. 마치, 더워 죽겠고 배고파 죽겠다는 것이 삶이듯이, 죽고 싶다고 생각하는 것도 삶이듯이, 그것도 산 자에게만 허용되는 것, 그러므로 삶의 일부라는 것을. 그래서 나는 이제 죽고 싶다고 말하는 대신 잘 살고 싶다고 바꾸어서 말할 수밖에 없게 된 것이다.

"네 엄마는 좀 어떠시냐?"

고모가 물었다. 건강하셔, 내가 대답하자 우리는 누가 먼저랄 것도 없이 웃었다.

"윤수…… 어머니를 찾았다."

윤수의 이름을 듣자 나도 모르게 목이 잠겨 대꾸를 할 수가 없었다.

"알고 보니까…… 가까운 데 있더라구. 우리 친구 수녀님이 경기도 동두천에서 무의탁 노인들을 돌보는데, 거기 있었더라구. 그 양반 인생은 또 언제 거기까지 흘러갔는지. 치매에 걸린 모양이야…… 기록을 보고 그 수녀님이 내게 연락을 했지."

나는 말없이 고모의 손을 꼭 잡았다. 고모는 떨리는 손으로 머리맡에 놓아두었던 십자가를 꺼내 내게 건넸다. 윤수가 죽기 전에 고모에게 만들어주었던 밥풀로 이긴 십자가였다.

"가서 이거 그 양반에게 건네줘라. 춥지 않은 날엔 하루 종일 집 앞에 앉아서 우두커니 누구를 기다리고 있더란다…… 수녀님이 할머니 누구를 기다리세요 물으니까, 아들이요 하길래, 아들 이름이 뭐예요, 물으니까 운수, 하더란다……."

운수, 하고 따라하려는데 목이 메어왔다. 은수와 윤수의 중간 발음이었던 것이다. 나는 십자가를 받아들었다. 힘이 없는지 고모가 다시 눈을 감았다.

"빨리 가게 기도해주겠니? 실은 좀 아프거든…… 아니, 솔직히 말해 많이 아프거든, 몰핀을 맞아도 많이 아파……."

나는 응, 하고 대답했다.

"참 이상도 하지. 아까 네가 오기 전에 잠깐 꿈을 꾸었는데 이 방에 내가 떠나보냈던 그 수많은 아이들이 와 있는 거야. 윤수도 있었다…… 모두들 흰 옷을 입고 있었어. 환하게들 웃고 있었는데 목에 검은 자국들이 있는 거야. 죽어서도 그건 사라지지 않는지…… 꿈속에서도 그게 너무 가슴이 아팠다."

나는 더 참지 못하고 울음을 뱉어냈다.

"울지 말아라. 우리 이쁜 유정이. 네가 이겨냈을 때, 처음 구치소에 따라왔을 때, 윤수를 이해하려고 노력했을 때, 네가 윤수를 살려보려고 엄마에게 찾아갔다는 소리를 들었을 때……

얼마나 네가 이뻤는지…… 고모가 실은 그전부터 가슴 졸이면서 널 몰래 지켜보고 있었는데…… 너는 뜨거운 사람이야, 뜨거운 사람은 더 많이 아프다. 하지만 그걸 부끄러워하면 안 된다."

나는 고모의 얼굴을 두 손으로 안았다. 얼굴은 아주 작았고 주름투성이였다. 미안하다고 말하고 싶었다. 어떻게 살아야 하는지 무서웠다고 말하고 싶었다. 나도 윤수처럼 그걸 너무 늦게야 알았다고…… 꼭 그 말이 아니면 안 되는 그때에 하지 못했던 그 말들을 나는 처음으로 하고 싶었다.

"……미안해 고모. 정말 미안해…… 마음 아프게 해서 미안해."

고모가 엷게 웃으며 내 두 손을 어루만졌다.

"그래 우리 유정이가 어른이 된 걸 보니까 고모가 마음이 기쁘다."

그때 모니카 고모는 웃었는데 고통이 심한지 얼굴이 저절로 찡그려지는 것 같았다.

"기도해주거라. 기도해. 사형수들 위해서도 말고, 죄인들을 위해서도 말고, 자기가 죄 없다고 생각하는 사람들, 옳다고 생각하는 사람들, 나는 안다고 나는 괜찮다고 생각하는 사람들…… 그 사람들 위해서 언제나 기도해라."

나는 고모의 이마에 밴 땀을 닦아주면서 고개를 끄덕였다. 신은 한 번도 내 기도를 들어주지 않았고, 오늘 또 그럴 거 같지만…… 윤수가 자기 보고 믿으라고 했고, 고모가 또 기도하라고 하니까…… 그럴게, 하고 대답하고 싶었지만 입을 뗄 수가 없었다. 입을 열면 나는 무너져버릴 것 같았다. 그러면 고모가 가슴 아파할 것이고 그래서 나는 견디고 있었다. 사랑은 그 사람을 위해서 기꺼이 견디는 것이고, 때로는 자신을 바꿔낼 수 있는 용기라는 것을 나는 윤수를 통해서 깨달았던 거였다.

고모가 빙그레 웃으며 내 손을 잡았다. 고모의 손은 평생을 마당을 쓸어내린 빗자루처럼 거칠었다. 그리고 다시 웃더니 고모는 눈을 감았다. 잠이 든 것 같았다. 고모가 추울까 이불을 여미어주는데 고모의 조그만 발이 보였다. 흰 면양말을 신고 있는 발은 아기처럼 작았다. 고모는 저 발로 많은 곳을 걸어다녔을 것이다. 팔십에 가까운 생애 동안 우리들이 "몰랐다"라는 말로 간단히 외면해버린 어두운 뒷골목과 버려진 숲, 공포의 골짜기와 진리의 사막, 그리고 도도하고 가혹했던 강들을…… 그리고 생각했을 것이다. 결국 다른 이름을 가진 작은 개울물로 시작하지만 흘러 흘러 도달하는 곳은 바다라는 한 이름의 장소라는 것을…… 거기에 이를 때까지 누구도 그것을 막을 권리는 없다는 것을…… 나는 고모의 이불을 여며주며 그녀의 고통스러운 이마에 입을 맞추었다. 윤수가 죽기 전날 셋째올케에게 카메라를 건네받으면서 나를 스치고 지나갔던 욕망들이 생각났다. 아이를 낳고 싶다는 욕망이었다. 그런데 고모는 스스로 그 욕망을 버리고 그 모든 엄마 잃은 가엾은 사람들의 어머니가 됐었다. 나는 나직한 소리로 말했다. 이제는 편히 쉬세요, 사랑합니다, 나의 어머니…….

작가의 말

이 소설을 쓰는 동안 나는 아주 행복한 시간을 보냈다.

진정으로 참회하고 새로 태어난 사람들,

삶과 상처를 딛고 차마,

아무도 하지 못하는 용서를 하려는 사람들,

그분들과 함께 나는 감히 '우리들의 행복한 시간'을 보냈다.

나는 아직도 1997년 12월 30일을 기억한다. 그해가 가던 그 무렵, 거리는 어둡고 한산했다. 무심히 거리를 지나가다가 돌아보면 이상하게 불빛들도 어둡고 소음도 낮았다. 온 나라가 무덤 속처럼 적막하다고 느껴지던 무렵이었다. 그날 밤 나는 마포에 있는 한 출판사 사람들과 망년회를 겸해 간단한 술자리를 마치고 택시를 탔다. 평소 같았다면 자리가 더 길어졌을지도 모르겠는데 마침 IMF 시대로 접어들고 있었고 누구도 그리 즐겁게 연말을 보낼 심산은 아니어서 그날의 술자리는 일찍 끝났다. 그렇다고 해도 그해에 나는 나 자신이 꽤 행복한 사람이라고 믿고 있었다. 5년 만에 책도 냈고, 반응도 좋았으며, 해외여행다운 여행도 처음으로 했었다. 나라 걱정이 안 된 것은 아니지만 아이들도 잘 자라고 저축도 있었다. 택시가 막 강북 강변도로로 진입하려고 하는데 택시 운전사가 틀어놓았던 라디오에서 아나운서의 무감동한 목소리가 들렸다. 그날 아침 열 시, 전국 구치소에서 몇 십 년 만의 최대 규모인 23명이 처형되었다는 소식이었다. 그때 나는 나도 모르게 내 입을 틀어막았다. 가슴 깊은 곳에서 무엇인가가 울컥, 하고 올라왔다. 나는 아직도 그 울컥, 의 내용을 다 언어로 표현할 수는 없다. 그냥 내가 행복이라고 믿었던 행복이 정말 행복일까, 하는 의문이 들었고 분노와 회한이 버무려지면서 끔찍한 기분이었다. 창밖을 보니까 강물이 검은 머리를 길게 길게 풀어내리고 있는 거 같았다. 모든 것이 결국은 기적이 아닐까, 생각하며 하루하루를 사는 나라는 인간은 지금에야 그날의 기억을 예사롭지 않게 돌아본다. 아직도 그 순간은 내게서 생생하다. 그리고 그 심정은 이 소설을 쓰는 내내 같았다.

지난 가을 취재를 시작하면서 처음으로 구치소 여자 미사를 갔다. 마침 명절을 앞두고 있어서 몇 십 년째 구치소를 드나들며 봉사하는 자매들이 추석 음식을 챙겨가지고 왔고 그래서인가 다른 때보다 사람이 많았다. 신부님께서 구치소를 처음으로 방문하는 내게, 여기 봉쇄수도원이에요, 하셨다. 웃으며 들어간 곳, 미사가 시작되기 전 신부님께서 《수도원 기행》《봉순이 언니》 읽어본 사람 손들어보세요, 하니까 의외로 꽤 많은 숫자가 손을 들었다. 그 작가 어때요? 하니까, 싫어요, 하는 사람도 있었다. 옆에 가만히 앉아 있는데 좀 웃음이 나왔다. 난데없이 신부님께서 여기 그 작가가 있는데 한번 보실래요, 하고 나를 청하셨다. 제일 싫어하는 일이 남 앞에 나가 이야기하는 건데, 거절할 수도 없고, 딱히 할 말도 별로 없어서, 거기 가는 동안 생각했던 말을 꺼냈다. 신의 눈으로 보면 제가 더 죄인일지도 모르는데 여러분들은 여기 있고 저는 밖에 있군요…… 하는데 여기저기서 울음소리가 커지기 시작했다. 그리고 그 울음은 미사

내내 이어졌다. 나로서도 당황스러운 일이었다. 서둘러 말을 마치고 자리에 와 앉았는데, 그들 하나하나가 눈에 들어왔다. 내가 삶의 중간쯤 한 나이니까 당연히 그랬겠지만 내 또래에서 아래위로 열 살 차이의 사람들이 제일 많았다. 저 여자들도 모두 어미이고 딸이고 자매일 텐데, 두고 온 아이들은 어떻게 할까, 부모들은? 하는 생각이 구체적으로 들자, 저들은 무슨 죄를 지었을까, 그러지 말지, 왜 그래서 여기 갇혀 있어요? 하는 바보 같은 질문이 웅웅거렸다. 그러면서 또 그런 생각이 들었다. 너는 왜 안 그랬니? 하는 질문이었다. 나는…… 하고 대답하려다가 나도 그들을 따라 미사 내내 울었다. 미사가 다 끝나고 일어서려는데 어떤 여자 하나가 다가와 내 손을 덥석 잡았다. 저기…… 내가 아까 공지영씨 싫어한다고 말했어요, 미안해요, 진짜로는 한번 보고도 싶었는데…… 하는 것이었다. 눈물이 범벅이 된 눈으로 서로를 바라보면서 나는 아니에요, 그럼 어때요, 하고 말하고 싶었다. 처음 본 사람이었는데 나는 그녀와 손을 마주 잡고 잠시 서 있었다. 이상한 일이었다. 아주 오래 전부터 그녀와 알고 지낸 듯한 느낌이 들었다.

이후 거의 매일같이 살인에 관계된 사람들을 만났다. 검사와 교도관 사형수와 신부님, 변호사와 수녀님 의사와 법학자…… 그리고 집으로 돌아와 폭력과 살인으로 점철된 기록들을 읽었다. 처음에는 해만 지면 도저히 두려워서 그 문서들을 집어들 수가 없었다. 악몽에 시달렸고 잠을 자다가 자꾸만 깨어났다. 밤이면 문서들을 읽고 낮이면 취재하는데 삶이 벼랑길 같고 세상의 사람들이 《해리포터》에 나오는 디멘터들처럼 가혹한 냉기를 내게 뿜어내는 것처럼 느껴졌다. 나는 그냥 고만고만한 사람들 틈에서 자라났고, 어른이 되어서도 고만고만한 소위 교양 있는 사람들과 교류하고 있었다. 그런데 이 세상은 내가 상상했던 것보다 훨씬 더 냉혹했다. 삶과 죽음과 죄와 벌…… 냉기 때문에 겨울 내내 팔다리가 저렸다.

나는 매일 미사를 가려고 노력했고 매일 달리기를 하려고 했다. 하나는 내 정신을 위한 것이고 하나는 내 몸을 위한 것이었다. 쓰기 위해서 최상의 컨디션이 필요했다. 다른 일도 아니고 글을 쓰기 위해 내 몸과 마음을 이토록 귀하게 여겨본 적이 또 있을까 싶었다. 처음으로 소설이라는 것을 쓰는 풋내기처럼 모든 것이 조심스럽게 느껴졌다. 세상에 그렇지 않은 일이라는 게 있을까마는 이 주제가 그만큼 힘에 겨워 몇 번이나 포기하고 싶은 생각이 들었던 것도 고백한다. 작가라는 직업이 이토록 뼈저린 고독을 수반하는 것이라는 것도 새삼 느꼈다. 내가 선택하고 내가 쓰고 내가 책임져야 했다. 왜 하필 이런 소재를 가지고 글을 시작했을까, 후회도 막심했다. 그런데 그만 포기하고 싶었을 때 가장 먼저 떠오른 것은 내가 그 몇 달 함께 빵을 나누던 그 사형수들의, 이제는 깊고 선한 눈매들이었다.

그들을 만났는데, 그들이 무섭고 혐오스러워야 하는데, 그럴 수가 없었다. 그들은 왜 그렇게 맑은 얼굴을 하고 있을까, 가끔 미래에 대한 불안으로, 어두움이 그들의 얼굴을 파도치듯 흔들어놓기는 했지만 그들은 내가 사회에서 만난 어떤 인간들의 집단보다 더 아름다운 수도자의 얼굴을 하고 있었다. 하는 수 없이 나는 내가 그들보다 착하고 아니 내가 그들보다 죄가 적을까, 자꾸만 생각하게 되었던 것이다.

그리고는 신기하게 사형수들과 만나고 오는 날이면 잠이 잘 왔다. 이 세상의 모든 죄 없는 사람들과 만났을 때는 겨울바람보다 더 시리고 추웠는데 그들을 만나고 오면 마음이 따뜻했다. 한때는 더 이상 숭악할 수 없었던 죄인들 서넛과의 만남이 왜 이렇게 평화롭고 따뜻한지, 그들이 하는 말들은 어떤 잠언록에 실려도 좋을 만큼 고통스러웠고 또 진리에 근접해 있었다. 이상한 일이었다. 정녕 회개한 인간이 뿜어내는 그 기운은 이 세상의 모든 잘난 사람들의 냉정함을 덥히고도 남는 것인지, 우리나라 교도행정이 편 교화의 승리인지, 아니면 정말로 신의 은총인지…… 그도 아니면 인간이 정말로 실은 사랑받고 사랑해야 하는 본질을 지닌 존재라는 것을 증명하는 것인지, 그러다가 어느 날, 나는 감히, 말해버리고 말았다.

"이상해 거기 다녀오고 나면…… 혹시 천국이 그런 곳이 아닐까 싶어."

친구들이 나를 어이없다는 표정으로 바라보았다.

해도 해도 끝이 없을 것만 같던 취재도 끝나가는데, 그동안 친구들도 못 만나고 가족들과 제대로 저녁 한번 못 먹었는데, 책장 한쪽을 가득 차지한 자료도 무서움을 꾹 참고 다 읽었는데, 내용도 다 잡혔는데 시작할 수가 없었다. 하는 수 없이 나도 나 자신에게 물었다. 곧 죽는다면 너는 무엇을 할 것이냐고, 몇 달 동안 죽음, 사형, 살인, 또 죽음, 살인, 사형…… 아침에 눈을 뜨자마자 시작해서 밤에 잠들기 전까지, 아니 꿈속에서도 그런 생각만 하고 있었으니 그런 질문은 당연했다. 내가 만일 한 달 후에 죽는다면…… 하고 생각했는데 예전 같으면 떠오를 문장들, 예를 들어, 음, 아이들과 집에서 그냥 밥을 해먹을래, 아이들과 시골로 가서 꽃을 가꿀래, 하는 문장은 하나도 떠오르지 않고, 글을 쓰고 싶다는 생각이 뚱딴지 같이 들었다. 한 달 동안 아이들과 밥 해먹는 것도 중요하고 못다 한 사랑한다는 말을 하는 것도 중요하지만 내가 글을 써서 남기는 것이 더한 사랑일지도 모른다는 확신이 들었던 것이다.

이 소설을 쓰는 동안 나는 아주 행복한 시간을 보냈다. 이 소설이 아니었다면 '모른다'는 말로 지나치고 말았을, 몰라서는 안 되는 우리 사회의 일면을 알게 되었던 것이다. 진정으로 참회하고 새로 태어난 사람들, 삶과 상처를 딛고 차마, 아무도 하지 못하는 용서를 하려는 사람들, 남을 도와주고 싶은 사람들, 자신의 처지에서 선을 행하려고 하는 사람들, 그분들과 함께 나는 감히 '우리들의 행복한 시간'을 보냈다. 비록 거기를 떠나 집으로 돌아오면 모든 이에게 공평하게 분재된 내 삶의 잔해들을 치우며 비참하기도 했지만, 그들도 나와 만나면서 조금은 더 행복한 시간을 보냈다고 말하기를 기도할 수 있었다.

마지막 교정지를 받아 가방에 넣은 채로 나는 사형수들과의 미사에 다녀왔다. 마침 신부님께서 이천 년 전 사람 예수가 마지막으로 제자들의 발을 씻어준 것처럼 예식을 준비하고 계셨다. 암에서 기적적으로 살아나셨다는 신부님은 무릎을 꿇고 사형수들 발을 하나하나 씻고 거기에 입을 맞추셨다. 그리고 그들의 발을 다 씻어주셨을 때 내게 이리로 오라고 하셨다. 실은 당황스러웠다. 하지만 나는 결국 부끄러운 맨발을 내밀었고 사형수들과 나란히 앉아 있었다. 그리고 의식이 끝난 후 그들과 처음으로 포옹을 나누었다. 나는 그때, 스물아홉이 되는 해에 죽었던, 나의 위악을 무던히 참아주었던 우리 선배 기형도의 시구를 떠올리고 있었다. 살아 있으라, 누구든 살아 있으라!

떼쓰는 듯한 인터뷰에 응해주셨던 검사님들, 친절하셨던 변호사님들, 박봉을 털어 귀한 소주를 사주셨던 교도관님들, 의학과 사회가 어떻게 만나야 하는지 가르쳐주신 삼성병원 노경선 박사님, 죽음에 대한 귀한 연구결과를 보여주셨던 서울대 최재천 교수님, 몇 십 년째 아무 대가도 없이 구치소 봉사를 하고 있는 자매님들 등등께 이 자리를 빌려 감사를 드리고 싶다. 무엇보다 천주교 사회교정사목위원회 이영우 신부님과 이윤헌 김정수 김성은 신부님, 조성애 수녀님 그리고 박삼중 스님께 특별히 감사를 드리고 싶다. 그분들은 내게 성직자의 길이 무엇인지, 종교가 이 땅의 어디로 향해야 하는지 가르쳐주신 분들이었다. 그리고 마지막으로, 그들이 나에게 그 이름을 허락한다면, 내가 감사하고 기꺼이 그렇게 부를 나의 형제, 사형수들에게 이 책을 바치고 싶다. 그들은 미사 중에 나와 함께 빵을 나누었고, 나를 많이도 울렸으며, 결국 그들이 사형수이든 작가이든 어린 아이이든 판사이든, 인간에게는 누구나 공통된 것이 하나 있는데 그것은 누구나 사랑받고 싶어하고 인정받고 싶어하며 실은, 다정한 사람과 사랑을 나누고 싶어한다는 것, 그 이외의 것은 모두가 분노로 뒤틀린 소음에 불과하다는 것, 그게 진짜라는 것……을 가르쳐주었고 내 소설이 혹여 자신들로 인한 희생자들과 그 가족에게 누가 될까 진심으로 염려해주었다. 그들과 함께 앞으로도 내내 먼저 저 세상으로 가신 분들을 위해 기도할 것을 약속한다. 우리 누구도 그 사람들의 고통에서 실은 자유롭지 못하다. 그게 진짜, 라는 것을 그들을 통해 나는 깨달았던 것이다.

모두들 죽음이라고 믿었던 겨울 동안
창밖의 나무들이 차고 어두운 땅에서
온몸으로 길어올린 연둣빛을
소그맣게 내미는 새봄에

공지영

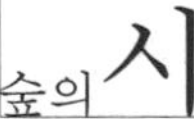

그대 굳이 사랑하지 않아도 좋다

• 이정하 시집 | 신 4·6판 | 116쪽

이루어질 수 없는 사랑에 때론 아파하고 때론 절망하는 마음을 서정적인 감성으로 그린 시집.

너는 눈부시지만 나는 눈물겹다

5년 연속 시부문 전국 베스트셀러

• 이정하 시집 | 신 4·6판 | 116쪽

사랑의 애잔한 아픔과 그 속에 깃든 사랑의 힘을 섬세하게 풀어쓴 시집.

그대가 곁에 있어도 나는 그대가 그립다

10년 연속 시부문 전국 베스트셀러

• 류시화 시집 | 신 4 · 6판 | 112쪽

뛰어난 서정성과 환상적 이미지로 삶의 비밀을 섬세하게 풀어낸 시집.

그대에게 가고 싶다

• 안도현 시집 | 신 4·6판 | 132쪽

가슴 아픈 사랑의 마음을 그린 서정 시집.

그대, 거침없는 사랑

• 김용택 시집 | 신 4·6판 | 132쪽

〈섬진강〉의 시인 김용택이 소박하고 꾸밈없는 목소리로 사랑의 경건함과 따사로움, 사랑의 순정함을 노래한다.

성에

• 김형경 장편소설 | 신국판 | 412쪽

폭설 내린 숲 속, 세상과 차단된 외딴집, 처참하게 버려진 세 구의 사체, 그리고 이어지는 광기에 들린 듯한 성(性)에의 탐닉. 치명적인 유혹을 통해 지리멸렬한 생의 비의를 읽어내려는 열망으로 가득한 소설.

모독

• 체루야 샬레브 장편소설 | 전2권 | 변형신국판

일 년여에 걸쳐 진행되는 한 여성의 일탈적 연애를 통해 고통스러우면서도 감미로우며, 맹목적일 만큼 위태로운 곳으로 우리를 이끄는 '사랑'의 안과 밖을 이야기하는 소설.

허삼관 매혈기

간행물위원회 추천 도서, '책으로 따뜻한 세상 만드는 교사들' 권장 도서

• 위화 장편소설 | 신국판 | 348쪽

출간 직후 베스트셀러 수위를 차지하고 지금까지도 꾸준히 읽히는 위화의 대표작! 살아가기 위해 무려 아홉 차례에 걸쳐 피를 팔아야 했던 주인공 허삼관의 인생 역정을 유머와 슬픔, 감동과 통찰로 버무려낸 걸작.

가랑비 속의 외침

• 위화 장편소설 | 신국판 | 366쪽

위화를 '중국 제3세대 문학을 대표하는 작가'로 부상시킨 작품. 주인공 손광림과 가족, 그리고 그 주변부 인생들의 그리 특별할 것 없는 일상 속에 '사회 혁명' 속에서 오히려 내동댕이쳐진 인민 대중의 삶을 솔직하게 그려내고 있다.

살아간다는 것

• 위화 장편소설 | 신국판 | 312쪽

사랑하는 가족 모두를 먼저 보내야 했던 늙은 농부가 자신의 인생을 반추하는 형식을 통해 가차없는 현실과 운명에 맞설 수 있게 하는 사랑과 우정의 힘, 인간 본성과 생명에 대한 근원적 믿음을 보여주는 소설이다.

숲의 에세이

바람아, 사람아 그냥 갈 수 없잖아

• 사석원 지음 | 변형 4·6판 | 236쪽

총 46컷의 동양화가 글 읽는 향기를 더해주는 이 책에는 저자 사석원이 저녁마다 찾아 나선 15가지 대폿집 이야기가 등장한다. 저자는 모든 사라져가는 것들을 깊이 아쉬워하고 소박하고 정겨운 우리 이웃들의 활기찬 삶을 통해 살아 있음에 대해 마음껏 전율하면서, 세상은 고단하지만 그래도 따뜻한 곳이라며 나이 들어가는 우리의 외로운 어깨를 어루만져준다.

상실

• 라마 수리야 다스 | 진우기 옮김 | 변형 신국 | 288쪽

티벳불교 라마인 수리야 다스 스님이 상실의 아픔으로 고통 받는 이들에게 건네는 삶의 지혜와 가르침. '상실'이란 무엇이고, 어디에서 오는지, 어떻게 하면 그 고통스런 시간을 지혜롭게 극복하고 인생의 비밀을 풀어낼 수 있는지에 대한 답이 수리야 다스 스님의 명쾌하고도 울림 있는 목소리에 담겨 있다.

라다크, 그리운 시절에 살다

• 최용건 지음 | 변형 4·6판 | 264쪽

화가 최용건이 '인류 최고의 오지'이자 '정신의 낙원'이라 불리는 라다크에 둥지를 틀고 라다키들과 함께 지낸 일 년간의 이야기. 정겨운 라다키들의 일상 속에 저자의 '소박한 삶'에 대한 생각과 예술가로서의 고민이 녹아들어 있다.

내가 읽은 책과 세상

• 김훈 지음 | 변형 신국 양장본 | 296쪽

소설가 김훈의 젊은 날을 사로잡은 시와 시인 이야기. 80년대 김훈이 읽은 시와 시인들에 대한 거침없는 소회가 담겨 있으며, 여행지에서 만난 사람과 세상을 읽는 시선이 빛을 발한다. 책갈피마다 젊은 기자 김훈의 '촌철살인'의 문장이 단연 돋보인다.

꿈꾸는 여유 그리스

• 권삼윤 지음 | 변형 4·6판 | 264쪽

베테랑 역사여행가 권삼윤의 그리스 문화기행. 그리스 유적지와 유물은 물론 파란 바다와 흰 대리석, 빨간 부겐블레아가 가득한 아름다운 자연 풍광과 삶을 사랑하고 자유로움과 여유를 가진 그리스인들의 모습 등을 한 두름에 꿸 수 있는 책.

내 안의 빛나는 1%를 믿어준 사람

• 제인 블루스틴 | 도솔 옮김 | 신국판 | 262쪽

선생님의 사랑과 격려를 통해 자신 안에 잠재된 가능성을 모두 발휘할 수 있었던 사람들의 이야기 모음. 어려운 시기에 놓인 학생들이 선생님의 애정 어린 말 한마디와 행동을 통해 발전하고 자라날 수 있었던 시절의 생생한 체험이 담겨 있다.

남자의 후반생

• 모리야 히로시 | 양억관 옮김 | 232쪽

중국 영웅에게 배우는 멋지고 당당한 인생 후반전

흔히 삶의 내리막길로 치부되는 인생의 후반기. 다시 한 번 새로운 삶에 도전해보고 싶지만 쉽지만은 않다. 이 책은 공자, 사마천, 공손홍, 조조 등 중국사에 뚜렷한 족적을 남긴 인물 스물두 명의 멋진 후반생을 통해 그에 관한 삶의 지혜를 제시한다.

강한 여자의 낭만적 딜레마

• 마야 스토르히 | 장혜경 옮김 | 변형 신국판 | 252쪽

사랑이 늘 힘겨운 우리 시대 여성들을 위한 자기 분석서

똑똑하고 주체적이지만 사랑이라는 감정 앞에서는 극도의 혼란을 겪고 번번이 무너지고 마는 여성들의 복잡한 심리를 속 시원히 파헤친다.

대화의 기술

• 폴렛 데일 | 조영희 옮김 | 신국판 | 304쪽

자기주장을 변변히 해본 적도 없이 늘 양보하고 체념하는 데 익숙한 사람들에게 '공격적이지 않으면서도 단호하게 나를 표현하는' 대화의 기술을 조언하는 책.

한비야의 중국견문록

• 한비야 지음 | 신국판 | 336쪽

완벽한 지도를 가져야 길을 떠날 수 있는 건 아니다

인생의 후반부를 준비하며 2000년 한해를 중국에서 보냈던 한비야가 그곳에서 건져올린 쫀득쫀득한 이야기 꾸러미. 베이징 거리 구석구석을 누비며 만난 사람들, 거기에서 새롭게 깨달은 '내 안'의 한계와 가능성들이 따스하고 사려 깊고 맛깔스러운 문장으로 녹아들고 있다.

바람의 딸, 우리 땅에 서다

• 한비야 지음 | 신국판 | 312쪽

바람의 딸 한비야가 800km에 이르는 우리 땅을 두 발로 걸어다니며 쓴 49일 간의 여행기. 이 땅을 걷는 한걸음 한걸음에는 길 위에서 체득한 여행 철학과 삶의 깨달음이 배어 있다.

영혼을 위한 닭고기 수프

• 잭 캔필드 · 마크 빅터 한센 | 류시화 옮김 | 신국판 | 전2권

한 명의 감동이 백 명에게 전파되고, 마침내 전 세계 27개국 10억 독자가 확인한 감동!

살아가면서 잃어버리기 쉬운 꿈과 행복을 어떻게 지키며 살아가야 하는가를 보여주는 1백여 편의 감동적인 이야기.

숲의 인문·사회과학

신의 괴물

• 데이비드 쾀멘 | 변형 신국 양장본 | 이충호 옮김 | 660쪽

간행물윤리위원회 청소년 권장도서

인간을 먹고 산 식인 동물에 대한 문화 생태학적 고찰. 서부 인도의 숲, 루마니아의 산맥, 러시아 극동의 강줄기를 따라서 식인 동물의 역사와 발자취를 좇으며 이들 포식동물을 대하는 인간의 심리적 신화적 정신적 의미를 다루고 있다.

마틴 루터 킹

• 마셜 프래디 | 4·6판 | 정초능 옮김 | 444쪽

세상의 모든 폭력과 억압에 맞선 검은 영웅의 감동적인 일대기. 뛰어난 전기 작가이자 언론인인 마셜 프래디가 마틴 루터 킹과 함께 직접 투쟁 현장을 누비며 겪은 체험을 바탕으로 완성한 마틴 루터 킹 최고의 평전.

남자의 탄생

• 전인권 지음 | 변형 신국판 | 299쪽

사회적으로 성공했다고 볼 수 있으나 정작 가족, 친구 등 인간관계에서 어려움을 겪고 있는 한 남성이 5살부터 12살까지 자기 자신의 유년기를 대상으로 삼아 한국 남자의 인성 형성 과정을 꼼꼼히 탐구한 책.

미녀와 야수, 그리고 인간

• 김용석 지음 | 신국판 | 440쪽

대중문화, 그중에서도 가장 보편적인 장르라 할 수 있는 애니메이션에 대한 문화 담론은 어떻게 가능한지 그 전형을 보여주는 책. 저자는 〈미녀와 야수〉 〈알라딘〉 〈라이언 킹〉 〈인어 공주〉 4편의 디즈니 애니메이션 작품을 텍스트로 삼아 분석하면서 독자와 철학적 대화를 꾀한다.

문화적인 것과 인간적인 것

• 김용석 지음 | 변형 국판 양장본 | 400쪽

현대 문화의 특성을 다차원적으로 조명하는 철학 에세이. 오늘날 우리 삶에서 문화의 핵심적 의미를 반영하는 '현대적 사건' 들을 섬세하게 분석하고 있다.

시간 박물관

• 움베르크 에코 外 | 김석희 옮김 | 변형 5·7판 양장본 | 308쪽

세계적인 석학 24인의 글을 통해 인간이 시간을 어떻게 지각하고 있는지를 검토하고, 세계 곳곳의 다양한 문화가 시간에 대해 어떻게 반응·측정·표현하는지를 정리하고 있다.

철학의 모험

• 이진경 지음 | 신국판 | 400쪽

《수학의 몽상》의 저자 이진경의 철학 입문서. 데카르트 이후 주요한 근대 철학자들의 철학 개념이나 사고방식을 다양한 소재를 등장시켜 하나하나 짚어가고 있다. 스스로 사고하려면 어떤 태도가 필요한지, 어떻게 공부해야 하는지를 잘 보여준다.

동양과 서양, 그리고 미학

• 장파(張法) | 유중하 外 옮김 | 변형 국판 양장본 | 592쪽

동서양 미학의 태동과 서로 다른 변천 과정을 철학적, 종교적, 문화사적 관점에서 조명한 중국 장파 교수의 대표적 저서.

이탈리아 르네상스의 문화

• 야콥 부르크하르트 | 안인희 옮김 | 변형 국판 양장본 | 756쪽

19세기의 빛나는 역사가 부르크하르트가 남긴 문화사 최고의 고전(古典). 14세기부터 16세기까지의 이탈리아 문화 전체를 종횡으로 들여다보며 현대인의 기원과 '개인' 이라는 의식의 생성 과정에 대한 답변을 모색한다.

폭력과 상스러움

• 진중권 지음 | 신국판 | 352쪽

전투적 철학자이자 유쾌한 계몽주의자 진중권의 사회평론집. 학문과 현실 사이의 균열된 틈새를 가로질러 한국 사회의 폭력적인 이데올로기와 집단주의, 자유주의와 보수주의의 실상을 드러낸다.

호치민 평전

• 윌리엄 J. 듀이크 | 정영목 옮김 | 변형 국판 양장본 | 976쪽

레닌과 간디를 한 몸에 체현한 인물, 호치민 전기의 결정판. 호치민이 베트남 공산주의 운동의 지도자로 비상하는 과정, 쉰 번이나 이름을 바꿔가며 혁명을 배우고 주석으로서 뛰어난 능력을 발휘하던 모습을 놀라울 정도로 세밀하게 그려냈다.

마르크스 평전

• 프랜시스 윈 | 정영목 옮김 | 변형 국판 양장본 | 588쪽

마르크스는 20세기의 역사를 바꾼 철학자, 역사가, 경제학자, 비평가, 혁명가였다. 그러나 더 중요한 사실은 마르크스 역시 평범한 인간이었다는 것이다. 이 책은 필요에 따라 신격화되기도 하고, 모든 악의 근원으로 악마처럼 폄하되기도 한 위대한 사상가를 피와 살을 지닌 인간으로 복원시킨다.

우리들의 행복한 시간

첫판 1쇄 펴낸날 2005년 4월 18일
5쇄 펴낸날 2005년 6월 20일

지은이 공지영
펴낸이 김혜경
기획편집국 김현정 박선경 박창희 권현진 손자영 이신혜 이재현 이진 조지현
영업관리국 권혁관 이동흔 엄현진 임옥희 김동현 손정현
디자인 박정숙 오성희 제작 윤혜원
인쇄 백왕인쇄 제책 정민제본

펴낸곳 (주)도서출판 푸른숲
출판등록 2002년 7월 5일 제 406-2003-032호
주소 경기도 파주시 교하읍 문발리 파주출판도시
529-3번지 푸른숲 빌딩, 우편번호 413-756
전화 031)955-1400(영업관리국), 031)955-1410(기획편집국)
팩시밀리 031)955-1406(영업관리국), 031)955-1424(기획편집국)
www.prunsoop.co.kr

ISBN 89-7184-429-9 03810

* 잘못된 책은 바꾸어 드립니다.
* 본서의 반품 기한은 2010년 6월 30일까지입니다.